クリスティー文庫
25

葬儀を終えて

アガサ・クリスティー
加島祥造訳

早川書房
5256

AFTER THE FUNERAL
by
Agatha Christie

Translated by
Shozo Kajima
Published 2013 in Japan by
HAYAKAWA PUBLISHING, INC.
This book is published in Japan by
arrangement with
AGATHA CHRISTIE LIMITED
through TIMO ASSOCIATES, INC.

ジェームズへ
アブニでの愉しき日々の思い出とともに――

アバネシー家の系図

〔ゴシックはリチャード・アバネシーの葬儀に参列した人〕

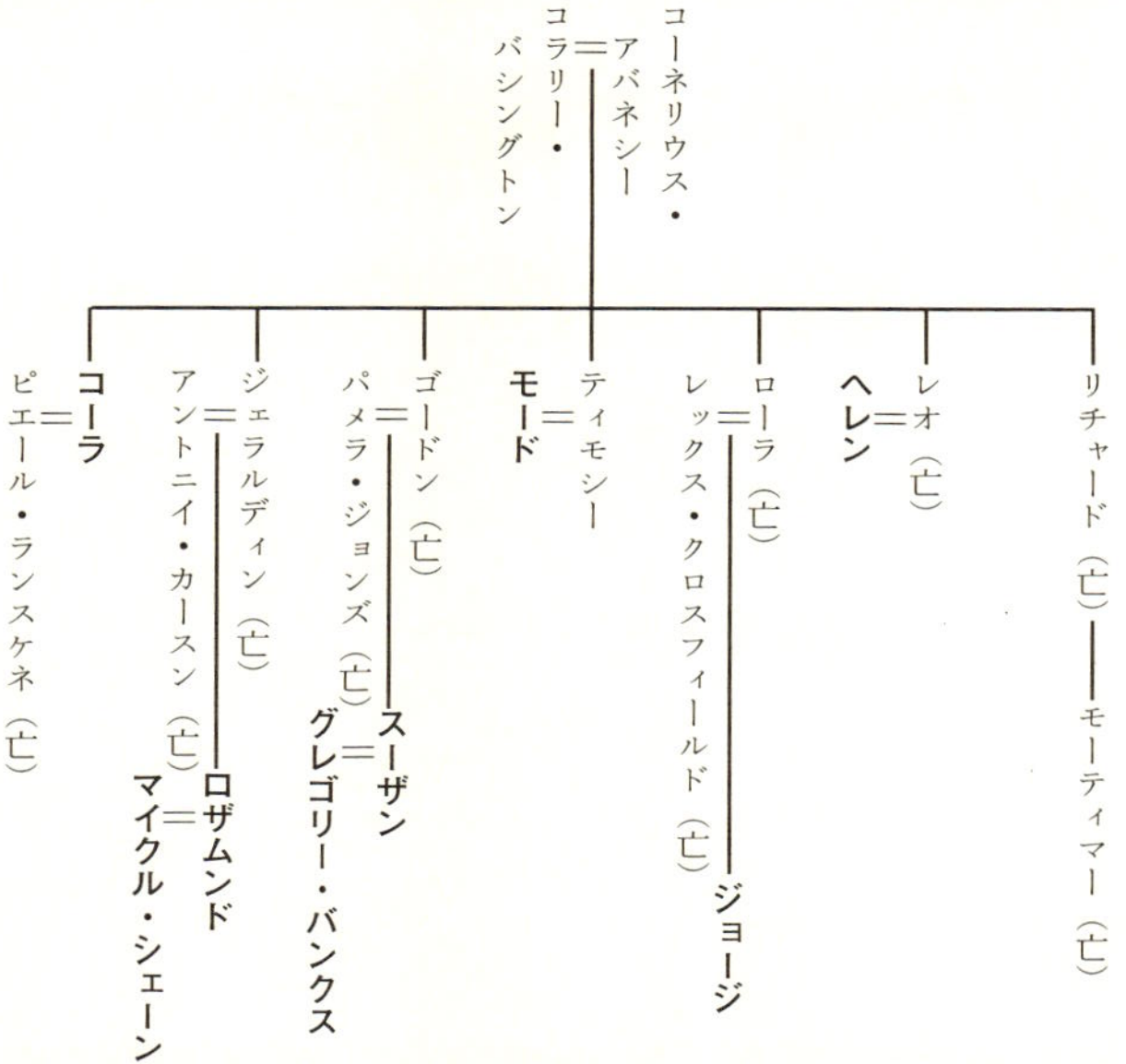

葬儀を終えて

登場人物

エルキュール・ポアロ……………私立探偵
リチャード・アバネシー…………アバネシー家の主人
ヘレン・アバネシー………………リチャードの義妹
ティモシー・アバネシー…………リチャードの弟
モード・アバネシー………………ティモシーの妻
ローラ・クロスフィールド………リチャードの妹
ジョージ・クロスフィールド……ローラの息子。リチャードの甥
コーラ・ランスケネ………………リチャードの末妹
スーザン・バンクス………………リチャードの姪
グレゴリー・バンクス……………スーザンの夫。薬剤師
ロザムンド・シェーン……………リチャードの姪。女優
マイクル・シェーン………………ロザムンドの夫。俳優
ランズコム…………………………アバネシー家の老執事
エントウイッスル…………………弁護士。リチャードの遺言執行者
ギルクリスト………………………コーラ・ランスケネの家政婦
モートン……………………………警部

第一章

1

執事のランズコム老人は一つの部屋から次の部屋へ、よたよたとブラインドを上げてまわった。ときどき立ち止まってはしょぼしょぼした目を無理に開いて、窓越しに外を眺めた。

「もうじき葬式に行った連中が帰ってくるだろう。ぐずぐずしちゃいられない」と老人は前より少し急ぎ足にまわりはじめた。まだまだ窓がたくさん残っていたからである。

エンダビー・ホールはゴシック様式に建てられた広壮な、ヴィクトリア朝風の建物で、どの部屋にも豪奢ではあるが色あせた錦織りか、ビロードのカーテンがかけられ、ところどころには昔風に絹を張った壁さえ残っている。ランズコム老人は〈緑の応接間〉に入っていき、マントルピースの上にあるコーネリウス・アバネシーの肖像画を見上げた。エンダビー・ホールはこのコーネリウス・アバネシーが自分の館《やかた》として建てた家である。コーネリウスの肖像は、茶色の顎鬚をまるで挑みかかるように突き出し、その手を悠然と地球儀の上に置いていたが、その構図は、本人の希望か、それともこれを描いた画家がなにかを象徴するつもりで考えついたのか知る由もない。

「まったく気の強そうな顔つきだ、こんな人の下で働いたら大変だろうな」ランズコム老人は肖像を眺めながら考えた。老人のつかえている当代の主人はリチャード・アバネシーである。

「リチャード様はほんとうに良いご主人だ」ところがこのリチャードが急に死んでしまったのである。もっともここ数年来、医者にかかってはいたが……。リチャードは息子のモーティマーの急死で受けたショックから立ち直らないまま、この世を去っていったのである。ランズコム老人は〈白の間〉に入っていきながら、首を振って考えにふけった。「おかわいそうなリチャード様。実際ひどかった。あれでなにもかもめちゃくちゃになってしまった。あんなに元気で健康な若様があんなふうに亡くなられてしまうなんて。まったくお気の毒なことだ。おまけに弟御のゴードン様は戦死なさるし。弱り目に祟《たた》り目だ。当世はこんなことばかりだ。リチャード様ががっかりなすったのも無理はない。あんまりひどすぎる、それにしてもほんの一週間前までは別にそれほどお弱りの様子もなかったんだが……」

〈白の間〉の三番目のブラインドは途中まで上がったが、それ以上はどうしても動かなかった。バネが弱っているのだ。もうずいぶん古いからな、このブラインドは。この家にあるものはみんな古いものばかりだ。おまけにこういった古いものは修繕を頼んでもやってくれる人もない。「こんなに旧式じゃねえ。手もつけられませんよ」修理屋は小馬鹿にしたような調子で言う。まるで古いものは新しいものの足もとにも及ばないようなロぶりで。そうくりゃこっちも言い返してやりたいわけだ。「新しいものは、見かけ倒しばかりじゃないか。ちょっと手に取りゃボロボロっとくる。材料は悪いし、だいいち職人根性ってものがない。そうだよ、はっきり言ってやる」

しかし踏み台でも持ってこないことには、ひっかかったブラインドをどうすることもできなかった。「踏み台はごめんだな、近ごろ歳のせいか、踏み台にのぼると目がまわる。まあ、ブラインドはしばらくこのままにしておこう。〈白の間〉は表側の部屋じゃないんだから、葬式から帰ってくる連中が車から降りても、この窓は見えやしない。いずれにしても最近めったに使ったことのない部屋だ。〈白の間〉は女主人用の部屋だし、エンダビーにはもう長い間、女主人と名のつく人がいない。モーティマー様がご結婚なさってなかったのはほんとうに残念だ。年から年じゅう、ノルウェーに釣りにいかれたかと思うと、スコットランドで狩り、冬が来るとスイスでスキーやスケートといった具合だ。早く身を固めて家に落ち着いていらっしゃれば、今ごろは子どもたちが家じゅうを走りまわっていただろうに、エンダビーに子供っ気がなくなってもうずいぶん長いことになる」

ランズコム老人の追憶の手は、こうしてずっとずっと昔の時代へとたぐられていった。時代が昔になればなるほど、彼の追憶は鮮やかになっていった。過去二十年の出来事となると、すべてが霧の中の人影のようにぼんやりと輪郭を失い、誰がこの家に来たか、誰がこの家を去っていったか、またその人たちがどんな顔形だったか漠然としか憶えていなかった。しかしそれ以前のこととなると、老人の心にありありと映し出された。

リチャード様は、弟や妹たちに対してまるで父親のような態度を取っておられたっけ。お父様の亡くなられたのがリチャード様の二十四の時、すぐ事業のほうに入られて、毎日時計の針のようにきちんとお出かけになったし、家のほうはいたって大まかにのびのびとさせておられた。育ち盛りのお嬢様、坊っちゃまたちばかりで、ほんとうに幸福な家庭だった。もちろん、ときには口喧嘩もあったし、つかみ合いもあった。女の家庭教師をずいぶんてこずらせた。それにしてもあの女家庭教師というのはいやな人種だ、意気地のない、こせこせした連中ばかりで。ところでお嬢さんたちときたら、まったく元気はつらつとしてたな。とくにジェラルディン様ときたら。それからコーラ様。もちろん、コーラ様は歳がずっと離れて一番小さかったけど。いまじゃレオ様も亡くなられたし、ローラ様も世を去られた。ティモシー様は病身で寝たきりだし、ジェラルディン様はどこか遠い外国で亡くなられるし。おまけにゴードン様は戦死された、リチャード様が一番年上なのに一番お強かったわけだ。一番最後まで生きておられた。もちろんティモシー様がまだ生きておられるけどあの病身じゃあ……。ああそうそう、あのいやなへぼ絵描きと結婚されたコーラ様が残っていられる。ほんとうに、二十五年ぶりだ、今度お会いしたのは。あの男と一緒に出ていかれたころのコーラ様は、まだほんのかわいらしいお嬢さんだったっけ。それがいまはでっぷりと肥って、昔の面影これっぽちもなしだ。おまけにあのドレス、いかにも芸術家ぶっていて。結婚された相手はフランス人だったか、少なくともフランス人の血の入った人間だとか。いずれにしてもそんな男と結婚してうまくいくはずがない。しかしコーラ様自体が少し変だったからな。体裁をはばかっていえば〝あの娘はちょっと無邪気〟っていうあれさ、どこの家族にもたいてい一人はいる。

しかし、コーラ様はよくこのわしを憶えていてくださったな、「あら、ランズコムじゃないの！」って久しぶりに会ってとても嬉しそうな様子で。ああ、あのころ、子どもたちはよくこのわしになついてくれたっけ。ディナーパーティなんかあると、みんな必ず食器室にしのびこんできて、食堂からの残りもののゼリーやカスタード入りのケーキなどをわしにせびったものだった。みんなわしのことをよく知ってるはずなのに、いまじゃ誰一人わしを憶えているものはいない。まして若い連中ときたら、わしのことをただ古くからいる召使いぐらいにしか思ってない。もちろんこっちだって誰が誰の子だか、すぐこんがらかってしまうんだが。知らない連中もだいぶ葬式に来てたようだ。胸くその悪くなるような貧相な連中ばっかり！

そこへゆくとレオ様の奥様なんか立派なもんだ。レオ様ご夫婦は結婚後もよくこのエンダビーに来られた。レオ様の奥様はほんとうのレディだ。お召物だってきちんとしてるし、ヘアスタイルだって。奥様の性質そのままの外見だ。リチャード様もあの方のことは好ましく思っておられた。お二人の間にお子様のなかったのはほんとうに残念なことだ……。

ランズコム老人はわれに返った。わしはここでいったい何をしてるんだ。こんなところに立ったまま昔の夢を見てるなんて。しなきゃならない仕事は山ほどあるのに。一階のブラインドは全部上げてしまったし、ジャネットには二階に行ってお客様たちの寝室の用意をしておくように言いつけておいた。彼とジャネットと料理人のマージョリイは、教会の葬儀には参列したが、火葬場のほうへはまわらないで、ブラインドを開け、昼食の仕度をするために、皆よりも先に帰ってきたのである。昼食はもちろん軽食だが、ハムとチキンと、タンとサラダ、そのあとでレモンのスフレとりんごのタルトが供される。まず最初に熱いスープ。ところでマージョリイは用意万端整えているかな、ちょっと見てこよう。もうじきみな帰ってくるにちがいない。

ランズコムは、再びよたよた歩いて〈白の間〉を横切った。気力のない放心したような彼のまなざしは、ここでもまたマントルピースの上の絵に向けられた。それは〈緑の応接間〉にあった肖像画と対をなすもので、白のサテンと真珠に飾られた綺麗な絵だった。しかし、この白のサテンと真珠に包まれた人間の顔は、それほど印象的なものではなかった。柔和な顔つき、バラのつぼみのような唇、髪は真ん中で二つに分けてある。控え目で、内気な女性の顔である。それはコーネリウス・アバネシー夫人の肖像だが、値打ちのあるものはただひとつ、彼女の名前、コラリーという彼女の名前だけである。

コーラル・コーンプラスター（うおの目とりの膏薬）その他〝コーラル〟と名のついた足につける薬品や治療器具いっさいは、六十年前に登場して以来、いまでもこの国で大きな地盤を持っているのである。コーラル・コーンプラスターがほんとうによく効く膏薬であるかどうかはさておいて、とにかく、大衆の間にいまでも変わらぬ人気を得ていることだけは事実である。いずれにしても、このコーラル・コーンプラスターというものを礎にして、エンダビーのゴシック風大邸宅が建てられ、何エーカーという庭園が作られ、七人の兄弟姉妹たちに財産が分配され、しかもリチャード・アバネシーが三日前に死んだ時にはまだ莫大な財産が残っていたというわけである。

2

「そろそろ時間だよ」と台所をのぞきこんだランズコム老人を、料理人のマージョリイはふんと鼻であしらった。マージョリイはまだ若い女性で今年二十七、ランズコムの持っている料理人という概念からはおよそかけ離れた性質のため、老人には絶えず苛立ちの種といった存在だった。彼に言わせると、マージョリイには品格がない。それから目上のランズコムに対してまったく敬意を払っていないというのである。マージョリイは、このエンダビーの家のことを、「まるで昔の霊廟のようだ」と言い、台所、流し場、食品貯蔵室のだだっ広さについて、「ぜんぶまわるのに丸一日かかる」とこぼした。彼女はエンダビーでもう二年間も働いているが、理由はいたって簡単で、つまりお給金がよいということと、主人のアバネシー氏が彼女の料理を大いに認めてくれているという、この二つだけであった。実際、彼女はすぐれた料理の腕を持っていた。家政婦のジャネットはかなり年配の女で、ランズコムとはよく言い争いをして楽しんでいたが、とはいえだいたいにおいてマージョリイの属する新しい世代の人間に反感を抱いていて、ランズコムの肩を持つ度合いのほうが多かった。彼女は台所のテーブルのそばで、立ったまま休憩のお茶を飲んでいた。もう一人、台所にいるミセス・ジャックスは、忙しい時だけ手伝いに来る近所のおかみさんだった。彼女は今度の葬式を大いに楽しんでいる様子だった。

自分のカップにお茶を注ぎながら、上品に香りを嗅ぐといった。「ほんとに立派なお葬式でしたよ。自動車が十九台も来て、教会は参列者でいっぱいで。牧師さんの司式も立派でしたね。おまけにお天気がまったくおあつらえむきだったじゃないの。おかわいそうなアバネシー様。世の中にはもうあんな方はいらっしゃらないわねえ。みんなから尊敬されてね、ほんとうに」

ちょうどそのとき、車のクラクションが鳴って、門前の道路を上ってくるエンジンの音が聞こえてきた。ミセス・ジャックスがカップを置いて叫んだ。「ほら、みんな帰ってきましたよ」

マージョリイは、とろりとしたチキンスープの大鍋のガスに火をつけた。マージョリイが実際に使っているガスレンジの側には、ヴィクトリア朝時代の仰々しい壮大な調理台が全然使われないままに、寒々と、まるで過ぎ去った日を祭る祭壇のように立ちはだかっていた。

車はあとからあとから車寄せに停まり、黒い服をまとった親類縁者たちが玄関のホールから〈緑の応接間〉へ、なんとなく不安定な足取りで入っていった。大きな暖炉には火があかあかと燃えていた。秋の日を告げる最初の肌寒さに対する贈物でもあり、葬式に立ちつづけた人々の心の寒さを暖めるものでもあった。

ランズコムが部屋に入ってきて、銀のトレイに載せたシェリーのグラスを一人一人にすすめてまわった。

エントウイッスル氏は、暖炉に背を向けて身体を暖めていた。エントウイッスル氏は、〈ボラード、エントウイッスル、エントウイッスル・アンド・ボラード〉という名の、古い信用のある法律事務所の共同経営者である。彼はシェリーのグラスを手に、部屋の人たちを法律家特有の鋭いまなざしで見まわした。彼が個人的に知っているのはほんの

二、三人だけだったので、この際部屋にいる人たちを一応頭の中で整理しておく必要があった。葬式に出る前にこの人たちにちょっと紹介されはしたが、ひそひそ声のお座なりなものだったから、彼の頭の中では誰が誰だか判然としていなかった。

まずランズコム老人を観察しながら、エントウイッスル氏はこう考えた。「もうだいぶよぼついてきたな、かわいそうに。そろそろ九十近い人じゃないかな。まあまあ、リチャードの遺産整理でたっぷり年金がもらえるから、もうなんの心配もなく余生を送れるってわけだ。忠実な男だ。こんなに旧式な奉公人は、近ごろ見ようたって見られないからな。家政婦だの、ベビーシッターだのばっかりで、いやな世の中になったもんだ。リチャードもまだ死ぬって歳までゆかないで死んでしまってかわいそうだが、それがかえってよかったようなもんだ。たいして生き甲斐のある時世じゃないからな」

七十二歳になるエントウイッスル氏にしてみれば、六十八歳のリチャードの死は若死にだったとしか考えられなかったのである。エントウイッスル氏は二年前にすでに実務から遠ざかって引退の身であったが、リチャード・アバネシーの遺言執行者として、また古い顧客であり、と同時に個人的な友だちでもあるリチャードの死を悼むため、わざわざイングランド北部にあるこの土地まで出かけてきたのである。

心の中で遺言の条項を思い浮かべながら、彼は親類の人たちを一人一人観察していった。

レオの妻のヘレン、もちろん彼はヘレンをよく知っていた。非常に魅力的な女性で、彼も相当な好意と尊敬を寄せていた。窓の近くに立っている彼女を見るエントウイッスル氏の目には、批判的な色はまったくなかった。じつに黒がよく似合う。あの歳になっても身体つきもすっきりしている。はっきりした顔立ち、頭の真中から後ろにかけて波打った白髪まじりの髪の美しい線、矢車菊にたとえられた彼女の目はいまでも生き生きとして青い。ヘレンはもういくつになるかな、五十一か二、くらいだろうか。レオが死んでから一度も再婚しないのは不思議だ。あんなに魅力のある人が。しかし、あの二人はとても愛し合ってたからなあ。

彼の目は次にティモシーの妻に移された。彼女のことはまだよく知らなかった。黒は彼女には似合わない。どちらかといえば、田舎で着る粗いツイードのほうが似合うタイプだ。大柄で実際的で有能そうな感じの女性。ティモシーに対してはつねに献身的な妻だった。ティモシーの健康に気を配り、なにやかやと彼の世話を焼き、世話を焼き過ぎるといったほうがいいかもしれない。しかし、ティモシーはほんとうに身体が悪いのだろうか、単なる心気症じゃないだろうかとエントウイッスル氏は疑っていた。リチャードもかつて同じようなことを言っていた。「もちろん子供の頃は胸が弱かった。しかし、いまじゃ、べつにたいしたことはないと思うね」まあいいさ。誰だって好きな道楽があるんだから。ティモシーの道楽は自分の病気に夢中になることなんだ。ティモシーの夫人は道楽だって信じているのかな。たぶんそうじゃないだろう。女ってものはこういったことを認めようとはしないからな。ティモシーの懐具合はどうだろう。わりに裕福なんじゃないかな。あんまり金遣いの荒いほうじゃなかったから。しかしいずれにしても余分の金が入るってことは悪くないだろうな。ましてこんな税金の高い世の中じゃ悪かろうはずがない。戦後はかなり切りつめた生活をしなきゃならなかっただろうからな。

エントウイッスル氏は、次にローラの息子ジョージ・クロスフィールドを観察しはじめた。ローラの結婚した相手はどうも怪しげな男だった。彼の正体をはっきり知っていた人は誰もいなかった。自分じゃ株の仲買人だと言ってたが。息子のジョージは弁護士の事務所に勤めていたが、あんまり評判のよい事務所じゃなかった。男っぷりは悪くない。ただなんとなくずるがしこい感じを受ける。金回りはあんまりよくないにちがいない。母親のローラがいつもばかな投資ばかりして、親からもらった財産をなくしてたから。彼女が五年前に死んだ時には、もうほとんど残っていなかった。きりっとした顔立ちのロマンチストだったが、金遣いの点でどうも……。

エントウイッスル氏の目は、ジョージ・クロスフィールドから、さらに次の人たちに移っていった。さて、あの二人のうちのどっちがどっちだったかな。あ、そうそう、孔雀石のテーブルの上の蠟製の造花を眺めているのがロザムンドだ。ジェラルディンの娘。綺麗な子だ。いやほんとうの美人だ。だが少し頭が足りなそうな顔だな。舞台に立ってるそうだが。小さななんとか劇団とかなんとかグループとかいう、くだらないものに入ったとか。おまけに同じ俳優稼業の男と結婚したと聞いた。側にいるのがそうだ。なかなかの美男だ。しかもそれを自分でご承知だから鼻持ちならない。彼氏の育ちや交友関係はどうかな。出身はどこだろう。エントウイッスル氏は、少し旧式な偏見を持っていて、舞台人を立派な職業の人と認めてはいなかったので、ロザムンドの夫、マイクル・シェーンの明るい金髪と野生的な魅力を眉をひそめて眺めた。

さて次が、スーザン。ゴードンの娘である。スーザンのほうがどちらかといえば、ロザムンドより舞台向きだ。もっと個性がある。日常生活にはちょっと個性が強すぎるかな。エントウイッスル氏は、スーザンのすぐ側にいたので、こっそりと彼女を観察しはじめた。黒みがかった髪、薄茶色、いやほとんど金色に近い眼、ちょっとすねたような魅力的な口もと。側にいるのが最近結婚したばかりのスーザンの夫らしい。薬屋の店員をしてるそうだが。まったく、人もあろうに薬屋の店員とはな！ エントウイッスル氏の社会では、店のカウンターの後ろに立っているような男と結婚する女はいない。しかし、いまの世の中じゃ、誰とでも結婚するらしい。これといって特徴のない青白い顔。艶のない砂色の髪。スーザンの若い夫は、なにか非常に落ち着きのない様子だった。なぜだろう？　きっと妻の親類たちにいちどきに紹介されて、すっかり緊張してるんじゃないかな。エントウイッスル氏は、こう善意の解釈をくだした。

最後にエントウイッスル氏は、コーラ・ランスケネに目を移した。コーラは、この一家ではちょっと余分な存在であるが、それには多少の理由がないでもない。つまり彼女は、リチャードの一番末の妹で、母親が五十歳の時に生まれた子である。ひ弱な母親は十回の妊娠（幼い時に死んだ子供が三人ある）にすっかり身をすり減らし、コーラを産み落とすとすぐに死んでしまった。かわいそうなコーラ。コーラは生涯、どちらかといえばみんなにとって迷惑な存在だった。成長するにしたがって背丈は人一倍に伸び、おまけに不器用で、言わなくてもよいことをいきなりしゃべってしまう癖があった。しかし、コーラの兄や姉たちは何かにつけて彼女の欠点を補い、社交上の失策をかばうようにして彼女をかわいがった。コーラが結婚するなんて、誰一人想像する者さえいなかった。コーラはあまり魅力のある娘ではなかったし、エンダビーに来る客のうち、若い男でもいると勇敢に突進するので、男たちも驚いて逃げてしまうくらいだった。そうするうちにランスケネとの問題が起きたのである。ピエール・ランスケネはフランス人の血の半分混じった男で、コーラはある美術学校で彼と知り合いになった。はじめコーラはこの学校で花などを水彩で丹念に描いていたが、なにかの拍子に写生のクラスに入り、そこでピエール・ランスケネに出会った。ある日彼女は、ピエールを家に連れて帰り、みんなにピエールとの結婚を発表した。リチャード・アバネシーはこの結婚に大いに反対した。彼はピエール・ランスケネが気に入らず、きっと金のために結婚するんだと思いこんだ。彼はランスケネの経歴を調査しはじめたが、その間にコーラはピエールとどこかに逃げ出し、さっさと結婚してしまった。二人は生涯の大部分をフランスのブルターニュやイギリスのコーンウォールその他、いわゆる芸術家たちの好んで住む土地で暮らした。ランスケネはじつに下手な絵描きで、性格も決して善いほうではなかったようだが、コーラは彼に心から尽くし、彼らの結婚について家族たちの示した態度を絶対に許そうとはしなかった。リチャードはこの二人に毎月かなりの金を与え、二人はこれだけを頼りに生活していたらしかった。ランスケネが自分で金を稼いだ経験などおそらく一回もなかったであろう。エントウイッスル氏はさらに考えつづけた。ランスケネが死んでもう十二年くらいになるだろう。だから彼女はいま未亡人だ。身体は少しぶよぶよしている。ドレスといえば黒玉のビーズの房飾りをつけた、薄地の黒い、いかにも芸術家ぶったドレス。いまこうして少女時代の家に戻り、そこらじゅうを歩きまわり、いろんな物に触り、何か見覚えのあるものを見つけると大声を上げて喜んでいる。兄の死を悼むふりすらしない。もちろんコーラは、子供の時から何事においても〝ふりをする〟ということは絶対にしない人間だった。

ちょうどそのとき、ランズコムが再び部屋に姿を現わした。そして喪中の家にふさわしい抑えた声で言った。

「みなさん、ご昼食でございます」

第二章

まず非常に味のよいチキンスープ。つづいていろいろなご馳走が高級な白ワイン〝シャブリ〟といっしょに出された。すると自然と葬式の暗い空気がうすれて、なんとなく明るい雰囲気がかもし出されてきた。もともとリチャード・アバネシーとほんとうに親密な関係にあった人は誰もいなかったから、そこには心からの悲しみというものは感じられなかった。しかし、参列者たちは一応礼儀正しく控え目な態度をとっていたのである（ただ自由闊達なコーラだけは、はじめから葬式を大いに楽しんでいた）。そこで、葬式も終わるし、一応の礼儀作法も守られてきたし、もうそろそろ普通の会話が取り交わされてもよいのではないかというのがみんなの気持ちだった。エントウイッスル氏がこれに拍車をかけた。彼は商売柄このような葬式には馴れているし、どのへんで葬式気分を変えたらよいかということを、よく承知していたからである。

食事が終わるとランズコム老人は、「コーヒーは書斎で」と全員を案内していった。

これは彼の細かい配慮の気持ちから出たもので、つまり遺言発表の時機が到来したと見てとったのである。大きな本棚と、どっしりした赤いビロードのカーテンに囲まれた書斎は、遺言を読み上げるのに絶好の雰囲気を持っていた。彼はあちこちに坐っている人たちにコーヒーをすすめると、物静かに部屋のドアを閉めて退場した。

しばらく取りとめのない話をしていた人々は、やがて期せずしてエントウイッスル氏のほうを促すような目で注目しはじめた。彼はちらと腕時計を眺めたのち、ただちにこの注目に応じた。

「三時半の汽車で帰らなきゃならないんで……」と切り出した。他の人たちも三時半の汽車を予定しているらしかった。

「みなさんもご承知のとおり、私はリチャード・アバネシー氏の遺言執行者で……」

コーラ・ランスケネがいきなり口を入れた。「あら知らなかったわ。あなたが？　それで、リチャードは、あたしにもなにか残してくれたかしら」

（とんでもない時に口を出す。コーラの本領丸出しだ。いつものことながら）エントウイッスル氏はコーラのほうを押さえつけるように一瞥して、そのまま話を続けた。

「一年前まではリチャード・アバネシーの遺言は非常に簡単明瞭でした。多少の贈与を除いて遺産の全額を息子のモーティマーに残すことになっていました」

「かわいそうなモーティマー。小児麻痺ってほんとに恐ろしい病気ね」またコーラが口をはさんだ。

「モーティマーの死はあまりに突然で悲劇的だったものですから、リチャードの受けた打撃も非常に大きく、したがってこのショックから回復するのには何カ月もかかるほどでした。そこで私はリチャードに新しく遺産相続の書類を作成したほうがいいんじゃないかと忠告した次第で……」

「もしリチャードが新しい遺言状を作らなかったらどうなってたんでございましょうか。全部ティモシーに移ったんじゃないでしょうか。ティモシーは最近親者ですから……」モード・アバネシー（ティモシー夫人）が低い太い声で尋ねた。

エントウイッスル氏はこの〝最近親者〟云々に対して法律的な解釈をしてやろうと口を開きかけたが、まあよしたほうがよいと考え直してはっきりした事務的な口調でつづけた。

「で、私の忠告を容れたリチャードは新しい遺言状を作ることにしました。しかしその前に、若い人たちのことを少し知っておいたほうがよいと考えつきまして」

「だから私たちを〝点検〟したんだわね。まずジョージを呼んで、それからグレッグと私。そのあとでロザムンドとマイクルを」スーザンが突然朗らかな笑い声をあげて口をはさんだ。

これを聞いた夫のグレゴリー・バンクスはやせた頬を真っ赤にして、強くたしなめるような調子で言った。

「スーザン、そんなふうな言い方をすべきじゃないと思うなあ。〝点検〟だなんて」

「でも実際そうなんでしょう？　ねえ、エントウイッスルさん」

「あたしになにか残してくれたかしら？」コーラがまた口を出した。

エントウイッスル氏は咳払いをして、少し冷やかな調子でいった。

「遺言の写しを一通ずつみなさんにお送りすることにいたします。お望みとあらば今ここで全文読み上げてもかまいませんが、法律的な文章ばかりでみなさんにはおわかりにならない箇所もあると思います。ですから、必要な点だけを簡単に申し上げますと、あちこちの慈善事業に多少の寄付をして、それからランズコムに相当の終身年金をつけたら、その残り全部――これはかなり莫大な額ですが――これを六つに均等に分割します。そのうちの四つは、税金を払った後、リチャードの弟ティモシーと、甥のジョージ・クロスフィールド、姪のスーザン・バンクス、同じく姪のロザムンド・シェーンに渡されます。残りの二つは信託にまわされて、それから上がる収入をリチャードの亡き弟レオの妻ヘレン・アバネシーとリチャードの妹コーラ・ランスケネに終身支払うことになります。この二人が死亡した場合は、その元金が前の四人ないしその後継者に等分されることになります」

「まあ、とても素敵だわ、決まった収入が入ってくるなんて」コーラ・ランスケネがほんとうに嬉しそうな声をあげた。「それで、いくらぐらい？」

「さあ……いまのところはっきりした額はわかりませんが、相続税が相当かかるし……」

「おおよそでいいのよ、いくらぐらい？」

エントウイッスル氏はコーラを落ち着かせるよりほか仕方がないと知った。

「そうですね、一年に三千ポンドか四千ポンドぐらいになり……」

「それだけあれば大丈夫よ。あたしカプリ島へ行くわ」

ヘレン・アバネシーは低い声で言った。「リチャード様って親切で気前のいい方だったのね。お気持ち、ほんとうにありがたいわ」

「リチャードはあなたがとても気に入ってたらしいです。兄弟のうちでもレオとは一番仲が良かったし、レオが死んでからもあなたがたびたび訪ねてこられたのをとても喜んでました」エントウイッスル氏が説明した。

ヘレンはいかにも残念そうだった。「リチャード様がそんなに病気がお悪かったとは存じませんでしたわ。もっと早く存じ上げてればねえ。お亡くなりになる少し前に遊びにまいりましたとき、お加減の悪いことは知っておりましたが、こんなに急にお亡くなりになろうとは……」

「ずっと前から相当悪かったんですが、人には言いたくなかったらしいんです。いずれにしても、こんなに急だとは誰も思ってなかったし、医者も驚いていたようなわけで……」

「新聞に書いてあったわ、〝自宅にて急逝〟とね。あれ見たとき、あたし思ったんだけど……」コーラが相槌を打った。

モード・アバネシーは言った。「あたくしたちもほんとうに驚きましたわ、かわいそうにティモシーすっかり気に病みましてね〝あんまり急だ、あんまり急だ〟って何度も何度も申してましたわ」

「でも、うまくもみ消しちゃったわねえ」コーラが口を出した。

部屋にいる人たちがいっせいに彼女を見つめた。彼女は少しうろたえて、大急ぎでつけ加えた。

「もちろんそれでいいんだと思うわ。ええ、そのほうがいいわ。わざわざ触れまわっても何の役にも立たないし、だいいち、みんなが不愉快に思うだけよ。家族のことは家族だけで……」

彼女に向けられていた人々の顔は、ますます狐につままれたような表情に変わった。エントウイッスル氏は彼女のほうに身体を乗り出した。「コーラ。いったいあなたはなんの話をしてるんです。私にはさっぱりわからんけれども」

コーラ・ランスケネはびっくりした目つきで親類の人たちを見まわし、それから小鳥のように首をちょっと片方にかしげると、「だって、リチャードは殺されたんでしょう？」と言い放った。

第三章

1

一等車の隅に腰掛けたエントウイッスル氏はロンドンまでの車中、なんとはなしにコーラ・ランスケネの思いがけない言葉を落ち着かない気持ちで考え続けた。もちろんコーラは、非常に愚かなばかりでなく、多少精神にアンバランスなところのある女だ。子供のときから言わずもがなの真実をぶちまけてしまうので、みんなが迷惑してきた。

〝真実〟？　いや真実という言葉は語弊がある。真実じゃない。〝厄介な陳述〟といったほうが適当だ。

彼はコーラの放言直後の光景を頭に描いてみた。みんなの驚いた目、あきれた目、その目に見つめられたコーラは、自分の言った言葉がいかに大それた言葉であったかに気がついたようだった。

モードは「とんでもないことを、コーラ」と言った。ジョージは「こりゃ驚いた」と言い、それから誰かが「それいったいどういう意味？」と尋ねた。

するとコーラ・ランスケネはまごついて、間違いを紛らわそうと早口にしゃべりだした。

「あら……ごめんなさい……本気で言ったんじゃないわよ。……ばかね。あたし……だけどリチャードがあんなこと言ってたもんだから……もちろんなんでもないことわかってたわ、でも、急に死んじゃったでしょう？……あたしの言ったこと忘れてちょうだい、本気で言ったんじゃないから……。あたしっていつも言ってはいけないことを口に出してしまう性質だもんだから……」

そのうち瞬間的な緊張は消え失せ、みんなはリチャード・アバネシーの私有物を整理するという実際的な問題について相談を始めた。エンダビーの家と、家の中にある品物は売りに出すことに話が決まった。

コーラの不幸な失態は忘れられた。いずれにしても、コーラは常日頃、知能が低いとまではいかなくても、無邪気すぎて困ると言われていた。彼女には言っていいことと悪いことのけじめがつかなかった。十九ぐらいまでは、それでもたいしたことはなかった。簡単に〝恐るべき子供《アンファン・テリブル》〟で通ったからである。しかし五十にして〝恐るべき子供〟じゃすまされない。言わなくともよい〝真実〟をぶちまけるなんて……。

エントウイッスル氏の熟考はここではたと停止した。この〝真実〟という言葉が現われたのはこれが二回目。これはどうも気に障る言葉だ。なぜ気に障るんだろう？　なぜって、いうまでもない。コーラの放言によって引き起こされた当惑の底に、この〝真実〟がずっと潜んでいたからだ。彼女の無邪気な言葉は、真実でなくとも多少の真実性がある。だからこそみんなが当惑を感じたのだ。

四十九歳の小肥りの女になったコーラには、昔の不器用な女の子の面影はほとんど認められないが、しかし彼女の持っていたある種の癖は残っている。たとえば、例のとんでもない言葉を放ったときに彼女がした動作、つまり、小鳥のように首をちょっとかしげる癖、これは子供の頃のコーラが何かおもしろいことの起きるのを期待するときによくした身ぶりである。あるときなど台所付きのメイドのモリーの身体つきを眺め、例のごとく首をちょっとかしげて、「モリーのお腹、とてもふくらんでてテーブルの側に近寄れないぐらいだわ。あんなになったの、この一、二カ月よ、どうしてあんなに肥ったのかしら？」と言った。

コーラの口はすぐふさがれた。アバネシーの家風は非常にヴィクトリア朝風だったので、モリーは次の日から台所の仕事を辞めさせられ、それからいろいろ調べたあげく、庭師の手伝いの若い男が小さな家をもらってモリーと一緒に住むようになった。

ずいぶん昔の話だ。しかし一概に笑ってすませられる話じゃない。

エントウイッスル氏は彼の不安な気持ちをもう少し綿密に分析してみた。コーラのばかげた放言が、なぜこんなふうに自分の心にわだかまっているのだろう。そこには何かあるはずだ。やがて彼は彼女の言葉の中から二つの文句を選び出した。「リチャードがあんなこと言ってたもんだから……」と「でも急に死んじゃったでしょう？」

エントウイッスル氏はまず後のほうの言葉を吟味してみた。もちろんリチャードの死は、考えようによっては急だった。エントウイッスル氏はリチャードの健康についてはリチャードとも、また彼の医者とも話し合ったことがある。医者は、もうあんまり長くはないとはっきり言いきっている。ただしリチャードが充分健康に注意すれば、まだ二年や三年は生きられるだろうと。それ以上生き延びる望みもないことはないが、それはたいしてあてにはならない。いずれにしても、医者はリチャードがいますぐにポックリいってしまうとは思っていなかった。

そうすると医者の診断は間違ってたわけだ。しかし医者というものは、自分でも認めているとおり、病気に対する患者の個人的な反応について決して予断できるものではない。匙を投げ出した患者が案外回復することもある。反対に回復の途中にある患者が、思いがけなく死んでしまうこともある。患者自身の活力が大きく作用するからである。生きよう、生きようとする内部の力が。

しかしリチャード・アバネシーは、元来頑健な人間ではあるが、生きる張り合いを失っていた。

ほんの六カ月前、一人息子のモーティマーが小児麻痺にかかって一週間足らずで死んでしまった。人並み以上に健康な若者であった息子の死は、なおさら父親のリチャードにとっては大きな痛手だった。モーティマーはスポーツ中毒といってもよいほどスポーツが好きで、優秀な運動選手でもあったし、子どものときから病気らしい病気にかかったことは一度もなかった。おまけに非常にかわいらしい娘と婚約一歩手前であったし、父親の将来の望みはこの最愛の息子、完璧な息子一人にかかっていた。

ところが事態は急転直下、息子の死という大きな悲劇に見舞われたのである。悲しみは息子を失ったという個人的なもののみにとどまらず、未来に対するリチャード・アバネシーの興味を完全に失わせてしまった。息子の一人は赤ん坊のときに死んでしまうし、次の子供は流産。もちろん孫はいなかった。だから事実上、彼の名前を継ぐ直系の人間は一人もいなくなったわけである。莫大な財産と広汎な事業権益(これはいまでもある程度まで彼が牛耳っていた)を擁していながら、これを受け継ぐ人間が一人もいないのである。

こういったことがリチャードの心労の種になっていた。ただ一人生き残っている弟は寝たり起きたりの病人だし、あとは若い連中、甥や姪ばかりである。エントウイッスル氏が直接彼から聞いたわけではないが、リチャードはこれらの親類のうちから一人を後継者として選び、残りの人間には多少遺産を分けてやるというつもりらしかった。とにかく、リチャードはこの六カ月の間にまず甥のジョージを、それから姪のスーザンとその夫、次に同じく姪のロザムンドとその夫、最後に義妹のレオ・アバネシー夫人（ヘレン）を次々とエンダビーに招待した。彼は最初の三人ジョージ、スーザン、ロザムンドのうちから後継者を選ぶつもりだったらしく、ヘレン・アバネシーを呼んだのは彼女に対する愛情の現われであり、できれば相談相手になってもらうつもりらしかった。リチャードはヘレンの良識と実際的な判断をつねに高く評価していたからである。エントウイッスル氏はまた、リチャードがこの六カ月の間に弟のティモシーをときどき訪ねていたことも聞き知っていた。

こういったいきさつの結果、出来上がったものが、いま、エントウイッスル氏のブリーフケースの中に入っている遺言状である。全財産の平等分配。このことから導き出される結論は、リチャードが甥にも姪にも、あるいは姪の結婚相手にも、失望したということである。

エントウイッスル氏の知っている限りでは、妹のコーラ・ランスケネは兄からの招待を受けていなかった。ここでエントウイッスル氏にはコーラの例の謎のような気にかかる言葉、「だけどリチャードがあんなこと言ってたもんだから……」という言葉が問題になってきた。

リチャード・アバネシーは何を言ったんだろう。また、いつ言ったんだろう？　もしコーラがエンダビーに来なかったとすると、リチャードのほうでバークシャー州の芸術村にある彼女の小さな家を訪ねたにちがいない。それとも彼女に手紙を出して何か言ったのだろうか？

エントウイッスル氏は眉間にしわを寄せて考え込んだ。もちろんコーラは少し頭の足りない女だ。リチャードの言葉を間違って解釈したかもしれないし、あるいは自分勝手な意味をつけ加えたかもしれない。しかし、それにしてもリチャードはどんなことを言ったんだろう？

エントウイッスル氏はこのことがますます気にかかってきた。と同時にコーラ・ランスケネを訪ねて、ことの真相を聞きただしてみようという気持ちがだんだん強くなってきた。いきなり聞いちゃ駄目だ。少し時間をおいて、なるべくさりげなく。しかしどうあってもリチャード・アバネシーの言った言葉を知りたい。いったいどんな言葉が彼女にあんな思いもよらない放言をさせたんだろうか？

「だって、リチャードは殺されたんでしょう？」

2

同じ汽車だが、エントウイッスル氏の乗っている客車からずっと離れた三等車の中で、グレゴリー・バンクスは妻のスーザンに向かって言った。

「きみの叔母さん、あれ完全にいかれてるね」

「コーラ叔母さんのこと？」スーザンは少しぼうっとしていた。「ええそうなの。昔から少し頭が変なのよ」

向かい側に坐っていたジョージ・クロスフィールドが、かなり激しい調子で口をはさんだ。

「あんなでたらめはやめさせるべきだな。知らない人が聞いたら本気にしてしまう」

口紅で夢中になって唇の形を直していたロザムンドは独り言のように呟いた。

「あんな前世紀の遺物に耳をかす人なんかいやしないわ。妙な服を着て、じゃらじゃらとビーズ玉を……」

「とにかく、あのおしゃべりをやめさせなきゃあ……」ジョージが言い張る。

口紅を片づけ、鏡の中の自分の顔を満足げに眺めていたロザムンドが笑いながらいった。「それじゃね、ジョージ、あんたがやめさせたらどう？」

彼女の夫のマイクルが横合いから言った。

「ジョージの考えに、ぼくも賛成だな。人の口はうるさいからね」

「うるさくってもいいじゃないの？」ロザムンドはこう言い放っておいて、それからちょっと考えた末、唇の両端をキューッと上げて微笑んだ。「そうなったほうがおもしろいわ」

「おもしろいって？」他の四人がいっせいに声を揃えた。

「だって、あたしたちの一族に殺人事件が起きたら、ちょっとスリルがあってすてきじゃない？」

神経質で憂鬱そうなグレゴリー・バンクスはこのとき、妻スーザンの従妹にあたるこの美しいロザムンドに、その魅力的な外見は別として、なにかしら叔母のコーラと一脈相通ずるところがあるんじゃないかと考えた。彼女の次の言葉によってこの考えはいっそう強くなった。

「もし彼がほんとうに殺されたんだとしたら、誰が殺したと思う？」ロザムンドはみんなの顔をひとまわりぐるりと見まわすと、さらにつづけた。

「伯父さんがポックリ死んでくれて、あたしたちみんなとっても救われたんじゃないの。マイクルもあたしも、もうぎりぎりのところまできてたのよ。マイクルなんかサンドボーンの劇場にとてもよい役があったんだけど、待つだけの経済的余裕がなかったのよ。そしたら伯父さんが具合よく死んじゃったでしょう。もうなんの心配もないわ、自分で自分の好きな芝居を舞台に出すことだってできるわ。じつのところ、すばらしい劇が一つあるの、マイクとあたしにうってつけの役でね……」

もう誰一人、ロザムンドの恍惚然とした独りぜりふを聞いているものはいなかった。彼らの関心は自分たちの目前の将来というものに移されていた。

ジョージは考えた。「きわどいところだったなあ。これで使い込んだ金をそうっと元に戻しておけば誰にも気づかれはしないだろう。しかし、じつに危いところだった」

グレゴリーは座席にゆったりもたれかかって目を閉じた。捕らわれの身から解放されたような気分に浸って。

スーザンは、少し冷たいが、はっきりした声で話しはじめた。「もちろんわたし、伯父さんのことお気の毒だと思うわよ。ほんとうにかわいそうよ。でももう歳だったでしょう。モーティマーが死んでから、なんの楽しみもありゃしないし、いまから何年も寝たり起きたりの病人生活じゃたまったもんじゃないわ。あんなふうにぽっくり死んじゃったほうがどんなに幸福だか……」

彼女のひどく自信に満ち満ちた目は、側でのんきに目を閉じている夫の顔を眺めているうちに、だんだん柔らかいまなざしに変わっていった。彼女は夫を心から愛していた。グレッグがそれほど自分を愛していないことはスーザンもうすうす感じてはいたが、そのことはかえって彼女の熱をかきたてる結果になっていた。グレッグは自分のものだ。彼のためにはどんなことでもやってのけるだろう。どんなことでも。

3

モード・アバネシーはエンダビーに一晩泊まることになっていたので、夕食のための着替えをしながら考えた。家の整理をするヘレンのお手伝いを申し出なくてもよいかしら。そうしたらもう二、三日泊まっていかなきゃならない。リチャードの私物の整理をしたら……いろんな手紙が出てくるかもしれない……。もちろん重要な書類はエントウイッスルさんが持っていってしまっただろう。それにティモシーが待ってるから少しでも早く帰らなきゃ。わたしがいて世話をしないと、ティモシーはいつも機嫌が悪いんだから。遺言状のことを喜んでくれるといいけど。でも、ひょっとすると気を悪くするかもしれないわ。ティモシーはリチャードの財産の大部分が自分に入ってくると思ってたんだから。誰がなんと言おうと、アバネシーの兄弟で生き残ってるのはティモシー一人なんだから。リチャードは若い人たちの世話をティモシーに一任するのが当然なんだわ。そうだとしたら、きっと機嫌を悪くするわ……機嫌を悪くすると消化によくないし……。それに機嫌が悪いと、とても無理なことばかり言って。ときには分別がつかなくなるようなことさえあるわ。医者のバートン先生に話しておいたほうがいいかしら。だけどあの睡眠薬、ティモシーはこのごろ睡眠薬を飲み過ぎてると思うわ。壜を取り上げようとすると、とても怒るし……。でも危険な薬だから……バートン先生もそうおっしゃってたわ。一度飲んだら頭がぼうっとしてきて、飲んだこと忘れて、また飲んでしまうことがあるって……。そしたら大変だわ……。そういえば壜の中にはあんまり残ってないようだったわ。もっとあるはずなのに。薬のこととなるとティモシーはまるで駄々っ子みたい。わたしの言うことなんかちっとも聞いてくれやしない。ときどきほんとうに手を焼くわ。

彼女は溜息をついた……それから急に明るい顔になった。そうそう、これから先はもうなんの心配もしなくていい。たとえば庭の問題だって——。

4

ヘレン・アバネシーは〈緑の応接間〉で、モードが食事に降りてくるのを待っていた。彼女は見るともなしにあたりを見まわしながら、レオや他の人たちと一緒に過ごした昔のことを思い浮かべてみた。あの頃はほんとうに幸福そのもののような家だった。第一こんな家には人がたくさんいなくてはいけない。子供や使用人や犬がかりな食事や、いろんなものが必要だ。冬になったら火がかんかんに燃えていなくては。子供をなくした老人がたった一人で住んでいると、ここはあまりに淋しく、侘しい家になってしまう。

こんな家をいったい誰が買うだろうか。ホテルに改造されるか、それとも研究所か、若い人たちのための簡易宿泊所か、こんな大きな家はこの頃、たいていそんなものに改造されている。住むために買う人はおそらく誰一人としていないにちがいない。ひょっとしたら全部取り壊されて新しい家が建てられるかもしれない。ヘレンはこんなふうに考えているうちに悲しくなってきた。その悲しさを払いのけるように、彼女はさらに考えつづけた。過去にこだわってもしようがない。この家。この家での楽しかった生活。リチャード。レオ。すばらしかった日々は過ぎ去ってしまった。でも自分には自分の生活がある。自分だけの友だちもあるじゃないか。自分の心を打ち込んだ仕事もある。そうだ。なすべき自分の仕事がある。リチャードが残してくれた収入でキプロス島の家は手離さなくてもすむし、いろいろ計画したことを実行してもゆける。

最近お金のことではほんとうに苦労した。高い税金。投資という投資は片っ端から駄目になってしまうし……。しかしもう大丈夫。リチャードのおかげでこんな苦労もすっかりなくなった……。

かわいそうなリチャード。眠ったまま死んでいったのがせめてもの慰め……〝二十二日に急逝〟この言葉がコーラの頭にあんな変な考えを注ぎ込んだに違いない。実際コーラってとんでもない人だ。ヘレンはかつてコーラがピエール・ランスケネと結婚した直後、外国で会ったことがあるのを思い出した。あの日コーラはとくにばかげた愚かな態度だった。首をちょっと片方にかしげて、絵画芸術について、とくにピエールの絵について独断的な意見をまくしたてていた。ピエールはあのとき、ずいぶんきまりの悪い思いをしたにちがいない。妻が人からばかにされるのを喜ぶような夫は世の中に一人だっていやしない。ところがコーラは正真正銘の愚か者だ。かわいそうなコーラ。べつに彼女のせいじゃないんだから。ピエールだって彼女にずいぶんな仕打ちをしていたんだもの。

ヘレンの目は無意識に丸い孔雀石のテーブルの上にある造花の上に注がれた。みんなが教会へ行くちょっと前、コーラはこのテーブルの側に坐っていた。他の人たちもこの部屋で教会行きを待っていた。コーラはあれこれと見覚えのあるものを見つけては歓声を上げ、嬉しそうに昔話をして、みんながなんのためにこの家に集まってきたのかすっかり忘れてしまっていたようだった。

しかし考えてみれば、コーラは他の人ほど偽善者ではなかったとも言える。

コーラにとって因習だとか慣習だとかいうものは存在しない。彼女があのばかげた言葉をどんなふうに言い放ったか、それだけでも充分わかるではないか。「だって、リチャードは殺されたんでしょう？」

周りの人たちの顔、みんな目を見開いて、驚いたような、あきれたような、なじるような。彼らはいっせいにコーラを見つめていた。いろんな複雑な表情が彼らの顔に出ていた。

こんなふうに考えながら当時の光景をありありと心の中に描いていたヘレンは、突然眉をしかめた。その光景の中に何かしら妙なものがあった。

何かが？

誰かが？

それは誰かの顔に現われた表情だったろうか？　なんだったろう……なにかしら……口にはっきり言えない何かが……あるはずのないものがそこにあったような気がする。

わからない……漠然としている……。

何か、どこかに、間違ったものが存在していた。

5

同じ頃、スインドンの駅の食堂で、黒いビーズ玉をいっぱいつけた薄地の喪服を着た女性が、バスバン（一種の菓子パン）を食べ、お茶を飲み、未来の楽しさを夢見ていた。彼女には災難の予感などこれっぽちもなく、むしろ幸福そのものの姿であった。

こんなふうに田舎から田舎へ旅行するのは実際くたびれるわ。いっそのことロンドンへ行ってそれからリチェット・セント・メアリーに帰ったほうがよっぽどましだわ。旅費だってたいした違いはない。少し高いだけ。しかしもう高い安いは問題じゃないわ、お金があるんだから。でもロンドンのほうに行くとしたら、親類の連中と一緒に行かなきゃならないし、おしゃべりにも付き合わなくてはならないわけね。それも気が疲れるわ。

やはり田舎まわりの汽車で帰ることにしてよかった。このバスバン、案外おいしいじゃないの。葬式ってずいぶんお腹のすくものなのね。エンダビーのスープはとてもおいしかったわ。冷たいスフレも。

気取った人間ばかりだったわね……それに、偽善者ばっかり。あの人たちの顔ったら……。あたしが人殺しの話をしたときの……。変な顔してあたしを穴のあくほど見つめてたわ。

あたしもうまいこと言ったもんだ。あれでよかったんだわ、ざまを見ろだわ。

彼女は時計を見上げた。汽車の出発まであと五分。お茶を飲み干した。あんまりいいお茶じゃない。彼女はしかめ面をした。

ほんのしばらく彼女は坐ったまま夢を楽しんだ。彼女の前に繰り広げられる未来の夢を……。彼女は子供のようにほほえんだ。

とうとう人生を楽しむ時がきたんだ……。

彼女はあれこれと計画を立てながら、ローカル線の小さな汽車に乗りこんだ。

第四章

1

エントウイッスル氏はその晩、寝苦しい一夜を過ごした。朝になっても疲れは抜け切らず、気分も悪く、なかなか起き上がれなかった。

家事いっさいを切りまわしている彼の姉は、トレイに朝食をのせて部屋に入ってくるなり、彼に向かって、その歳で、その身体で、北部イングランドまでほっつきまわるばかがありますか、と叱りつけた。

エントウイッスル氏は、リチャード・アバネシーがいかに昔からの友だちであったか、とだけ言った。

「お葬式なんてものは、あなたぐらいの歳の人間にはほんとうに命取りなんですよ。あなただって、もっと身体に気をつけなけりゃあ、リチャードさんみたいにポックリいってしまいますよ」と彼の姉はぶつぶつ小言を言った。

ポックリという言葉はエントウイッスル氏をドキッとさせ、また彼を黙らせてしまった。彼はもうそれ以上姉に逆らわなかった。この〝ポックリ〟という言葉がなぜ彼をドキッとさせたか、彼自身充分知り抜いていた。

コーラ・ランスケネ！　彼女が口に出したようなことが実際リチャードの身に起こったとは、とうてい考えられない。しかし、それは別問題としても、なぜ彼女があんなことを言い出したかはっきり知りたいものだ。そうだ、一度リチェット・セント・メアリーまで出かけていって彼女に会ってこよう。遺言状にかこつけて署名が欲しいとか何とか言えば口実もできる。ただし、彼女の例の言葉を自分が気にしているなんてことは絶対に気取られないようにしよう。いずれにしても彼女の村に出かけて会ってこよう。できるだけ早く。

彼は朝食をすませて枕によりかかり、《タイムズ》を読んだ。こんなときには《タイムズ》を読むと、なんとなく気持ちが落ち着いてくる。

その晩の六時十五分前ぐらいに電話がかかってきた。

受話器を取り上げると相手は彼の事務所の共同経営者ジェームズ・パロット氏だった。

「エントウイッスルさん、じつは、ついさっき、リチェット・セント・メアリーってところの警察から電話がかかってきたんですけど……」

「リチェット・セント・メアリー？」

「ええ、それがね」パロット氏はここでちょっと息を入れた。少し当惑気味のようだった。「じつはコーラ・ランスケネ夫人のことですがね。彼女はアバネシー家の遺産相続人の一人じゃなかったですか？」

「ああ、そうだよ。昨日葬式で会ったけど」

「えっ？　葬式に来てたんですか？」

「ああ、彼女がどうかしたのかい？」

「それがですね……じつは……」パロット氏はまるで詫びるようにたどたどしい言葉で言った。「じつは、とても妙な話なんですけど、……その……彼女が殺されたって知らせなんですよ」

パロット氏はこの〝殺された〟という言葉をできるだけ控え目に口にした。あたかも〈ボラード、エントウイッスル、エントウイッスル・アンド・ボラード〉法律事務所ともあろうものが、こんな言葉で汚されるのを恐れるかのような口ぶりだった。

「殺されたって？」

「ええ、ええ、そうらしいんです。いえ、そうなんです。間違いのないところ」

「警察がどうしてわれわれの事務所に……」

「そのう、……彼女の同居人といいますか、家政婦といいますか、ミス・ギルクリストという婦人がおりまして。警察に彼女の近親者か知人を知ってるかと聞かれて、このミス・ギルクリストが親類の人たちのことははっきり知らないがと言って、われわれの事務所を知らせたらしいんです。で、警察のほうではすぐ私のところに電話をかけて……」

「どうして警察は殺人だってわかったんだろう？」

パロット氏はここでまた詫びるような調子で言った。

「それはもう、疑問の余地がないらしいんです。なにか手斧《おの》かなにかで……、ずいぶんと暴力的な犯罪で……」

「強盗でも入ったのかな？」

「見たところそうなんだそうです。窓ガラスがぶちこわされて、引出しなんかもかきまわされ、装身具が少しなくなってるそうで。しかし、警察ではなにかあると睨んでますね。どこか辻褄の合わないところがあるらしくて」

「何時頃起こったんだって？」

「今日の午後二時から四時半までの間」

「家政婦はどこにいたんです？」

「レディングの町の図書館に本を返しに行ってたんだそうです。レディングから五時頃帰ってきて、ランスケネ夫人の死体を発見したわけで。警察ではランスケネ夫人を殺害しそうな人間をわれわれが知っていやしないかと尋ねるんで……」ここでパロット氏は憤懣に堪えないといった声を出して、「で、私は、強盗事件ならともかく、変な殺人事件がわれわれの知り合いの方の身に起こるはずは決してないとはっきり申しておきました」

「ああ、ああ」とエントウイッスル氏は上の空で答えた。

もちろんパロットの言ったことは正しい。強盗かなにかの仕業に違いない。彼はつとめてそういうふうに考えたかった。

しかし、コーラが無邪気な調子で言い放った、「だって、リチャードは殺されたんでしょう?」という言葉が彼の耳にこびりついてどうしても離れなかった。

ばかなコーラ。昔からああなんだ。天使でも行きたがらないところにさっさっと踏み込んでいく癖……。言わずもがなの真実をぶちまけてしまう……。

真実！

またもや姿を現わしたこの言葉。

2

エントウイッスル氏とモートン警部はお互いを探るような目で観察しあった。

エントウイッスル氏はコーラ・ランスケネに関係のあるいろいろな事実を、彼らしい整然としたテキパキした調子で警部に提供した。彼女の生い立ちから結婚。夫の死亡。彼女の財政状態、親戚関係等。

「ティモシー・アバネシーさんが肉親としては一番近い人で、他の人はみな亡くなっております。そのティモシーさんも、寝たり起きたりの病人で、完全に社会と縁を切った生活をしていますので、自分の家から一歩でも離れることは不可能という状態です。で、ティモシーさんは私を代理人として、いっさいの整理手続きを委任したわけです」

警部は彼の言葉に一々うなずいてみせた。このような頭の鋭い年長の法律家を相手にするということは、警部にとってなんとなく気の休まる思いだった。のみならず、だいぶ腑に落ちなくなってきたこの事件を解決するに当たって、この法律家からなにかしらヒントが得られればという一縷《いちる》の望みもあったのである。

警部は言った。「ミス・ギルクリストの話によりますと、ランスケネ夫人は、死ぬ前の日に、兄さんの葬式に参列するために、北イングランドに行かれたそうですが……」

「はあ、そうです。私自身も行っておりました」

「で、その日、夫人の態度になにか変わった点はなかったでしょうか。普段と違った言動だとか……心配そうな態度とかいった……」

エントウイッスル氏はさも驚いたふうに眉を上げた。

「殺される前に、人間って変わった態度でもすると決まってますかな？」

警部は多少がっかりした様子で微笑を返した。

「べつに夫人が死相を現わしたとか、予感を感じたとかいう意味のことを言ってるんじゃありません。私はただ、なにか普通でない、どことなく変わったところはなかったかと、それを探ってるんです」

「私にはあなたのおっしゃることがよく理解できないのですが……」

「じつはエントウイッスルさん。この事件にはわからないところがずいぶんあるんです。まあ、仮にですな、誰かがギルクリストという女性の出かけるのを待っていたとしますね、彼女は二時頃家を出、村道を通ってバスの停留所に行きます。で、この〝誰か〟はですね、薪小屋の側にあった手斧をわざわざ拾い上げて、これで台所の窓を割り、そこから家に入って二階に上がり、その手斧でランスケネ夫人を滅多打ちに殴ったというわけです。六回から八回ぐらい殴っていますね、力まかせに」エントウイッスル氏はちょっと身をすくめた。「そうなんですよ、残酷なやり口です。それから侵入者は引出しを開けて装身具をいくつか持ち去ったのですが、この装身具ってのが、全部合わせても、たかが十ポンドぐらいのもので……」

「で、コーラは寝ていたんですか？」

「ええ。話によると前の晩、北部から夜おそく帰ってきて相当疲れていたらしく、またかなり興奮してたらしいんです。彼女、遺産をもらったという話じゃありませんか」

「そうです」

「一晩中眠れなかったらしいんです。で、朝起きた時には、ひどく頭が痛いといってお茶を何杯も飲むと、頭痛止めに鎮静剤を少しのんで、それからミス・ギルクリストに昼食まで起こさないでくれと頼んで寝たんだそうです。それでもよく眠れなくて、催眠薬を二粒のんだらしいんです。そのあとミス・ギルクリストは図書館の本を交換するためにバスでレディングに出かけたんですがね。ですから犯人が忍び込んだとき、ランスケネ夫人はぐっすり眠ってはいなかったとしても、うとうとしていたには違いないのです。だからわざわざ殺さなくても、脅してもいいし、猿ぐつわをかませることだってわけなくできたはずなんです。それを、わざわざ手斧を外から持ち込んで凶行に及んだというのはどうもやりすぎのように……」

「犯人は手斧をただ、脅しの目的で持っていったとも考えられますね。ただコーラが抵抗しようとしたから……」エントウイッスル氏が意見を述べた。

「ところが医師の証言によると抵抗の跡が全然ないんです。あらゆる状況からみて襲われたときには横向きにぐっすり寝ていたというのが事実なんです」

エントウイッスル氏は少し不安げに坐り直した。

「だがたまには、こんな残忍な、わけのわからない殺人事件も起こってるじゃありませんか」

「ええ、もちろんありますよ。ですから今度の事件だって、結局そんなところかもしれませんがね。ですから、怪しい人物がうろついていたらすぐに取り調べるようにという手配も出してあります。ところが土地の者に疑わしい人間は一人もありません。すでに調査ずみです。あの時間ですから、たいていの人が仕事に出かけていましてね。もちろん、彼女の家は村はずれの小径の一番はずれだから、誰だって人に気づかれずに行けるわけですがね。村の周囲には迷路みたいな小径がたくさんありますから。ところが凶行当日はよいお天気で、おまけにこの四、五日全然雨がなかったもんですから、誰か自動車で来たとしても、タイヤの跡さえ残っていないんです」

「誰かが自動車で来たと思ってるんですか？」

エントウィッスル氏が鋭く尋ねた。

「さあ……。ただ私の言いたいのは、この事件をめぐって腑に落ちない点がたくさんあるってことです。たとえば……」と警部は片手で握れるぐらいの品物を、幾つかばらばらと自分の机の上に拡げてみせた。小さな真珠のついた三つ葉型のブローチ、アメジストをはめたブローチ、小粒の真珠をつないだ短い首飾り。ガーネットのブレスレット。

「彼女の宝石箱から持っていかれたのはこれだけです。家のすぐ側の草むらの中に投げ捨ててあったんです」

「なるほど、なるほど、おかしな泥棒ですね。だけど、ひょっとしたら自分のやったことが急に恐ろしくなって……」

「そう、そういうこともありますね。しかしそうだとしたら、たぶん二階の部屋で投げ捨てていっただろうと思いますね。もちろん寝室から庭の門の所まで歩いているうちに、急に恐ろしくなったってことも考えられますがね」

「それとも、あなたが心の内で考えてらっしゃるように、強盗の仕業と見せかけるために盗《と》ったんだとも考えられる」エントウィッスル氏はさりげない調子でこう言った。

「そう、まあいろんな可能性があるわけですがね、たとえばこのギルクリストという女だって、疑えば疑えないこともないですし。女が二人っきりで住んでると、いろいろと感情の衝突ってものがありましてね。ですからこの可能性のほうも充分捜査はしているつもりです。しかし捜査の結果によりますと、二人の仲はかなり良かったらしいし、ミス・ギルクリストが彼女を殺すことはありそうもないんです」彼はここでちょっと息をついだ。「それはそうと、あなたの話によりますと、ランスケネ夫人の死によって利益を得る人は誰もいない、とおっしゃったようですね」

「私はそんなふうにはっきりとは言いませんでしたがね」

モートン警部はすばしこい目で相手を見上げた。

「たしかあなたは、ランスケネ夫人が兄さんの仕送りで生活していて、これという財産も収入の道もなかったというふうにおっしゃってたと思うんですが」

「そうです。彼女の夫ピエールは死んだ時は破産状態でしたし、娘時代の彼女の性格から察して、彼女が金を貯めてたなどとはとうてい考えられませんから」

「家自体も借家で自分のものではないし、近ごろいくら物価が高いといっても彼女の持っている家具など二束三文の値打ちしかない代物ばかりです。見せかけばかりのオーク材の家具や、気どった安いペンキ塗りのもので、彼女がこれを誰に残したか知りませんが、もらってもたいしてありがたくもないでしょう。ところで彼女は遺言状を書いていましたか？」

エントウイッスル氏は首を振った。

「彼女の遺言状についてはなにも知りません。彼女にはもう何十年と会わなかったんですから。これはあなたも承知しておいていただきたいことです」

「じゃ、さっきあなたのおっしゃった意味は？　なにか心に思ってらっしゃることがあるようでしたが？」

「そうです、ちょっと考えがありましてね。私は物事を正確にしておきたい性分で……」

「とおっしゃるのは？　さっきの遺産の話ですか？　兄さんが残していった遺産のことですか？　ランスケネ夫人はその遺産を自分の遺言状で処分する権限でも持ってるってわけですか？」

「いいや、そういうわけではありません。彼女には自分のもらう元金を処分する権限はないんです。彼女が死んだ現在、この元金はリチャードの遺言によって他の五人に等分されることになります。つまり五人が五人とも全部自動的に彼女の死によって利益を得るわけです」

警部はちょっと失望の色を顔に表わした。

「そうですか。私はまた、なにかよい手がかりがつかめるかと思っていました。それじゃ、わざわざこんなところまで来て手斧で殴り殺すだけの動機はないわけですね。そうするとやっぱり、ねじのゆるんだやつの仕業かな。たぶん思春期の若者の犯行でしょう。最近そういうのがずいぶん増えたから。犯行を犯したとたん、急におじけづいて盗んだものを草むらに捨てて逃げたってわけか。きっとそうでしょう。それともあのミス・ギルクリスト、お上品なミス・ギルクリスト。いや、ミス・ギルクリストが犯人だとは私にはとうてい考えられませんね」

「彼女が死体を発見したのは何時頃ですか？」

「ちょうど五時頃なんですね。彼女がレディングから帰ってきたのが四時五十分のバス。それから家まで歩いて表門を鍵で開けて、すぐそのまま台所に行って、お茶をいれるためやかんを火にかけたんだそうです。ランスケネ夫人の部屋からはなんの物音も聞こえなかった、もちろんミス・ギルクリストは、夫人がまだ眠ってるとばかり思ってたわけなんですね。そのあとすぐ、彼女は台所の窓が壊れて、ガラスのかけらが床一面に散らばってるのに気がついたんだそうですが、そのときも、はじめは近所の子供がボールかパチンコで壊したんだろうぐらいに軽く考えていたらしいんです。それから彼女は二階に上がって、夫人がまだ眠っているかどうか、お茶を飲みたいかどうか、ちょっと部屋の中を覗いてみたところが、あの惨事です。もちろん彼女はすっかり取り乱して悲鳴を上げながら、小径を走って、一番近くの家に知らせたというわけで。話は完全に筋が通ってますし、彼女の部屋にも、バスルームにも、彼女の服にもまったく血の跡はないし。いや、私としては、彼女がこの事件に関係があるとはとうてい考えられませんね。医者が現場に行ったのが五時半。医者の話では、四時半以後に犯行が行なわれたのでないことは確実で、どちらかといえば、二時頃に近いというんです。ですから、誰かがミス・ギルクリストの出かけるのをうかがっていたというのが一番妥当な説でしょうね」

法律家の顔がちょっとひきつった。

「いまから、ミス・ギルクリストにお会いになりますか？」モートン警部はさらに続けた。

「ええ、会ってみようと思います」

「できたら、そうしていただくと都合がいいんです。もちろん、ミス・ギルクリストは警察の者にいっさいを話してくれたと思いますが、万一ってこともありますからね。話しているうちに、いろんなことがなんとなく出てくるもので。彼女は多少オールド・ミス的なところもありますけど、だいたいにおいて分別のある実際的な女です。事実われわれにとって非常に役に立つ人で……」モートン警部はちょっと間をおいてから言った。

「係の者が遺体安置所にいますが、そちらのほうにもいらっしゃいますか？」

エントウィッスル氏はあまり乗り気でもなさそうにうなずいた。

数分後、彼は遺体安置所に立ちすくんで、コーラの亡骸《なきがら》を眺めていた。彼女の顔はめちゃめちゃにされ、ヘンナで染めた前髪は血糊でべっとりと固まっていた。エントウィッスル氏は、唇を固く閉じ、吐き気を催して目をそむけた。

かわいそうなコーラ。ほんの二日前だった、兄のリチャードがいくら残してくれたかとても知りたがっていたのは。未来に対してどんなバラ色の夢を描いていたことだろう。金が手に入ったら、もっといろんなばかげたことをしては、幸福な毎日を過ごしたであろうに。

かわいそうなコーラ。たった数時間しか続かなかった彼女の夢。

彼女が死んだからといって、誰一人として得をしたものはいない。彼女を殺した犯人ですら、わずかばかりの装身具を捨てていったではないか。もちろん五人の人間の元金が数千ポンドずつ増えはしたが、この人たちはすでにいままでの元金で充分だったはずだ。だから、こと金銭に関する限り、どこにも彼女を殺す理由はない。

自分が殺されるその前日、コーラの心に〝殺人〟という考えが宿っていたのは、単なる偶然の一致だろうか？

「だって、リチャードは殺されたんでしょう？」なんてばかげたことを言う女だろう。実際、ばかげている。あんまりばかげていて、モートン警部の耳に入れるだけの値打ちもない。

もちろん、ミス・ギルクリストに会った上で……あるいは、ミス・ギルクリストが（そんなことはありそうにもないが）リチャードがコーラに言った言葉を知っていて、なにか新しいことを知らせてくれるか？

「リチャードはあんなこと言ってたし……」いったいリチャードはどんなことを言ったのだろう？

「すぐ、ミス・ギルクリストに会ってみなくては」エントウイッスル氏は独り言を言った。

3

ミス・ギルクリストは白髪まじりの髪を短く刈った、貧相な色あせた感じの女だった。彼女は五十代ぐらいの女の人がたいてい持っている、いわゆる〝はっきりしない〟顔立ちだった。

彼女はエントウイッスル氏を快く迎えた。

「ほんとうによくいらしてくださいました、エントウイッスル様。わたくし、ミセス・コーラの親戚の方を全部存じ上げているわけではありませんし、それにいままで殺人事件なんかに巻き込まれた経験もございませんので、ほんとにどうしたらいいか途方に暮れていたところなんでございますの。実際とんでもないことになりまして……」

エントウイッスル氏には、ミス・ギルクリストが殺人事件などに関係したことのないことは一目でわかった。事実、〝殺人事件〟なるものに対する彼女の反応は、エントウイッスル氏の事務所のパロット氏の示した態度とほとんど同じだった。

「もちろん本で読んだりなどはいたしますが……」ミス・ギルクリストは犯罪というものに対する自分の態度をはっきりさせようとしていた。「それだって、好きで読んだことなど一度もございませんの。ほんとうに陰惨な感じのものばかりで……」

ミス・ギルクリストに連れられて居間に入ったエントウイッスル氏は、すばやく周囲を見まわした。まず強い油絵具の匂いが鼻をついた。部屋にはモートン警部の言葉どおりの家具があるにはあったが、それよりもいろんな絵でいっぱいだった。壁にも一面に絵がかけられていて、その大部分が薄黒い汚れた油絵であった。水彩画のスケッチも多くあるし、静物画も一枚か二枚あった。窓下の腰掛けには小さな絵がうずたかく積まれていた。

「コーラ様はこれらの絵をどこかの競売で買ってらっしゃるんです。それがとてもお楽しみらしくて、競売があると聞くと、すぐお出かけになるんですよ。最近は絵がとても安うございましてね。ええ、ほんとに二束三文でございますのよ。コーラ様は、一枚一ポンド以上はお払いにならないんですって。ときにはほんの二、三シリングぐらいで買ってらっしゃることもありますの。でもこの二、三シリングの絵の中からすてきな掘り出し物があるんですって。たとえばこの絵なんかも、ひょっとしたらイタリア・プリミティブ絵画（ジョット、マサッチョ、ボッティチェッリに代表される前期イタリア・ルネサンス絵画のこと）かもしれない、そうしたら大変な値打ち物だろうって、よく言ってらっしゃいました」とミス・ギルクリストは一枚の絵を指さした。

エントウイッスル氏はこの〝イタリア・プリミティブ〟なるものを半信半疑で眺めながら考えた。実際、コーラは絵のことなんかちっとも知ってやしなかったんだ。この中に一枚でも五ポンド以上の値打ちの絵があったら、じぶんの首を賭けてもいい。

ミス・ギルクリストはエントウイッスル氏の顔つきから、彼が何を考えているかをすばやく見て取るとこう言った。「わたくし自身、絵のことはあまり存じませんけれど、でも父は絵描きだったんでございます。もちろん名の知れた絵描きじゃございませんが。わたくしも子供のころ水彩をちょっとやっていました、それから絵についていろいろ聞きかじったこともあります。ですから、コーラ様も多少でも絵の知識があり、絵を理解できるわたくしとお話しするのがとても楽しみだったらしくて、おかわいそうに。コーラ様は、なんでも芸術的なものというと、ほんとうに夢中になられたんですの」

「あなたは彼女が好きでしたか？」こう言ったとたん、エントウイッスルはなんてばかな質問だろうと思った。彼女の立場として、どうして嫌いだなどと言えよう。一緒に生活したらコーラはずいぶんといらいらさせられる女にちがいないんだが。

「ええ、好きでしたわ。万事とてもうまくいってました。ある点では、コーラ様はまったく子供みたいで、自分の頭に浮かんだことをすぐそのまま口に出してしまわれるんです。ものの判断も必ずしも正しかったとは……」

「死んだ人のことをとやかく言うべきじゃないが……コーラはまったくばかな女でね、どう見たって知的な人間とは言えませんでしたね」

「そうですわね、たぶん。でも、とても鋭敏なところがありましてね。ええ、とても鋭いんです。よく勘どころをピタッと押さえて、わたくしもびっくりさせられることがありましたわ」

エントウイッスル氏は興味深い眼でミス・ギルクリストを見た。彼女自身は決してばかな女ではないようだ。

「ランスケネ夫人と一緒に暮らされるようになって、もう相当長いんでしょう?」

「三年半になります。」

「あなたは、あのう——その——話し相手として……それから……家事のほうも……?」

彼の質問は彼女の微妙な立場に触れたらしかった。ミス・ギルクリストはちょっと顔を赤らめた。

「ええ、ええ、もちろん家事のほうも。料理はほとんどわたくしがやったんですの。料理するのがとても好きでして。それから、部屋のほこりを払ったり、軽い家の仕事をしたり。もちろん重労働《ザ・ラフ》は全然やりませんけど」ミス・ギルクリストは、はっきり自分の地位を明らかにした。〝ザ・ラフ〟というのがなんの意味だかよくわからなかったエントウイッスル氏は、あいまいな返事をした。

「それは村からミセス・パンターが来てやってくれます。毎週二度ほど。じつを申しますと、わたくしはどうしても自分を使用人という仕事に結びつけることができないんでございますの。わたくしが喫茶室に失敗したのはちょうど戦争中でございまして、実際ひどい目にあったんでございますよ。とても素敵な店で。〈柳荘〉という名前でしてね。食器類にみんな青い柳の模様がついてまして、とても綺麗な。お菓子がおいしいので評判でございました。わたくしって昔からお菓子だとかスコーンだとかいったものに口がおごってましてね。ええ、ずいぶんはやりましたわ、そしたら戦争でしょう？　材料の供給が減らされましたし、結局つぶれたんでございますの。いわば〝戦災者〟というわけですわね。わたくしそんなふうに考えますと、気が楽になるもんですから。父に残してもらったお金、これですっかり失くしてしまったんですの。そうなると仕事口を探すよりほか、しかたありませんし。でも、これといって身についたものはなし。で、ある婦人のところで働くことになったんですけれど、その方がとても横暴で我慢できなくなって。それからオフィス勤めもしましたけど、やっぱり向かないんですわね。そのあとランスケネ夫人のところにまいったんでございますの。わたくしたち最初の日からすっかりお互いが気に入りましてね。コーラ様のご主人が芸術家だったってことやその他いろいろなことで」とミス・ギルクリストは息も継がずに話しつづけたあと、ひどく淋しそうに付け加えた。「でも、わたくし、やっぱりあの喫茶室がとても懐かしゅうございますの。いいお客さんたちばかりでしたわ」

ミス・ギルクリストを眺めていて、エントウイッスル氏はふいに胸を衝かれた——何百という女性らしい姿や物たちを集めて出来上がった合成写真をはっきり瞼に浮かべたのであった。〈月桂樹亭〉〈赤猫〉〈青い鸚鵡〉〈柳荘〉〈コージー・コーナー〉といった名前の喫茶室、そこには数人の上品げな女性たちが、ブルー、あるいはピンク、あるいはオレンジ色の上着を小綺麗にきちんと着て、坐っている彼のほうにお茶とお菓子の注文を取りにくる。ミス・ギルクリストは一つの〝精神的なホーム〟を持っているのである。それはいかにも淑女然とした古風な喫茶室で、ごく品の良い常連がそこへお茶を飲みにやって来る。この国にはミス・ギルクリストのような女性が何千何万といるにちがいない。柔和で我慢強い表情の、自我の強そうな上唇と白髪まじりのほんの少し薄くなった髪をした女性が。

ミス・ギルクリストはさらに続けた。

「まあ失礼しましたわ、自分のことばかりお話しして。でも警察の方はとても親切で思いやりのある人たちばかりで、ほんとうに。本署からモートン警部とかいう方がいらっしゃいましたけど、そりゃ理解のある方で、わざわざ近所のミセス・レイクのところにわたくしを一晩泊まらせるように話をつけてくださったほどなんです。でもわたくし、それ断わりましたの。この家にはまだコーラ様の立派な持ち物がたくさんありますし、それを見張るのはわたくしの義務だと思ったからなんです。もちろん警察の方たちはあのう死……死……」ミス・ギルクリストはちょっと唾を飲みこんだ。「死体を運びだして、寝室の鍵をかけていきました。それからモートン警部は台所の窓が壊れているから巡査を一人一晩中つけておくとおっしゃいまして。この窓、今朝やっと取り替えましたの。実際ほっとしましたわ。あら、話がそれまして、どこまでお話ししましたかしら。そう、そう、わたくしは、大丈夫、自分の部屋で寝れますよと申しましたんですが、じつのところ、ドアにはタンスの引出しを積み重ねて動かないようにし、窓のところには大きな水差しに水をいっぱい入れて置いときました。どんなことが起こるかわからないんですもの。ひょっとしたら殺人狂か何かかもしれませんし……。ええ、よくそんな話、耳にするじゃありませんか」

ここでミス・ギルクリストの話はちょっと途絶えた。エントウイッスル氏はすぐに言った。

「今度の事件について、モートン警部が話してくれましたから、おもな事実はだいたい承知しているのですが。しかし、よろしかったらもう一度、あなたの口からいろんな事情を話していただけませんでしょうか？」

「ええ、よろしゅうございます。あなたがどういうお気持ちかよく察しております。警察ってのは人間味のないところで。もちろん、それが当然ですけど」

「ミセス・ランスケネは一昨日の晩、葬式から帰ってきたんですね」エントウイッスル氏が話を促した。

「ええ、汽車が着いたのが夜おそくで。ですから、コーラ様から言われていたとおり、タクシーを呼んで迎えにやりました。とても疲れてらっしゃいましたわ。もちろん疲れるのが当たり前ですわねえ。でも気分的には大変元気でしたわ」

「そうですか。で、葬式のことについてなにか話してましたか」

「ほんの少し。それでわたくしはホットミルクを一杯差し上げて、ほかになにも欲しくないって。葬式のことについては、教会の参列者がいっぱいだったのと、花がとてもたくさんだったってことぐらい。ああ、そうそう、もう一人のお兄様にお会いできなくて残念だったっておっしゃってましたわ、ティモシーさんでしたっけ？」

「ええ、ティモシーです」

「コーラ様のお話じゃ、もう二十年以上も会われてないんですってね。お兄様が来てらっしゃったらどんなによかったろうって。もちろん、あんな健康状態じゃ出ていらっしゃれないのもよくわかるけど。奥様は来てらっしゃったそうですね。でもあのモードって人には我慢できないって、あら、ごめんなさい、エントウイッスルさん。つい口をすべらして。べつにわたくしあの人の悪口を……」

「いや、いや、かまいませんよ」エントウイッスル氏は少しも気にかけない様子で言った。「私は別に親戚の人間じゃないし。で、コーラと義姉さんとはあまり仲が良くなかったらしいですな」

「ええ、そうらしいですわ。コーラ様は、モードがいまに、きっと差し出がましいおせっかいな女になるだろう、それは一目見た時からわかってた、とこうおっしゃってました。それからよほどお疲れになったとみえて、すぐ寝たいとおっしゃるので、ちゃんと湯たんぽを入れて差し上げて、そのあとすぐ二階にお上がりになりました」

「ほかにあなたの記憶に残るようなことは何も言いませんでしたか？」

「べつに予感めいたことはなにも。あなたのお聞きになりたいのはそれなんでしょう？　コーラ様はじつに朗らかな様子で。もちろん、身体の疲れと、それからお葬式の悲しみってものはございましたけど、それを除きますと、いたって幸福そうで。わたくしにカプリ島に行きたくないかって尋ねましてね。そりゃもちろんすばらしいことですわ、カプリ島に行くなんて、わたくし、前々から行きたい行きたいと思ってましたの、ってこう申し上げたら〝じゃ一緒に行きましょう！〟とこうなんです。この耳で聞いたわけじゃありませんが、わたくしは、きっとコーラ様がお兄様から、遺産か年金かおもらいになったんじゃないかと察しましたわ」

エントウイッスル氏はうなずいた。

「おかわいそうに。でも計画の楽しみだけでもあったのがせめてもの慰めですわ」それからミス・ギルクリストはいかにも残念そうに溜息をついて、「これでわたくしのカプリ島行きもおじゃんですのね」と呟いた。

「で、翌日の朝は？」エントウイッスル氏は、ミス・ギルクリストの失望を無視して話を促した。

「明くる朝、コーラ様はあまり気分がすぐれないご様子で、見たところ、実際顔色がとてもお悪かったんです。前の晩、全然お眠りになれなかったんですって。一晩中うなされたとか。わたくしは〝昨日あんまり無理なさったからですわ〟と申し上げましたら、彼女も、きっとそうねって言ってました。朝のお食事はベッドですまして、午前中ずっと横になっておられました。昼食の時間になって、〝眠ろうと思ってもどうしても眠れない〟とおっしゃり、〝なんとなく落ち着かない。いろんなことを考えたり思ったりして〟とこう言われてから、午後ぐっすり眠りたいから眠り薬を飲むとおっしゃってました。それから、図書館の本を二冊とも汽車の中で読んでしまったから、バスでレディングへ行って取り替えてきてくれって。普通だったら二冊の本で一週間ぐらいかかるんですけど。で、わたくしは二時ちょっと過ぎに出かけました。それが最後で……」ミス・

ギルクリストは鼻をすすりはじめた。「コーラ様はきっとお眠りになってたと思いますわ。なにも聞こえなかったでしょうし、モートン警部のお話じゃ全然苦痛も……最初の一撃で即死ですって。考えただけでもぞっとしますわ」

「いや、もう結構です。事件の詳細はそれだけでもう結構です。ところで事件前のコーラについて、あなたの知っていることを聞かせてくださいませんか」

「普段とちっとも変わってませんでしたわ。その晩眠れなかったということのほかは、とても幸福そうに未来を楽しんでいらっしゃったと、そうご親戚の方に伝えてくださいませんか」

エントウイッスル氏は次の質問をする前にちょっと息を継いだ。証人を誘導しないように慎重を期したいと思ったからである。

「コーラは親戚のうちの誰か特定の人間について話しはしませんでしたか？」

「いいえ、いたしませんでしたわ。ただティモシーさんに会えなかったのが残念だってことだけで……」

「死んだ兄さんの病気について話したことは？　たとえば病気の原因だとか、あるいは、まあそういったことについて？」

「いいえ」こう答えたミス・ギルクリストの表情は少しも変わらなかった。エントウイッスル氏は、もしコーラが誰かのことを殺人者だなどとしゃべっていたら、ミス・ギルクリストの顔にはきっと、ハッとした表情が現われるにちがいないと思っていたのである。

「お兄様はかなり長い間お加減がお悪かったんですってね。でもご病気だと聞いたときは驚きましたわ。とっても頑強そうにお見えになってたんですもの」

エントウイッスル氏はすかさず聞いた。

「リチャードさんに会ったんですか？　いつ？」

「あの方がコーラ様にお会いにいらした時。そうですわねえ、三週間ぐらい前でしたかしら」

「泊まっていきましたか？」

「いいえ、いいえ、お昼どきにいらしただけです。まったく突然でした。コーラ様も全然予期してらっしゃらなかったんです。わたくしの考えでは、なんだか家の中にごたごたがあったらしいんですね。コーラ様はもう何年もリチャード様にお会いになってらっしゃらないとかおっしゃってましたから」

「そうです。そうなんです」

「リチャード様にお会いになってから、コーラ様すっかりうろたえられて。リチャード様がひどい病気と聞かれたからなんでしょうが……」

「リチャードの病気のこと、コーラは知っていた？」

「ええもちろん。わたくしもよく憶えてます。なぜって申しますと、それを聞いた時、わたくしは心の中で、アバネシーさんはきっと脳軟化症とかいうんじゃないかしらって、そう思いましたもの。わたくしの叔母もやっぱり……」

エントウイッスル氏はうまく叔母さんを話の筋からはずした。

「なにかコーラの言ったことから、彼が脳軟化症かもしれないと考えたわけですね？」

「ええ、コーラ様はこう言ってらっしゃいました。〝かわいそうなリチャード。モーティマーの死がよっぽどこたえたらしい。ずいぶん年とって見えるし、声だってすっかりしわがれて。誰かほかの人がリチャードを憎んでいるとか、誰かが彼を毒殺しようとしているとか考えてるようだけど、それはみんな妄想だわ。年寄りってみんなあんなふうにもうろくするものだわ〟とね。わたくしもコーラ様と同じ意見なんです。さっきあなたにちょっとお話ししたわたくしの叔母はですね、彼女も使用人たちが彼女を毒殺しようと企んでいると、こう信じ込んでましてね、おしまいにはゆで卵だけ食べて生きてました。ゆで卵の中には毒を入れることはできませんからね。わたくしたち、叔母さんのご機嫌取りして、よく卵を持って行きましたわ。いまだったら大変ですわ、卵は少ないし、あってもほとんど外国産で、ゆで卵にしても食べられないようなものばかりで」

エントウイッスル氏は、ミス・ギルクリストの〝叔母物語〟を聞き流した。なにかしら気がかりなことが彼の心をゆすぶっていたからである。ミス・ギルクリストが、やっとしゃべり終わって静かになったとき、エントウイッスル氏は言った。

「コーラはもちろん、兄さんの言葉を真面目には受け取らなかったのでしょうね？」

「ええ、コーラ様、よく理解なさってましたわ」

この言葉も彼にとってちょっと気がかりな言葉であった。ただしミス・ギルクリストの意味するものとは別な意味で……。

はたしてコーラ・ランスケネは理解していたのであろうか？　当時はそうでなくても、たぶんあとになって、理解しすぎるほど理解したんじゃないだろうか？

エントウイッスル氏はリチャードが決してもうろくなどしていなかったことを充分承知していた。リチャードの頭脳は明晰そのものだった。迫害妄想を抱くような人間では決してなかった。彼は生まれてから死ぬまで、頭の鋭い実業家だった。そしてこの点では、たとえ彼が病気になったからといってちっとも変わりはなかった。

そのリチャードが妹のコーラにそんな打ち明け話をしたというのは少し解せない感じもする。しかし、コーラは、なにかしら子供のような第六感を持っている女だから、きっとリチャードの言葉の裏を嗅ぎ取って、その意味するところを巧みに洞察したに違いない。

だいたいいつもコーラはおかしかった。判断力はないし、バランスは取れてないし、幼稚な子供じみた意見しか持ち合わせなかった。しかし、彼女はまた子供特有の、物事の核心を突く、人並みはずれて鋭い本能のようなものも持っていた。

それはそれとして、ミス・ギルクリストはいままで話したこと以上には、なにも知ってはいない、とエントウイッスル氏は判断した。彼はコーラ・ランスケネ夫人が遺言状を書いていたかどうか尋ねてみた。ミス・ギルクリストは即座に、銀行に保管してあると答えた。

そこで彼は、いろいろ今後の打ち合わせなどした後、おもむろに腰を上げた。彼は遠慮するミス・ギルクリストに当座の費用としていくらかの金を握らせ、近いうちに連絡するけど、その間、彼女に新しい就職口が見つかるまで、この家にとどまってくれれば大変都合がよいのだが、と述べた。ミス・ギルクリストも、そのほうが自分にも都合がいいし、ここで一人で住んでも決して気味が悪いなんてことはありません、と答えた。

彼は立ち去る前に、ミス・ギルクリストがどうしてもと言うので、しぶしぶ家のあちこちを見せてもらった。食堂にいっぱいかけてあるピエール・ランスケネの絵も見せてもらった。ピエールの絵はほとんど裸体画で、技術的に非常に幼稚でありながら、微に入り細にわたり描いてあったので、エントウイッスル氏を赤面させた。また、眺めの良い漁村を描いたコーラ自身の小さな油絵も見せられ、いやでもお世辞を言わねばならなかった。

「ポルペロです」ミス・ギルクリストが誇らしげに説明した。「わたくしたち、去年ポルペロに行ったんですの。とても景色のよいところで、コーラ様、それはもう夢中になってお描きになりましたわ」

エントウイッスル氏は〝南西から見たポルペロ〟〝北西から見たポルペロ〟その他あらゆる方角から見たポルペロの絵を眺めながら、コーラはたしかに夢中だったにちがいないと思った。

「コーラ様は自分でお描きになったスケッチを、全部わたくしにくださると言っていらっしゃいました。みんなとてもすばらしいと思いますわ。これなんか、波の砕ける感じ、実物そっくりに描かれてるとお思いになりません？　もしコーラ様がお忘れになって遺言状に書かれてなかったら、せめて一枚でも記念にいただけませんでしょうか？」

「それはなんとかなるでしょう」とエントウイッスル氏は丁重に答えた。

そこで彼は、彼女と再び二、三の打ち合わせをした上、再会を約して家を辞し、銀行の支配人のところに向かった。それを済ましてから、彼はもう一度モートン警部に会うつもりだった。

第五章

1

「くたくたでしょう？　精も根も尽き果てたって顔してるわ。その歳で無理ばかりして。アバネシーさんのこと、いったいあなたとなんの関係があるの？　うかがいたいわねえ。あなた、もう引退したんでしょう？　仕事なんかする必要ないんでしょう？」

エントウイッスル氏の姉は怒鳴りつけた。自分の弟たちのために献身的に家事いっさいを切りまわしている世間の姉たちは、たいていこういうふうにがみがみした調子で、その愛情を表現するものである。

エントウイッスル氏は、リチャード・アバネシーが彼の最も古い友人の一人であることを依然として主張し続けた。

「もちろん古い友だちにはちがいないでしょうよ。しかしね、リチャードさんは死んでしまったんでしょ？　死んでしまった人のために一文の得にもならないことをあくせくしてなんになるの？　吹きっさらしの汽車の中で風邪でも引いたらどうするつもり、おまけに殺人事件なんかに巻き込まれて。いったいなんでまたあなたなんかを呼び出したんでしょうね」

「ぼくと連絡したのは、葬式のことについてコーラに出したぼくの手紙があったからなんだよ」

「お葬式！　一つ葬式が済んだと思ったらまた葬式。お葬式で思い出したけど、あなたの大切な、大切なアバネシーさんの家の人から電話がかかってきましたよ。ティモシーとかいう人。ヨークシャー州のなんとかいうところからね。それもまたお葬式のことよ。また電話するとか言ってたわ」

その日の夕方、電話がかかってきた。電話の主はティモシーの妻モードだった。

「まあ、やっと連絡がついてよかったですわ。じつはティモシーがすっかり気に病んで。コーラのことなんですけど」

「気に病まれるのももっともです」

「なんとおっしゃったのですか？　よく聞き取れませんでしたが……」

「気に病まれるのももっともだと申し上げたんですが……」

「そうですかしら」モードの声は半信半疑のようだった。「コーラはほんとうに殺されたんですか？」

（かつて「リ、チャ、ー、ド、は、殺、さ、れ、た、ん、で、しょ、う、？」とコーラが言った。しかし今度の場合は明々白々だ）

「ええ、もちろん、殺人に間違いないです」

「新聞には手斧で殺されたとか書いてありましたけど……」

「ええ」

「とても信じられないことですわ、ティモシーの……ティモシーの実の妹が……手斧なんかで殺されるなんて……」

エントウイッスル氏にとっても、それは信じられない事件だった。ティモシーの生活は暴力などというものからはまったくかけ離れた静かなところにあり、それだけに、たとえ親戚の人間とはいえ、こんな殺人事件の犠牲者になるとはとても信じられないほどだった。

「残念ながら事実は事実ですから……」エントウイッスル氏はおだやかに答えた。

「わたし、ティモシーの身体がとても心配で。こういうことがあると、とても健康に障るんです。やっとベッドに寝かしつけたんですの。なんとかあなたを説き伏せて、こちらに来ていただけないものかと無理ばかり言ってるんですよ。いろいろお聞きしたいんですって。検屍があるかどうか。誰か出席しなきゃいけないんだろうか。葬式はすぐ出せるんだろうか。するとしたらどこで。コーラに貯えがあるかどうか。コーラは火葬を望んでたかどうか。それに、遺言状を残してたかどうか……」

エントウイッスル氏は、カタログが長くならないうちにと、あわてて口をはさんだ。

「はあ、遺言状はあります。ティモシーさんが遺言執行者に指定されています」

「まあ、そうですか、でもティモシーはとてもそんな仕事……」

「いやそれは大丈夫です。事務所のほうで万事引き受けますから。遺言状はごく簡単なものでした。自分の描いたスケッチとアメジストのブローチを付添いのミス・ギルクリストに残すほか、あとは全部スーザンに譲ると」

「スーザンに？　まあ、どうしてスーザンなんかに残したんでしょう？　コーラはいままでスーザンに会ったことなど全然ないのに。スーザンの赤ん坊の頃を知ってるだけなんですのよ」

「私の考えでは、スーザンがあんまり家族の喜ばない結婚をした点に同情したんじゃないかと……」

モードはちょっと人を軽蔑したような口ぶりで言った。

「まだグレゴリーのほうがピエール・ランスケネよりよっぽどましですわ。もちろんわたしたちの時代には店の店員と結婚するなんて、とんでもないことでしたけど……。でも薬屋だったら、雑貨屋なんかよりずっと上品ですわねえ。それにグレゴリーは少なくとも見たところちゃんとしてますし」モードはここで一息ついて、「そうしますと、リチャードがコーラに残したものはみんなスーザンのほうへ回ってしまうんですか？」

「いや、違います。コーラに残された元金は、リチャードの遺言どおりに分配されることになります。コーラの財産はほんの四、五百ポンドとそれからコーラの家にある家具。スーザンに渡るのはそれだけなんですよ。ですからコーラの借金を払って、家具を売り払ったら、せいぜい五百ポンドってところでしょうね」エントウイッスル氏はさらに続けた。「検屍審問はもちろんあります。来週の木曜日に決まりました。そこで、ティモシーさんさえ承知してくだされば、事務所の若いのでロイドという男を、アバネシー家の代理として出席させますけど」彼は少し申しわけなさそうに付け加えた。「事情が事情ですから、アバネシー家にとってあまり名誉にならない噂が立つかもしれません」

「不愉快なことですわね。で、犯人は捕まったんですか？」

「いいえ、まだです」

「あちこち移動しては、うろうろしたり殺したりしている近ごろはやりの半人前の若者たちの仕業なんでしょうね、きっと。実際、警察の無能ぶりったら……」

「いや、いや、警察は決して無能どころではありません。決してそんなふうにお考えにならないように」

「でも、すべてがなんだか常軌を逸してるような気がしますわ。実際、ティモシーの受けた打撃ったら大変なんです。どうでしょうか、エントウイッスルさん？　ちょっと来ていただけませんでしょうか？　来ていただけたらほんとうにありがたいんですが。あなたからお話をうかがえばティモシーの興奮もきっと治まるだろうと思うんですの」

エントウイッスル氏はしばらく沈黙を続けた。この招待はじつをいうと、彼にとってもものっけの幸いだったのである。

「あなたのおっしゃることもごもっともです。いずれにしても遺言執行人として、ティモシーさんに署名してもらわねばならない書類もあることですし。そうですね、私も一度お宅にうかがったほうがいいと思いますね」

「ほんとうにありがとうございます。それを伺ってほっといたしました。じゃ、明日いかがですか？　一晩お泊まりになりますか。一番よいのはセントパンクラス駅発、十一時二十分の列車……」

「いや行くとすれば、午後の列車でないと都合が悪いんです。午前中ちょっと仕事がありますもんで……」

2

ジョージ・クロスフィールドはエントウイッスル氏を快く迎えた。快く迎えたとはいえ、その顔に、わずかながら驚きの色を隠すことはできなかった。

エントウイッスル氏は、「いま、リチェット・セント・メアリーから帰ってきたばかりなんで……」と口実にもならないことを口実にして話を切り出した。

「じゃ、やっぱりコーラ叔母さんだったんですね。新聞で読んだんですが、まさかと思ってたんですよ。きっと同名異人だろうと……」

「ランスケネなんてめったにある名前じゃありませんね」

「そう、いやそうですが。自分の身内のものが殺されたなんて信じたくないのが人情でしてね。先月ダートムーアで起こった事件とちょっと似てるような感じがしませんか?」

「おや、そうですか?」

「ええ、情況が同じですよ。淋しい場所にある家。中年の女が二人だけで住んでいたこと。盗んだ金は、あれでよく我慢できるなと思うほどちょっぴり」

「金の価値なんてものはいつでも相対的なもので。つまり、どれほど金を必要としているかが問題なんです」

「なるほど、あなたのおっしゃるとおりですね」

「十ポンドの金がどうしても必要だったら、十五ポンドの金は必要以上ってことになるし、反対の場合だったら、なんだこれっぽっちってことになるんです。百ポンドの金が必要だったら、四十五ポンドあったってなんの役にも立たないし、千ポンド必要だったら、何百ポンドあっても充分じゃないわけです」

ジョージは急に目をキラッと輝かせた。「だけど、エントウイッスルさん、いまの世の中だと、どんなお金だって役に立たないってことはありませんよ。みんなお金に困ってるんだから」

「しかし、やけっぱちになるほど困ってるわけじゃないでしょう？　要点はそこにあるんです」

「なにかこれという特定のケースを考えてらっしゃるんですか？」

「いや、いや、決して」彼はちょっと間をおいて、それから、「財産の整理にはちょっと時間がかかるけど、よかったら少し前渡ししてもいいんですよ」と言った。

「じつのところ、それはぼくのほうでお願いにあがろうと思ってたんですよ。だけど、今朝銀行に行きましてね、あなたの事務所の方に連絡してもらったら、結局、当座の貸し越しオーケーってことになっちゃいましてね」

ジョージの目はまたキラッと光った。エントウイッスル氏は、長い間の経験から、この目の光がなにを意味するか、すぐに見て取った。「ははーん、ジョージの奴、やけっぱちとまではいかなくても、相当金につまってたな」エントウイッスル氏はこのとき、いままで無意識に感じていたことではあるが、こと金に関する限り、このジョージは信用がおけないと思ったのである。リチャード・アバネシーも人間を判断する上には長年の経験を積んでいるから、やはり同じように感じたんじゃないだろうか。モーティマーの死後、リチャードはきっとジョージを相続人にするつもりだったに違いない。ジョージはもちろんアバネシーの名を持ってはいないが、若い連中のなかで血縁者としてはたった一人の男子である。したがって彼がモーティマーの跡を継いだとしても決して不自然ではない。リチャードは彼をエンダビーに呼んで二、三日滞在させた。その結果として、リチャードはこのジョージに満足しなかったにちがいない。彼も、自分と同じようにジョージが真面目な人間でないことを本能的に感じたのであろうか？　ジョージの母ローラが、ジョージの父を夫に選んだとき、家族の人たちは、ローラにはあまりふさわしい相手ではないと考えていた。株の仲買人とか言ってたが、ほかにいかがわしい仕事もしていたらしい。ジョージはアバネシーの血より父方の血を余計に受け継いだとも言える。エントウイッスル氏は黙って考え続けた。

この沈黙をどう受け取ったのか、ジョージはちょっと不安げに笑って言った。

「じつを言うと、最近投資がうまくいかなくなりましてね、で、これを一気に挽回しようと思いまして、少し山っ気のある仕事に手を出したんですよ。ところがこれがまたすっかり当てがはずれて、ほとんど無一文の状態になっちゃったわけです。しかし、今度の遺産で一息つけますね、借金も返せるし。実際いまは資本の世の中ですからね。アーデンス株、なかなか有望だと思いませんか？」

エントウイッスル氏は、アーデンス株については賛成も不賛成も唱えなかった。そして心の中で、ひょっとしたらジョージは、自分の金でなく顧客の金を投機に回してたのじゃないかといぶかった。もしジョージが横領罪で摘発される一歩手前にいたんだとしたら……。

エントウイッスル氏ははっきりとした調子で言った。

「じつは葬式の翌日、あなたと連絡しようと思って電話をかけたんですが、事務所にはいなかったようですね」

「電話を？　事務所の奴はなにも言ってなかったな。じつは、前祝いに一日ぐらい休んでもいいと思ったんですよ」

「前祝い？」

ジョージは顔を赤らめた。

「いやあ、伯父さんの死んだのを祝うんじゃないんだけど、しかし大金が入ってくるとなると誰だって嬉しくなるじゃありませんか。ちょっとお祝いでもしたくなりますよ。じつは、ハースト・パークの競馬に出かけたんですがね。二頭も勝馬を当てました。雨が降らないとなると一滴も降らないが、一度降り出すと土砂降りって言いますね。一つ幸運が舞い込むと、必ず続くもんで。たかが五十ポンドの儲けでしたが。でも五十ポンドは五十ポンドですからね」

「そうですね。おまけに今度は叔母さんが亡くなられて、またお金が入ってくるし」

ジョージはちょっと顔を曇らせた。

「気の毒だったなあ、叔母さんは。運が悪いんですねえ。せっかく人生を楽しもうって矢先に」

「せいぜい警察が犯人を挙げてくれるのを望むほかありませんね」エントウイッスル氏

は言った。

「いや、きっと捕まりますよ。イギリスの警察ってなかなか優秀ですからね。近所中のいかがわしい連中を片っ端から取っ捕まえて、犯行当時のアリバイを一人一人厳重に調べ上げれば……」

「しかしアリバイってものはちょっと時間がたつと、そう簡単には調べ上げられるものではないんでね」エントウイッスル氏は、なにか冗談めいたことを言う時の癖で、ちょっと冷たい微笑を顔に浮かべた。「私自身にしても、問題の日の三時半頃はハッチャードの本屋にいましたがね、十日後に警察に聞かれて、さて憶えているかどうか、疑問ですね。あなただって、あの日はハースト・パークの競馬場にいた。しかし、たとえばひと月後に聞かれてですね、憶えてるでしょうか？」

「そりゃ簡単ですよ。葬式の日を基準にすりゃ。葬式の明くる日ですからね」

「そう言われればそうですね。それと勝馬を二頭当てたこと。これも記憶の助けになりますね。自分の当てた馬の名前って誰だって忘れやしませんからね。そりゃそうと、当てた馬はなんて名でしたか？」

「なんだっけな。ゲイマークとフロッグ二世。そうですね、簡単には忘れられませんね」

エントウイッスル氏はジョージのこの言葉にわざとらしい調子で笑うと、別れの挨拶を交わして立ち去った。

3

「まあ、わざわざ訪ねてきてくだすって嬉しいわ」ロザムンドは嬉しそうな顔も見せずに、「でもずいぶん朝早くに……」と大きなあくびを一つした。

「もう十一時ですよ」エントウイッスル氏は答えた。

ロザムンドはもう一度あくびをして、それからちょっと申しわけなさそうに言った。

「昨晩大変なパーティがあって、ちょっと飲みすぎてしまったんですの。マイクルったら、もう完全な二日酔いよ」

ちょうどそのとき、マイクルが現われた。やはりあくびをしながら、彼は手にブラック・コーヒーを入れたカップを持ち、非常にスマートなガウンを着て、疲れたような顔つきだったがなかなか魅力的でもあった。とくに彼の微笑は、普段と同じように人を魅きつける力があった。ロザムンドは黒いスカートに、少し汚れた黄色のセーター。エントウイッスル氏の観察したところではほかになにも着てないようだ。

几帳面で潔癖なエントウイッスル氏は、若いシェーン夫婦のこのような生活態度にはどうしても感心できなかった。チェルシー（芸術家たちの好んで住むロンドンの一画）にある家の二階のいまにも崩れそうな部屋である。酒瓶や、グラスや、煙草の吸殻があたり一面に散乱している。よどんだ空気、埃とだらしなさのみなぎった空気。

このような佗しい舞台背景を前にして、ロザムンドとマイクルは、まるで花が咲いたように若さと美しさを誇っていた。この夫婦は確かに似合いの夫婦だ、見たところ、どちらも相手に夢中になっているようだ。少なくともロザムンドはマイクルに首ったけらしい。

「ねえ、マイクル」彼女は甘ったれた。「ほんのちょっぴり、シャンパン飲まない？　元気づけによ。それから将来を祝してね。ねえ、エントウイッスルさん。リチャード伯父さんが、あんなにたくさんお金を残してくださるなんて、あたしたちすごく運が向いてきたんだわ、ねえ。おまけにお金がとても欲しい欲しいと思ってるときに……」

エントウイッスル氏は、マイクルの顔に不快な表情がちょっと現われて消えていったのを見逃さなかった。しかしロザムンドは晴れやかな調子で続けた。

「だってね、とっても素晴らしい脚本が一つあるの。マイクルがその選択権持ってんのよ。主役の人間は、マイクルにすごくうってつけだし、端役だけど、あたしの役もあるのよ。お芝居の筋はね、ほら、この頃はやりの若い犯罪者たちを中心にして。もちろん犯罪者といっても、ほんとうは天使のような心を持った人間でね、すごく今風のセンスをもったものなの」

「そうらしいですね」エントウイッスル氏は硬い調子の返答をした。

「主人公ね、強盗はするし、人殺しもするの。警察と社会から散々追いかけまわされて、それから最後に、とても奇蹟的なことをやっちゃうの」

エントウイッスル氏は心の中ですっかり腹を立てながら口を固く閉ざしていた。今どきの若い馬鹿者たちは、愚にもつかないことをしゃべって。くだらない芝居を書いて。

しかし、マイクル・シェーンは相変わらず黙っていた。彼の顔にはまたかすかな苦笑いが浮かんでいた。

「ロザムンド、エントウイッスルさんは、ぼくたちの狂詩曲《ラプソデー》を聞きにいらっしゃったんじゃないよ。少しおしゃべりをやめて、なぜいらしたか、お話をうかがったら……」

「いや、一つ二つ片づけなきゃならない問題がありましてね。たいした問題じゃないんですが、じつはリチェット・セント・メアリーから帰ってきたばかりで」

「じゃあの殺人事件、やっぱりコーラ叔母さんだったのね。あたしたち新聞で読んだとき、ランスケネなんて、そんじょそこらにある名前じゃないから、きっと叔母さんだろうって話してたの。かわいそうなことしたわね。お葬式のとき、あたし叔母さんを眺めて思ったの。まるで前世紀の遺物みたいだって。あんなだったら死んだほうがよっぽどましだと思ったわ。そしたらほんとうに死んじゃったのね。昨日のパーティで新聞に出てる手斧殺人事件はあたしのほんとの叔母さんよ、って言っても誰も信じないのよ。みんなゲラゲラ笑っちゃって、ね、そうじゃなかった？　マイクル」

マイクルは返事もせずに黙っていた。ロザムンドはいかにも楽しげに続けた。

「一つ殺人事件があったら、また一つ。まるで小説だわ、ねえ？」

「ばかなこと言うなよ。きみの伯父さんは殺されたんじゃないよ」

「だって、コーラ叔母さんはそう思ってたのよ」

エントウイッスル氏が口をはさんで尋ねた。

「あなたたちは葬式が済んで、すぐロンドンに帰ってこられたんでしたね」

「ええ、あなたと同じ列車だったわ」

「あ、そうそう……そうでしたね。じつは、あの翌日……」彼はここでちょっと電話を眺めた。「何度も電話したんですけれど、全然返事がなくて……」

「あら、ごめんなさい。あの日あたしたち何してたっけ？　おとといだわねえ。十二時まではうちにいて、そうだったわねえマイクル。それからあなたはローゼンハイムさんに会いに行って、オスカーさんとお昼を食べて、あたしはナイロンの靴下買いにあちこちの店をまわって。ジャネットに会うことになってたんだけど、会いそこなっちゃって。そうだわ、お昼からずっと買物してたんだわ。楽しい買物だったわ。それから二人でカスティーユで夕食を食べて、帰って来たのが十時頃だったかしら……」

「そんなもんだな」マイクルが相槌を打った。マイクルはエントウイッスル氏のほうを、けげんな顔つきで眺めた。「なんのご用で電話を下さったんですか？　エントウイッスルさん」

「いや、リチャード・アバネシーの財産のことで、ちょっと署名してもらいたい書類があったもんだから」

「あら、もうすぐお金がいただけるの？　それとも何年も何年もかかるの？」

「そうですね。いろんな法律上の手続きがあるもんですから……」

「でも、少しぐらい、前払いしてもらえるんでしょう？」ロザムンドは、ちょっと心配げな顔つきだった。「マイクルはできるだろうって言うんだけど。できなかったらとても困るのよ。例の脚本の話があるでしょ？　だから」

マイクルは軽い調子で言った。

「いや、べつに急ぐ必要はないんだよ。ただ、選択権をこちらに取るか取らないかを決めるのが問題なんだから……」

「お金の前渡しはいたって簡単なことですよ。いくらでも必要なだけ」エントウイッスル氏が答えた。

「まあよかった」ロザムンドが安堵の溜息を洩らした。それからちょっと考えてつけ加えた。「コーラ叔母さん、お金を残してったかしら」

「少しばかり。あなたの従姉のスーザンに」

「あらスーザンに。どうしてまたスーザンなんかに……。たくさん？」

「二、三百ポンドと家具をいくつか――」

「いい家具？」

「いや」エントウイッスル氏は答えた。

これを聞いてロザムンドは、この話に興味を失ったようだった。「ねえ、とっても変じゃない？ お葬式のあとコーラ叔母さんったら、急に〝リチャードは殺された〟と宣言して、そのすぐ翌日に自分自身が殺されてしまうなんて。ねえ、少し変だと思わない？」

しばらくの間、ちょっと気まずい沈黙が続いた。それからエントウイッスル氏が静かに口を開いた。

「そう、確かにとても変ですね」

4

テーブルに寄りかかって浮き浮きとした様子で話しているスーザン・バンクスを、エントウイッスル氏はつくづく観察した。

スーザンにはロザムンドのような華やかな美しさは一つもない。しかしスーザンの顔には、なんとなく人を魅きつけるものがある。エントウイッスル氏は、その魅力が彼女の溌溂とした表情、身ぶり、話しぶりから発散するものだと考えた。唇はぷっくりとして豊かだし、身体つきは、どこまでも女らしさに溢れている。しかも、いろいろな点で伯父のリチャード・アバネシーを彷彿させるところがある。頭の形、あごの線、深く窪んだ、考え深げな眼。リチャードの持っていたものとそっくりの圧倒的な個性がある。ぐんぐん突き進んでいくがむしゃらなエネルギー。先を見通す目の確かさ。即座に判断できる力、リチャードそっくりだ。三人の二世たちのうち、アバネシーの膨大な財産を築き上げた気力を受け継いでいるのは、このスーザンだけだ。リチャードはスーザンの中にこのような類似性を見出したであろうか？　きっと見出したにちがいない。リチャードは人の性格を見抜く鋭い目を持っていた。そうすると、彼の探し求めていた人物がちゃんと存在していたわけだ。にもかかわらず、リチャードはその遺言状でべつに彼女を特別扱いにしていない。ジョージを信用できなかったリチャードは、美しいがピントのはずれたロザムンドを断念したあとで、このスーザンを見て、ここにこそ自分の気質を受け継いでくれる人間がいると感じなかったんだろうか。

もちろん感じたにちがいない。そうすると、彼女をすぐ断念した理由は、ほかでもない、彼女の夫……。

エントウイッスル氏の目は、静かにスーザンの肩越しに、立ったまま無心に鉛筆を削っているグレゴリー・バンクスに移っていった。

青白く細長い、これといって特徴のない顔つきの若い男、赤みがかった艶のない髪。スーザンの生き生きとした個性の陰に隠されてしまって、彼が実際どんな人間であるか、誰にもわからないといった存在。それでいて、べつに文句のつけようのない感じのよい、人触りのよい、新しい言葉で言うと〝イエスマン〟なのである。だが、これだけでは彼を完全に説明しているとは言えない。グレゴリー・バンクスの遠慮がちなおとなしさの中には、なんとなく心にかかる何物かが存在している。スーザンとの結婚は不釣り合いだった。にもかかわらずスーザンは結婚した。あらゆる反対を押し切った。なぜだろう？　なにが彼女を魅きつけたのだろう？

結婚して六カ月になる。六カ月経っても彼女はグレゴリーに夢中である。もちろんこういう例は世の中にまれではない。かつてエントウイッスル氏が〈ボラード、エントウイッスル、エントウイッスル・アンド・ボラード〉法律事務所で活躍していた頃、夫婦間の問題で事務所に来た婦人が幾人となくいたが、これらの人妻たちは、あまりパッとしない夫、いやそれどころか、妻として恥ずかしいようなくだらぬ夫たちに、身も心も捧げる貞節を尽していて、反対に、見たところ相当魅力的な〝完全なる夫〟ともいうべき相手にすっかり退屈しているといった例が非常に多かった。女がある男になぜ打ち込むかということは、普通の常識を持った男にはとうてい理解できるものではない。どんなことにでも賢く理知的に対処できる女が、自分の男のこととなるとまったくのばかになってしまうことがよくある。スーザンもこんな女の一人なのだろう。スーザンにとって、世界はすべてグレゴリーを中心に回っている。そのことが何にも増して、大きないくつもの危険をはらんでいるのである。

スーザンは憤りを抑えかねて熱した調子で話していた。

「……なぜって、これほど恥ずべきことはないとわたしは思うんですのよ。去年でしたっけ、ヨークシャーで殺された女性の事件、憶えてらっしゃいます？　犯人はまだ捕まってないんですよ。それからバールで殺されたお菓子屋さんのお婆さん。あの事件だって男が拘留されただけで、すぐ釈放してしまうし……」

「証拠ってものが必要ですからね、スーザン」

しかしスーザンはエントウイッスルの言葉を気にも留めないで話を続けた。

「そのほかにもまだありますわ。恩給生活していたお年寄りの看護婦、あの事件でも、コーラ叔母さんと同じように手斧か斧でしたわ」

「おやおや、ずいぶんいろんな犯罪を研究しましたね」エントウイッスル氏はおだやかに口を入れた。

「もちろんこんな事件、忘れようったって忘れられませんわ。とくに自分の身内の人間が、同じような殺され方をしたとなると、なおさら他の事件も思い出されて。そうすると、こんな悪い人間たちが、田舎をうろうろして小さな家に押し入って、一人ぼっちの女たちをひどい目にあわせる。しかも警察では、犯人を探そうともしない。いやでもそんなふうに考えたくなるじゃありませんか」

エントウイッスル氏は首を振った。

「スーザン、あんまり警察を見くびっちゃいけませんよ。警察の人たちは、相当頭の鋭い人たちばかりだし、我慢強い、しつこいほど我慢強い連中ですからね。ただ新聞に載らなくなったからって、事件が葬り去られたわけではない。それどころか……」

「でも、毎年迷宮入りの事件が何百とあるそうじゃありませんか？」

「何百？ まさか。まあいくつかはあるでしょうな。中には、警察側で誰がやったかははっきり解っていながら、証拠がつかめなくて、検挙できないって場合も相当ありますから」

「そんなことないと思いますわ。誰がやったかはっきり解ってれば、証拠は必ず見つかると思いますわ」

「さあ、どうですかね」エントウイッスル氏は考え込んだ。「それは、どうでしょうか」

「コーラ叔母さんを殺した犯人については、まだ全然目鼻がつかないんですか？」

「さあ、それはなんとも言えませんね。私が聞いたところじゃ、まだらしいんだが。しかし警察が私なんかにすっかり打ち明けて話してくれるとは思えないし。まだ事件があってから日も浅いじゃありませんか。一昨日のことですからね」

「きっとある種のタイプの人間ですわ。極悪な、少しおかしなタイプ。除隊処分になった兵隊か、前科者か。手斧なんか使うところをみると……」

少しいたずらっぽい目つきをしながら、エントウイッスル氏は、眉をちょっと上げて、古い昔の歌を口ずさんだ。

リジー・ボーデン斧ふり上げて
親爺の頭を五十《ごじゅう》打った
リジーはもう一度斧ふり上げて
今度はまま母を五十一打った

スーザンは顔を赤くして怒った。「ああ、コーラは誰も身内の人と暮らしちゃいないわ。家政婦を指してるのなら別だけど。いずれにしても、リジー・ボーデンがお父さんとまま母を殺したって誰もはっきり見たわけじゃないんだから、結局、証拠不充分で釈放されたじゃありませんか」

「実際この歌は確かに中傷的な歌ですな」エントウイッスル氏もスーザンに同意した。

「あなたは家政婦がやったとお思いになるんですか？　コーラは彼女に何か残してたのかしら？」

「たいした価値もないアメジストのブローチと、感傷的な値打ちしかない漁村のスケッチだけ」

「殺人をするには動機というものが必要ですわねえ。おかしな人ならべつですけど」

エントウイッスル氏は、くっくっと含み笑いをした。「まあ、見たところ、その動機を持っているのは、あなただけなんですよ、スーザン？」

「なんだって？」グレッグが突然乗り出してきた。ちょうど眠りから急に目が覚めたような態度だった。醜い光が彼の眼に生じた。もはや背景の中に埋もれた取るに足らない存在ではなくなった。

「スーになんの関係があるって言うんですか？　なんの理由でそんなことを言うんですか？」

スーザンが鋭くたしなめた。

「グレッグ！　やめてよ。エントウイッスルさんはなにも悪い意味で言って……」

「いや、ほんの冗談ですよ」エントウイッスル氏は申しわけなさそうに言った。「実際、冗談にしちゃあまり趣味のいい冗談じゃなかったけど。じつを言うと、コーラはあなたに彼女の全財産を遺したんです。しかし何十万ポンドという財産をもらったばかりのあなたにとって、たかが二、三百ポンドの金が殺人の動機になるとはおよそ考えられないですからね」

「コーラが、わたしに、お金を？」スーザンはとても信じられないような顔つきだった。

「おかしな話ですわ。だって、コーラは全然わたしを知らないんですもの。なぜわたしに。あなたご存じなんですか？」

「私の考えでは、あなたが結婚なさったときにちょっと――そのう――ゴタゴタがあったってことをコーラが聞いたんじゃないかと思うんです」グレッグはまたもとの位置に戻って、顔をしかめたまま鉛筆を削っていた。

「コーラの結婚のときにもかなりゴタゴタがありましてね。つまりあなたに同情したわけでしょうな」

　スーザンはかなり興味を感じたらしく、「コーラ叔母さんは絵描きと結婚したんでしょう？　家の人たちみんなの反対を押し切って。その方、相当有名な画家だったんですか？」と尋ねた。

　エントウイッスル氏ははっきりと首を横に振った。

「彼の絵、叔母さんの家に残ってます？」

「ええ残ってます」

「じゃ自分で見て、良い絵かどうか判断してきますわ」

エントウイッスル氏はスーザンの自信ありげな顎の引き具合を見て、微笑を禁じ得なかった。

「そう、そうなさったらいいでしょう。私なんか旧弊な人間で、とくに芸術的なものについては、いたって時代遅れですから。しかし、ランスケネの絵に関しては、あなたもきっと私の意見に同意なさると思いますね」

「まあいずれにしても、行ってこなきゃなりませんわねえ。どんなものをわたしに遺してくれたか見てくる必要もあるし。現在、誰か住んでます？」

「ミス・ギルクリストに話をつけて、いずれこちらから通知するまでいてもらうようにしておきました」

グレッグが口をはさんだ。「人殺しのあった家に一人で住むなんて、彼女相当な心臓だな」

「ミス・ギルクリストはしっかりした人です、たしかに。それに彼女としては、ほかの勤め口が決まるまでべつに行くところもないんでしょう」

「そう？　じゃあコーラ叔母さんが死んで彼女、見放されてどうしようもない状態ってわけですね。彼女と叔母さん、親しい間柄だったのかしら？」

エントウイッスル氏は、スーザンが何を考えてるのだろうといぶかりながら、彼女のほうをまじまじと見つめた。

「まあまあってところでしょうな。ミス・ギルクリストを使用人扱いしなかったのだけはたしかです」

「使用人以下の待遇だわ、きっと。今までちゃんとした生活をしてきた女の人たちは〝女中〟って名が嫌だから、家政婦《ハウスキーパー》になるんだけど、女中以下の待遇を受けてることに気がつかないんだわ。どこかによい仕事を見つけてあげよう。そんなに難しいことじゃないわ。いまどき、家事をみて、料理ができれば、とってもいい給料もらえるんですもの。彼女、お料理できるんでしょ？」

「ええ、もちろん。ただなんだか〝ザ・ラフ〟とかなんとかいうのはできないらしいんだ。ザ・ラフっていったいなんですかな」

　スーザンは大声を立てて笑った。

　エントウイッスル氏は腕時計を眺めて言った。

「あ、そうそう、コーラはティモシーを遺産執行人に指定してましたよ」

「ティモシー？」スーザンはちょっと眉をひそめた。「ティモシー伯父さんはほとんど神話的な存在で、誰も伯父さんを見た人いないんですよ」

「そうですね。今日の午後会いに行くんだが。あなたがリチェット・セント・メアリーに出かけると伝えておきましょう」

「行ってもほんの一日か二日ぐらいですわ。あんまりロンドンから離れていたくないの。いまいろんな計画を立ててますから。今度商売するんですのよ」

エントウイッスル氏はこの小さなアパートの狭苦しい居間を見まわした。グレッグとスーザンはたしかに金に困ってたらしい。彼女の父親が、自分のもらった財産をすっかり使い果たしてしまって、スーザンにはほとんど何も残さなかったことをエントウイッスル氏はよく知っていた。

「どんな計画ですか？　もしお聞きしてもよろしかったら」

「カーディガン街にちょうど手頃な場所が見つかったんですけどね。必要なときにはお金の前渡ししていただけるんでしょう？　ひょっとしたら手付け金を払わなきゃならないかもしれないんで」

「ええ、なんとかなります。じつはそんなこともあるだろうと思って、葬式の明くる日、何度も電話をかけたんですがね、全然返事がありませんでしたね。どこか田舎にでも出かけてたんですか？」

「いいえ」スーザンは即座に答えた。「わたしたち二人とも一日中家にいましたわ。まったく外に出ないで」

グレッグが優しくスーザンに話しかけた。

「スーザン、あの日、この電話故障だったんじゃないかな。憶えてる？　あの日のお昼から、ぼくがハード商会に何度電話かけても通じなかったのを。電話局に言ってやろうかと思ったんだけど、明くる朝はもうなんともなかったからね」

エントウイッスル氏も相槌を打ちながら言った。「電話ってものはよく故障が起きて……」

そのときスーザンが急に思い出したように言った。

「コーラ叔母さん、どうしてわたしたちの結婚のこと知ってたんでしょう。わたしたち登録所に届け出をして、ずっとあとまで誰にも話さなかったんだけど……」

「たぶんリチャードが話したんじゃないんですか。コーラは遺言状で、はじめ神智学協会に残すようにしてたのが、三週間ぐらい前に書き直したっていうから。ちょうどリチャードがコーラに会いにいった頃と一致……」

スーザンはひどく驚いたようだった。

「リチャード伯父さん、コーラ叔母さんを訪ねていったんですか。わたしちっとも知らなかった」

「私も全然知らなかったんです」

「じゃそのとき……」

「そのときなんですか?」

「いいえ、なんでもないの……」スーザンは口を濁した。

第六章

1

「ほんとうによくいらしてくださいました」ベイハム・コムトン駅のプラットフォームに降り立ったエントウイッスル氏を迎えて、モードは少しぶっきら棒な口調で話しかけた。「ティモシーもきっと喜びますわ。もちろんほんとうのところを申しますと、リチャードの死が一番ティモシーの身体に障ったんでございますけど」

エントウイッスル氏は、リチャードの死をこのような角度から眺めたことはなかった。しかし、モードにしてみれば、こんなふうにしか、リチャードの死を眺めるほかはないだろう。

駅の出口に向かいながら、モードはさらに続けた。「ティモシーはとてもリチャードと仲がよかったものですから、死んだと聞いて、まずがっかりしたんですね。それから今度は自分の死というものを考えはじめたんですの。長い間病気して寝てますと、自分の身体にとても神経質になるもので。兄弟のうちで生き残っているのは自分一人だという考えが昂じて、今度は自分の逝く番だ、もう長いことないって言うんですの。いやな話ですわ。わたし、彼にそう言ってやりましたの」

二人は駅を出て、モードの案内で、ほとんど博物館行きといった旧式なボロ自動車のほうに歩きだした。

「こんなガラクタ自動車でごめんなさい。もう何年も前から新しい車を買いたかったんですけど、とてもそんな余裕なくて。それでも二度も新しいエンジンに取り替えたんですよ。それに古い車って案外丈夫で……エンジンがかかればいいけど……でないとクランクまわさなきゃならないこともあるんですよ」

彼女はスターターを何度か押した。しかし、ただ意味もなくブルルルル……といっただけだった。エントウイッスル氏は、生まれてから一度も自動車のクランクをまわしたことがないので、自分がまわさなきゃならないのかと少し心配になってきた。しかし、モード自身、さっさと降りていってハンドルをさし込むと、勢いよくガラガラとまわした。モーターは調子よく動き出した。エントウイッスル氏は、モードが頑丈な身体つきの女でほんとうによかったと思った。

「これでよしっと」彼女は背を伸ばしながら言った。「このおいぼれ自動車、この頃よくわたしを馬鹿にして、言うこと聞かないんですよ。この前のお葬式の帰りにも駄々こねましてね。一番近い修理場まで、それでも二マイルくらい歩かされまして。ところがこの修理場が、どうせ田舎のことですから、すぐにはどうにもできないんです。そこで、修理の終わるまで、村の宿屋で一晩過ごすことになってしまって。それがまたティモシーの気に障りましてね。もちろんティモシーに電話して、明くる日まで帰れないと知らせたんですが。ティモシー、ずいぶんいらいらしたらしいんです。不愉快なことはできるだけティモシーの耳に入れないようにしてるんですけど。でも、いつもそうはまいりませんでしょう? たとえば今度のコーラの事件だって。医者のバートン先生を呼んで鎮静剤を打ってもらう始末なんですよ。殺人なんて事件は、ティモシーのような健康状態には刺激が強すぎるんです。わたしはいつもコーラってなんてばかな人だろうと思ってたんですが」

エントウイッスル氏は、この最後の言葉を黙ってかみしめてみた。彼女の意味するところが彼にははっきりとわからなかったのである。

「わたしたちが結婚してから、わたしはずっとコーラに会ったことなかったんです。当時はわたしもティモシーに〝あなたの末の妹さん、少しねじがゆるんでるわねえ〟なんてとても言えませんでしたが、心の内じゃそう思ってました。そうしたら見てごらんなさい。みんなのいる前であんなことを言うじゃありませんか。怒っていいのか、笑っていいのか。つまり、彼女は、自分だけの想像の世界に住んでるんですね、そして、頭の中はメロドラマでいっぱいで、他の人の生活をとんでもないふうに想像してるんですよ。とにかく、かわいそうな女でしたわ、因果応報ってところでしょう。それはそうと、コーラにはプロテジェがいたんですか？」

「プロテジェといいますと？」

「いえ、ちょっと頭に浮かんだんですが。誰か若い貧乏絵描きとか、音楽家だとか、そういった者を世話してて、あの日、家に呼び入れたはいいが、はした金のためにその人に殺されてしまった、ってことはないでしょうか。たぶん十代かそこらの若い男で。あの年頃の人間って、ときどき変になるものですからね。とくに偏執的ないわゆる芸術肌のタイプなんかだとなおさら。なぜこんな考えが浮かんだかと申しますとね、真っ昼間にガラス窓を破って人を殺すなんて、ちょっと妙だと思ったからなんです。家に入り込むんだったら、夜なのが普通でしょう？」

「夜だと女性が二人いることになりますからね」

「あ、そう、住み込みの女がいましたわね。それにしても、わざわざ彼女の出て行くのを待って、それから家に入ってコーラを殺すってのも、ちょっと考えられませんわ。なんのために？　彼女が現金なり値打ちのある品物なり持っているなんて誰も信じないわ。そうだったら、二人とも一緒に外出する時だってあるでしょう？　そんなときに忍び込めば、家の中は空っぽってわけでしょう？　そのほうがずっと安全だわ。よっぽど必要を感じない限り、わざわざ人を殺しに行くなんて馬鹿げてると思いません？」

「じゃコーラ殺しは必要なかったとおっしゃるんですね？」

「なんだかすべてがばかげたことだと思いますわ」

〝殺人〟とは筋の通ったものでなければならないのだろうか？　エントウイッスル氏は自問自答した。理論的に言ったら、答はイエスである。しかし、理屈で割り切れない殺人だっていままでにいくつもあった。これはすべて殺人者の心理状態一つにかかっている問題だ。

では、彼は殺人者や、その心理作用について何を知っているだろうか？　ほとんど知らないといってもいい。彼の法律事務所は刑事事件を取り扱ったことは一度もない。また彼は、犯罪学を学んだこともない。彼はただ、殺人者には種々雑多なタイプの人間がいるという知識を持っているだけだ。ある者は人一倍の虚栄心を持っており、ある者は権力に対する強い欲望を持っている。ある者はセドンのように卑劣で強欲であり、ある者はスミスやロウズのように熱狂的なまでに女に魅かれる。アームストロングのように、誠に感じのよい人間もいれば、エディス・トムソンのように著しく非現実的な世界に住んでいる人間もいる。看護婦のワディントンは年とった患者を、事務的とも言える軽快さで簡単に片づけた……。

モードの声に彼の思索は破られた。

「ティモシーからなんとかして新聞を取り上げようとするんですけど、駄目なんです。どうしても新聞を読むってきかないんですよ。そのくせ、新聞を読むとすぐに機嫌が悪くなるんです。ティモシーを絶対に検屍審問に行かせてはならないのはおわかりになるでしょう？　必要ならドクター・バートンに証明書か何か書いてもらってもいいんですけど」

「そのことなら絶対に心配ご無用ですよ」

「それを聞いて安心しましたわ」

車はスタンスフィールド・グレンジの門の中へ入り、手入れの悪い道を通って玄関へ向かった。この家は、昔は非常に気の利いた美しい邸だった。しかしいまはどこを見ても陰気な、荒れ果てた様相をみせている。モードが溜息をつきながら話しはじめた。

「戦争中、この庭は荒れるがままにまかせていたんです。庭師が二人とも兵隊に取られてしまったものですから。現在、年寄りの庭師が一人いますけど、まるっきり駄目です。おまけに賃金はとても高くなりました。今度、この庭に少しお金をかけて手を入れることができるようになるかと思うと、とてもありがたいですわ。わたしたち二人とも、とてもこの家に愛着を持ってまして。ひょっとしたら売らなきゃならないかと思ってずいぶん心配しましたわ。もちろんそんなこと、ティモシーにはおくびにも出しませんでしたけど。知らせたら、それこそどんなにティモシーの身体に障るやら……」

車はやがて古いジョージ王朝風の家の屋根付きの玄関に着いた。ところどころペンキのはげているのが痛々しかった。

「使用人は一人もいないんです」モードは彼を案内しながら苦々しく呟いた。「ただ近所の女の人が二人ほど通いで来ているだけです。ひと月前までは住み込みのメイドが一人いましたけど――。少し背中が曲がっていて、おまけにひどいアデノイドで、いろんな点で、あまり利口な人間とはいえませんでしたが。でもメイドが家にいるってことだけで、どんなにか気が休まることか……簡単な料理ならとても上手だったし。ところがこのメイドが、ペキニーズ犬を六匹も飼ってるばかな女のところに行ってしまったんです。家だってここより大きいし、仕事もずっと忙しくなるのに。おまけに出て行くときの言葉がいいじゃありませんか、〝小さなワンちゃんが大好きなの〟ですって。実際、犬なんて、しょっちゅう病気して、そこら中を汚すものなのにね。この頃の女の子って、ほんとに頭がどうかしてると思いません？　ですからいまメイドなしなんです。わたしが何か用事があって出かけたりすると、ティモシーはこの家に独りっきりになってしまうんです。万一のことがあったらどうしたらいいんでしょう？　もちろん電話だけは彼の椅子のすぐ側に置いてますけど。そうすれば、気分が悪くなったりしたときなど、すぐ自分でドクター・バートンに電話をかけられるでしょう？」

モードはエントウイッスル氏を応接間に通した。部屋の暖炉の側には、もうちゃんとお茶の用意がしてあった。エントウイッスル氏を椅子に坐らせると、モードはすぐ部屋を出ていった。台所のほうへでも行ったのだろう。ほんの二、三分経つと、ティーポットと銀色のやかんを持ってきて、彼のために紅茶を入れはじめた。手作りのお菓子と焼きたての菓子パンがそえてあって、お茶もお菓子もとてもおいしかった。エントウイッスル氏は呟くように尋ねた。

「ティモシーは？　お茶を一緒に飲まないんですか？」モードはてきぱきした調子で、駅に出かける前にトレイにのせてティモシーの部屋に持っていっておいたと説明した。

やがてお茶が済むとモードが言った。

「ティモシーも、もうそろそろ昼寝から目が覚めた頃でしょう。昼寝のあとが一番話しやすいときなんです。あんまり興奮させないようにお話ししていただけませんか」

エントウイッスル氏は、できるだけ用心してお話しすると約束した。

チラチラする暖炉の火の光で、モードの姿を眺めているうちに、彼は急に強い同情の念にとらわれた。この背の高い、不屈の女、率直にものを言う女は、健康で、精力的で、非常に常識豊かで、それでいて、ある点においては不思議なほど、気の毒なほど、もろいところがある。彼女が夫に対して持っている愛は、母性愛だ。モード・アバネシーは一人も子供を産まなかった。しかも彼女の身体つきは、いかにも母性的である。そこで病身の夫は彼女の子供となり、彼女は彼の世話をし、その羽の下にかくまい、細かい気を配り、外気の冷たさに触れないように守り育てているのである。それだけでなく、モードはティモシーより強い性格を持っているので、知らず知らずのうちにティモシーに必要以上に病弱な状態でいることを押しつけてしまっているのではなかろうか？

「かわいそうなティム夫人」エントウイッスル氏は心の中でそっと呟いた。

2

「よく来てくれたね、エントウイッスル」

　ティモシーは、椅子からちょっと起き上がって手を差し延べた。

　彼は相当の大男で、兄のリチャードに非常によく似ていた。しかし、リチャードに強さがあるとすれば、ティモシーにあるのは弱さだった。唇はしまりがないし、あごは少し引っこんでるし、眼はリチャードのほど奥まってない。気むずかしく、いらいらした性格が、額のしわとなってにじみ出ている。

　彼の病人らしいところは、膝の上に掛けられた毛布と右手の届くテーブルの上にある、薬の小瓶や小箱などにうかがわれた。

　ティモシーはまるで警告を発するような口ぶりで話しはじめた。

「無理しちゃいけないと、医者が言うんだがね。心配するのが一番身体に毒だと。ふた言目には心配するな、心配するな、と言うんだ。しかしね、身内の中に殺人事件なんてものが起こったら、誰だって心配せざるをえんじゃないか、そうだろう？　まずリチャードが死ぬ、死んだと思ったら、やれ葬式だ、やれ遺言だ、話を聞くだけで頭が痛くなる。実際、人を小馬鹿にした遺言じゃないか。おまけにコーラが手斧で殺される。手斧でだよ。ブルルル。この頃、国中がギャングでいっぱいだ。暗殺団だよ、きっと。戦争の残骸だね。かよわい女性たちを殺しまわって。おまけにこれを押さえつけるだけの気力を持った人間もいないんだ。断乎とした態度を取るやつは一人もいない。この国はいったいどうなるんだ？……え？　腰抜けばかりで、え？」

こういう先制的な言葉づかいには、エントウイッスル氏は充分手馴れていた。過去二十年間、彼の顧客たちは必ず、遅かれ早かれこのような議論を吹きかけたものだし、これに対する彼の手も、ちゃんと決まっていた。つまり当たり障わりのない生返事で相槌を打つというのが彼の手で、この生返事も、どちらかといえば〝音〟の部類に属する、わけのわからぬ言葉であった。もっと詳しくいえば〝鎮静効果のある音〟とでも言うべきものだった。

ティモシーはさらに続けた。

「そもそもこんな状態になったのは、あのいまいましい労働党政府の責任だ。国全体を炎の中に投げ込んだのもこの労働党政府だ。いまの政府だって、てんでなってない。口先だけの、気の抜けた社会主義者ばかりじゃないか。現在の情けない国情を見てみろってんだ。ちゃんとした庭師も雇えない。使用人なんか探してもいない。モードなんかかわいそうに、朝から晩まで台所で働いてなきゃならないんだ。〝そりゃそうとモード、今晩の舌ビラメにはカスタード・プリンを用意したらいいんじゃないかな。できたら、はじめにコンソメのスープかなにかで……〟私には栄養分が必要だと医者も言ってるし。

えぇーっと。なにを話してたんだっけ……ああ、そうそう、コーラのこと。あれは実際大きな打撃だった。考えてもごらん。同じ血を分けた妹がだよ。自分の実の妹がだよ。手斧で殺されたんだ。私は二十分間も動悸が止まらなかったんだよ、二十分間も。エントウイッスル、きみにすべてを一任するからね、いいかね。私はとても検屍審問になんか出席できないし、コーラの遺産のことなんかも、とうてい構っちゃいられない。こんな身体なんだから。なにもかも忘れてのんびりしたいんだ。そりゃそうと、リチャードがコーラに残した金はいったいどうなるんだ？　もちろん私のほうに回ってくるんだろうね？」

お茶を片づけなきゃならない、とかなんとか呟きながら、モードが部屋を出ていった。ティモシーは椅子にぐったりともたれるとまた話しはじめた。

「仕事の話をしているときは女なんかいないほうがいい。くだらないおしゃべりで肝腎の話をじゃまされる心配がないからな」

「コーラのために信託処分になっているお金は、あなたとあなたの姪や甥に等分されることになってます」

「そ、そそそんなばかなことが！」ティモシーの頬は憤怒のあまり紫色を帯びていた。「私はコーラの一番近い肉親だよ。兄弟で生き残ってるのは私だけじゃないか」

エントウイッスル氏はごく慎重な態度で、リチャード・アバネシーの遺言状の条件を説明し、たしかに写しを一通そちらに送っておいたはずだが、と念を押した。

「あんな訳のわからない、法律用語ばかりのものを、この私に読めというのか？」ティモシーは反対に食ってかかった。「きみたち法律家って人種はまったく！　実際、モードに遺言状の要点を聞いた時、私は自分の耳を疑ったほどだ。はじめはモードがなにか勘違いしてるんだと思った。女の頭は、いつもぼんやりしてるからな。モードはこの世の中じゃ最上の部類に属すると思うが――それでも女には財政のことなんかわからん。たとえばだね、もしリチャードが死んでなかったら、われわれはこの家を売って、どこかに引っ越さなきゃならない状態だったんだよ、実際。そんなことモードなんかにはこれっぽちもわかってないんだからね」

「そんなことだったらリチャードにひと言いえば……」

ティモシーは耳障りな笑い声を立ててどなった。

「それは私の主義に反することだ。われわれはね、みんな父からちゃんと相当な金をもらって独立したんだ……つまり同族会社に加わらなければという条件でね。私は加わらなかった。うおの目の膏薬なんて……。私にはもっと高い望みがあったんだ。リチャードは私のこの態度にだいぶ心を痛めたらしいがね。とにかく金をもらって独立したにはしたが、やれ税金だ減価償却だ、なんだかんだで、経費はかさむし、万事なかなか思うようにいかない。結局、元金に相当手をつけるようになったんだ。この世の中じゃ、そうするよりほかに手はないんだ。一度リチャードに、この家を維持するのが難しくなったとほのめかしたことがあったがね。リチャードの奴、家を売って、どこか小さいところへ移ったらいいだろう、なんて言うんだ。そしたらモードも助かるし、労働力も節約できるし、ってこう言うんだ。ばかにしとるよ。労働力節約だなんて。いやな言葉じゃないか……労働力節約って。とにかくリチャードに援助を乞うなんて、まっぴらごめんだ。しかしだねエントウイッスル、この心配のため、私の健康はすっかり壊されてね。私のような健康状態にあるものは気苦労が一番毒なんだよ。そしたらリチャードが死んだ。もちろん兄を失ったのは心の痛むことだったが、しかしだね、正直なところ、将来のことを考えるとほっとしたよ。もうなんの心配もいらない。家にはペンキを塗って、ちゃんとした庭師の二、三人も雇って。金さえ出せば雇えるんだ。バラ園も完全に手入れできるし、それから……話が横道に逸れたね。なんの話をしていたっけ?」

「あなたの将来のプラン」

「そうだ、そうだったな。しかしこんなこと、きみに話したっておもしろくもないだろう。とにかく、私の気持ちを大いに損ねたのは、リチャードの遺言の内容だ。じつに人を踏みつけにしてる」

「そうですか？　あなたの思ってらっしたのと……その……違ってましたか？」エントウイッスルはけげんな眼で相手を見た。

「大いに違ってた。私としては、モーティマーが死んだあと、全財産が私に任されるものと思っていた、これは当然のことだと考えるね」

「リチャードは……そんなふうなことを……前にあなたに……話し……」

「いや、そうはっきりは言わなかったがね、リチャードはどっちかといえば無口な男だったから。しかし、モーティマーが死んで間もなく、一度ここにやって来たことがある。アバネシー一家のことについて相談があるからってね。われわれはまずジョージのことをいろいろ話して、それから姪たちや、その夫たちのことを話し合った。私の意見を聞きたいと言うんだ。私もモードもこのごろあまり出歩かないし、世間とは縁を切ってるから、意見らしいものは言えなかったがね。しかし、あの姪たちは二人とも揃いも揃ってばかな結婚をしたもんだ。いずれにしてもリチャードがこんな相談を持ちかけるからには、彼の死後、私を一家の頭とするつもりで話してるんだと、そう思うのは当然だろう。私に金を全部任せて、若い連中の世話をさせ、コーラの世話をさせる。これが兄の意見だと思ったね。私だったら若い連中を正しく導ける、リチャードは私を信じていたと、そういうふうに解釈するのは当たり前じゃないか。なにはさておいてもアバネシー家の人間は私一人だろ。全面的な管理権が私にくるのは当然だ」

ティモシーは興奮のあまり、ひざかけを蹴落とし、椅子から身体を半分乗り出していた。そこにはなんら身体虚弱の徴候は見られない。まあ多少興奮しやすいという点以外は、完全な健康体である。エントウイッスル氏はさらに考え続けた。ティモシーはおそらくリチャードを心の底では嫉妬していたに違いない。二人はいろんな点で似通っているだけに、リチャードのほうが強い性格を持ち、アバネシー一家を統率していたことを不愉快に思っていたらしい。だからこそ、リチャードが死んだ今、遅まきながら大家族の運命を左右する権力を受け継いで、大いに活躍してみたいと望んだわけである。

リチャード・アバネシーは、彼にその権力を与えなかった。はじめはそうしようと思い、あとで思い直したのだろうか？

突然、庭のほうで二、三匹の猫がギャーギャー鳴きはじめた。ティモシーはいきなり立ち上がると、勢いよく窓のほうへ駆け寄り、窓枠を上げるなり、「やかましい！」と大声で怒鳴ると、手近にあった大きな本を力いっぱい猫に向かって投げつけた。

「いまいましい猫め」ぶつぶつ言いながらもどってきた。「花壇はめちゃめちゃにするし、第一あの鳴き声が神経に障る」ティモシーは自分の椅子にもう一度腰をおろすと、

「一杯どうだ、エントウイッスル」と尋ねた。

「まだちょっと早いですね。さっき奥さんに素敵なお茶をご馳走になったばかりですから」

ティモシーはちょっとのどを鳴らした。

「じつに気の利く女だ、モードは。しかし少しやり過ぎる。われわれの古い自動車の中までいじくりまわしてる。家内はあれで相当機械のほうにも詳しいんだよ」

「葬式の帰りに車が故障したとか……」

「ああ、車の奴、くたびれたんだね。家内は心配しないようにってわざわざ電話をかけてくれたが、毎日手伝いに来ている女がまたとんまな奴で、モードの言伝てを紙きれに書き残していったんだが、それがなんのことやらさっぱり要領をえん。私はちょうどそのとき、外に出て新鮮な空気を吸ってたんだ。医者が、できれば少しずつでも運動したほうがいいと言うもんだから。帰ってきたら、紙にこう書いてあるんだが、〝車が壊れて一晩泊まると奥様から電話〟、もちろん私は家内がエンダビーにいるものとばかり思ってたから、すぐに電話をかけたら、その日の朝に出発したと言うじゃないか。そうすると、どこで故障したのか見当もつかない、おまけに手伝い女ときたら、私の夕食に冷たく固まったマカロニ・チーズかなんか置いていくし、それを私が台所に行って温め直したり、お茶を入れたり——ボイラーに火をたいたのはもちろん、実際散々な目にあったよ。万一心臓麻痺にでもなったらどうするつもりなんだ。もちろん、あんな階級の女はご主人様が心臓麻痺になろうとなるまいと、気にもしないだろうが。もしちゃんとした心がけの女だったら、夕方戻ってきて私の世話をすべきじゃないか。この頃の下層階級の人間ときたら、誠実さというものがまったくないんだから……」

彼は悲しそうに考え込んでいた。

エントウイッスル氏は話題を変えた。

「お葬式や親戚の人たちについて、奥さんがどのくらいあなたに話されたか知りませんが、コーラがちょっと気まずいことをしましてね。無邪気な口調で、〝リチャードは殺されたんでしょう?〟って言ったのは、モードからお聞きになりましたか?」

ティモシーは気軽にくすくす笑った。

「ああ、聞いたよ。みんな、下を向いて驚いたようなふりをしたんだってね。まったく、コーラの言いそうなことだ。コーラって、昔からなんにでも鼻をつっこみたがる女で、われわれの結婚式のときにも、モードにじつに失敬なことを言ったらしい。モードはそれからコーラをすごく嫌ってたよ。葬式の済んだ晩、モードは電話をかけてくれてね、とか気分はどうかとか、手伝いのミセス・ジョーンズが晩飯を作ってくれたかどうか、とか尋ねたあとで、葬式その他、万事何事もなく運んだと言うんで、私は〝遺言状〟はどうだった？　と聞いたんだ。家内はなんとかごまかそうとしていたが、結局私はほんとうのことを聞き出したがね。とても信じられなくて、家内の聞き違えじゃないか、と言ったんだけど、家内は間違いじゃないと言い張るんだ。実際、この遺言には私も心を痛めた。兄がわざと意地悪したんだと思うね。もちろん死んだ人の悪口を言うべきじゃないが、これはひどい……」

ティモシーはこの点について、また長々と不平を述べ立てた。

やがてモードが入ってきて、きっぱりした口調で言った。

「ティモシー、もうエントウイッスルさんと充分お話なさったでしょう？　そろそろお休みになったら。仕事のお話はお済みになりまして？」

「ああ、仕事の話は済んだ、エントウイッスル、すべてをきみに任せる。犯人が捕まったら、ちょっと報せてくれ、捕まったらだよ。この頃の警察は信用できないからな。警察署長なんか骨のある奴は一人もいない。それから……その……埋葬のほうもみてやってくれないか。私も家内も、とても行けないだろうから。金はかかってもいいから体裁のいい花輪を注文して。いずれはちゃんとした墓石も建てねばならんな。あの土地に葬ってやってもいいだろう。わざわざ北部まで持っていく必要はないと思うね。ランスケネがどこに葬られているか知らないが、たぶんフランスあたりだろうな。そりゃそうと、殺されて死んだ人間の墓石には、どんな碑文を書いたらいいのかな？　私には見当もつかないが。〝ここに平安なる眠りにつく〟なんてことも言えないし。なにか適当な言葉はないものかな。R・I・Pとでも書くか。いやあれはカソリックだったな」

「おお、主よ。主は我が過ちを見そなわし給えり。さらば主よ。我を裁き給え」エントウイッスル氏は呟いた。

ティモシーは驚いたような目つきでエントウイッスル氏を一瞥した。エントウイッスル氏はかすかに微笑した。

「旧約聖書の哀歌の一節ですよ。少しメロドラマ的だが、なんとなくふさわしい言葉じゃありませんか。しかし、墓碑を立てるのはまだまだ先ですね。墓地を買ったり、いろんな用事がありますから。いずれにしても、ご心配なく。万事われわれのほうでうまく取り計らって、経過は全部ご報告しますから」

エントウイッスル氏は翌朝、朝食時間帯の汽車でロンドンに帰った。

家に帰ると、ちょっと首をひねって考えた末、ある友人に電話をかけた。

第七章

「お招きにあずかってまことに恐縮です！」

エントウイッスル氏は、主《あるじ》の手を真心こめて握りしめた。

エルキュール・ポアロはいんぎんに客を招じ入れると、暖炉の側のソファに坐らせた。

エントウイッスル氏は坐ると同時に溜息をついた。

部屋の片側に二人のためにテーブルが用意されていた。

「今朝、田舎から帰ってきたばかりで」

「それで何か私に相談したいことが……」

「ええ、ちょっとまとまりのつかない長話になりそうですがね」

「それでは、夕食が済んでから、話をお聞きしましょう。ジョージ？」

まるで待ち構えていたかのように、姿を現わしたジョージは、フォアグラのパテに、ナプキンに包んだ温かいトーストを添えて運んできた。

ポアロは客に向かって言った。

「パテは火の側でいただきましょう。それから、あとでテーブルに移って食事にしましょう」

それから一時間半後、エントウイッスル氏はソファにもたれて、心地良げに足を投げ出すと、いかにも満足そうに溜息を洩らした。

「ポアロさん、あなたは、実に生活を楽しむ妙を心得ていますな。さすがはフランス人だ」

「私はフランス人ではありません。ベルギー人です。他の点では、あなたの言うことは正しい。この歳になって、私に残された楽しみ、ただ一つの楽しみは、食卓の楽しみです。幸い、私は大変丈夫な胃袋を持っています」

「ふむ」エントウイッスル氏は呟いた。

彼らの食事はまず舌ビラメのベロニカ風に始まり、子牛肉のカツレツ・ミラノ風に続き、食後のデザートはアイス・クリームのフランベであった。

ワインはプイイ・フュイッセのあとコルトン。それから非常に良質のポートワイン。エントウイッスル氏の傍らのテーブルには、いま、そのポートワインのグラスが載せられている。

ポートワインをあまり好まないポアロは、極上のクレーム・ド・カカオを少しずつなめていた。

　エントウイッスル氏は、まるで追憶にふけっている人のように呟いた。

「あんな子牛肉をあなたはどうやって手に入れるのでしょうな？　口の中でとろけてしまいそうな」

「私の友だちに大陸（ヨーロッパ）から来た肉屋さんがいます。私は彼のために、家庭内の小さな事件を解決してあげました。それで、その人は大変感謝して、以後ずっと私の胃袋の問題を解決してくれるのです」

「家庭内の問題……いやなことを思い出させてくれましたね……こんなによい気持ちになっていたのに……」

「では後回しにしましょう、急ぐ必要はない。まもなく食後のコーヒーと上等のブランデーがきます。それから消化作用が平和に行なわれたあとで、なぜ私の助言が欲しいのかお話しください」

　しばらく時間が経って、時計が鳴った。九時半である。エントウイッスル氏はやおら身を起こして坐り直した。心理的な時期が到来したのだ。もう自分の困惑を切り出すことをしぶる必要は感じなかった。

「ひょっとしたら、私のとんでもないばかさ加減を暴露する結果になるかもしれないし、またこの問題を処理する方法が、果たしてあるのかどうかもわからないんですがね。しかし、いずれにしても、私は事実をありのままにあなたにぶちまけてみて、その上で、あなたのお考えを聞かせてもらいたいんです」

彼はここでほんの二、三秒話を切ると、やがて事務的な淡々とした話しぶりで、細かく事件を説明していった。長年、法律的な修練を積んだ頭脳のおかげで、彼は事実を明確に、なにひとつ省かず、かつまた、なにひとつ余分なものも加えずに話すことができた。彼の説明はじつに明確そのもので、相手にとって、とくにポアロのような人間にとっては、非常にありがたい話しぶりだった。卵の形そっくりな頭をした小柄な初老の私立探偵、エルキュール・ポアロは、エントウイッスル氏の前に坐って熱心に彼の話に耳を傾けた。

話が終わるとしばらくの間沈黙が続いた。エントウイッスル氏は、辛抱強くポアロの質問を待ち受けたが、一分……二分……なんの質問も発せられなかった。エルキュール・ポアロは事件のいきさつを一つ一つ咀嚼していたのである。

やがて、ポアロが口を開いた。

「非常にはっきりとしているようですね。あなたは心の中に、友人リチャード・アバネシーが殺されたのではないかという疑問を持っています。その疑問、つまり推測は、たった一つの事柄を基盤としている。すなわち、コーラ・ランスケネがリチャード・アバネシーの葬式で言った言葉。これだけですね。これを除くと、あとにはなんにも残らない。彼女自身が翌日殺されたという事実は、ただの偶然かもしれません。リチャード・アバネシーが急に死んだ、これは事実です。しかし彼の身体の状態をよく知っている立派な医者がなにも疑念を抱いていない、ちゃんと死亡証明書を書いたでしょう？　リチャードは埋葬でしたか、火葬でしたか？」

「彼の希望によって火葬でした」

「そうです、法律はそうなっています。そして火葬だと二人目の医者の証明が必要だったはずです。しかし、そこにも問題はなかったわけでしょう。そうすると、またはじめの要点に戻ってきますね。つまり、コーラ・ランスケネの言った言葉です。あなたもその場にいて、それを聞いた。彼女は〝だって、リチャードは殺されたんでしょう？〟と言った」

「そうです」

「そうすると、結局、最後の要点は、コーラがほんとうのことを言っていたとあなたが信じているというところにありますね。あなたはそう信じています」

エントウイッスル氏はしばらくためらった後、口を開いた。

「ええ、信じていますね」

「なぜ？」

「なぜ？」エントウイッスル氏はちょっと不思議そうな顔をして、同じ言葉を繰り返した。

「そうです、なぜ？　です。すでにあなたが心の底で、リチャードの死について不安を抱いていたからですか？」

エントウイッスル氏は首を振った。「いいえ、全然そんなことは……」

「それなら、彼女、つまりコーラ自身を信じたわけですね。あなたはコーラをよく知っていましたか？」

「ずいぶん長い間会っていなかったですな。そう、二十年以上になるかな」

「もし、道でばったり彼女と会ったら、わかりましたか？」

エントウイッスル氏は考えた。

「通りすがりに会ったら、誰だかわからないままやり過ごしていたでしょうね。私の憶えている限りでは、やせっぽちのひょろひょろした女の子でした。それが肥り気味の、たいして見栄えのしない中年女になってましたからな。しかし彼女だとわかりましたよ。

髪の恰好なんか同じで、額にそってまっすぐに前髪を切って垂らし、その前髪の下から、臆病な動物といった感じで人の顔を見上げる癖がありましたし、話し方も一種独特な、プッリプッリと短く切ったような言葉遣いで、頭をちょっと片方にかしげて、それから思いもよらない突飛なことを口にするといったふうです。とにかく個性がありましたね。ご存じのように個性ってものは、実際非常に個人に特有のものですからね」

「つまり、コーラは、二十年前にあなたが知っていたコーラと同じコーラだったというわけですね。そして、いまでも突飛なことを言っていた！　ところで、彼女が昔、突飛なことを口にしたとき、その言葉はたいてい正しかったのですか？」

「それが面倒な点でしてね。コーラにはかわいそうなんだが、みんなから嫌がられたのも、つまり、言わなくてもいいようなほんとうのことを、ずばりと言ってしまうからでしたよ」

「その特性がいままで変わらないで残っていた。そして、リチャード・アバネシーが殺されたので、コーラはすぐにその事実を口に出した」

エントウイッスル氏は不安げに身動きした。

「あなたはリチャードが殺されたと思いますか？」

「いいえ、いいえ、そう決めるのはまだ早いです。〝コーラは彼が殺されたものと思った〟これならあなたも私も同じ意見ですね。彼が殺されたことについて、コーラは確信を持っていた。彼女にとっては、これは単なる臆測でなくて確実なことでした。そうすると私たちは次に、コーラはこの確信に対してなにか理由を持っていたにちがいない、と考えるわけです。話を聞くと、コーラがいたずら半分でこんなことを言ったのでないことは、疑う余地がありませんね。では尋ねますが、彼女がこんなことを言ったとき、そこにいた人たちは、皆すぐ、打ち消すような態度だった。そうですね？」

「そのとおりです」

「それから、コーラは困惑して、赤面し、引き下がった。そのとき言った言葉、あなたの記憶ではなにか〝リチャードがあんなふうに言ってたから……わたしは……そう思った〟そんなふうでしたね」

エントウイッスル氏はうなずいた。

「もう少しはっきり憶えていればよかったんですけど。たいしてちがわないと思いますね、ただ〝あんなふうに言ってた〟と言ったのか〝わたしにそう言った〟と言ったのか、はっきりしないですが」

「それで問題は片づいて、みんなほかの話を始めた。そうですね？　そのときのことを思い出して、あなたは、誰かの顔になにか特別の表情があったことを、憶えてませんか？　あなたの記憶に残るような……普通でない変わったことを？」

「記憶にありませんね」

「それから、すぐその明くる日にコーラが殺されました。そしてあなたは自問自答する、〝これは原因と結果であろうか？〟」

エントウイッスル氏はまたもじもじした。

「あんまり飛躍的だと思いますか？」

「いいえ、少しも。最初の推測を正しいとすれば、非常に論理的です。リチャード・アバネシーの殺人、完全殺人が行なわれた。すべてがうまくいった。ところが真相を知っている人間がもう一人現われる。で、この人間をどうしても黙らせなければならない、いいいい、できるだけ早く」

「じゃ、あなたはやっぱり、リチャードは殺されたと考えるんですね？」

ポアロは重々しく言った。

「あなた《モン・シエール》、私はね、あなたが考えたと同じように考えています。つまり〝これは一応調査する必要がある〟こう考えています。これについて、あなたはなにか手段を取りましたか？　警察にこのことを話しましたか？」

「いいえ」エントウイッスル氏は首を振った。「警察に知らせても私の役には立ちません。私の目的はそこにありません。私はアバネシー家の代理という立場にある人間です。もしリチャードが殺されたんだとしたら、殺人の方法はたった一つしかありません」

「毒殺？」

「そうです。しかも死体は火葬されてしまっています。そこで、証拠を見つけ出す術《すべ》はまったくありません。ただ、私は、せめて自分だけでも、この事件の真相を知っておきたい、とこう心に決めたわけです。そこで、ポアロさん、あなたのところにまいったのです」

「彼が死んだとき、誰か家にいましたか？」

「もう三十年と仕えている年老いた執事、それから料理人とメイド。だから一見、この三人の内の一人ということになりそうですな……」

「ああ、私の目をくらまそうとしても駄目ですよ。使用人たちではありません。あのコーラ。彼女はリチャードが殺されたのを知っていた。それでも揉み消しを黙認する。〝そう、そのほうがいいんだわ〟と彼女は言う。そうすると、犯人は家族の一人、犠牲者のリチャード自身が公にしたくない人間ということになります。もしそうでないならば、コーラはリチャードと仲が良い、だから、殺人者をこのまま安穏に眠らせておく道理はない。この考えにあなたも賛成しますか？　そうですね？」

「そうです、そのとおり」エントウイッスル氏は白状した。「しかしですね。家族の者がいったいどういう方法で……」

ポアロはすぐに彼の言葉を遮った。

「毒を使う時には、いろいろ可能性がある。彼が眠っているうちに死んだとすると、そして怪しい症状がなかったとすると、麻酔薬の一種だと思います。ひょっとしたら前から麻酔薬が使われていたのかもしれない」

「いずれにしても、〝どういう方法で〟ってことはたいして問題にはなりませんね。証拠立てようとしても不可能ですから……」

「リチャード・アバネシーの場合は不可能。しかし、コーラ・ランスケネの殺人は別です。誰がやったかを知ることができたら、証拠を挙げることもできるはずです」ポアロはすばやくエントウイッスル氏を一瞥した。「あなたは、すでに、たぶん、なにか調べたでしょう？」

「ほんの少しだけ。私のやったのは消去法と言いますか。アバネシー家の一員が殺人犯人だとは、私の気持ちとしてはどうしても考えたくないのです。実際、いまでも、とても信じられんのです。まあそれで、彼らにはなにげない質問をいくつかすることによって、家族の誰が確実に無罪かを、一人ずつ確かめ、そしてそういうふうに、一人ずつ消去する、という方法です。これでいけば、ひょっとしたらみんな無罪かもしれない。コーラの推測は間違ってた、コーラ自身の死も通りがかりのこそ泥だった、そんなふうになったらどんなにいいだろう、と思いましてね、調べてみたのです。方法は簡単でした。つまり、コーラ・ランスケネの殺された午後、アバネシー家の一族はなにをしてたかということを聞き出せばいいんです」

「結構《エ・ビアン》ですね。それで、なにをしていましたか？」

「ジョージ・クロスフィールドはハースト・パークの競馬に行ってたし、ロザムンド・シェーンはロンドンで買物してたし、彼女の夫は……夫たちも入れる必要がありますからね……」

「もちろん」

「ロザムンドの夫は芝居のことで選択権の交渉をしていたし、スーザンとグレゴリー・バンクス夫妻は一日中家にいたし、病人のティモシー・アバネシーはヨークシャーの自宅、妻のモードはエンダビーから自分で車の運転をしてヨークシャーに帰る途中……」

　エントウイッスル氏はそこで口を閉じた。

　エルキュール・ポアロは彼を眺め、よくわかったと言いたげな顔つきでうなずいた。

「はーん。彼らはそう言ったんですね。しかし真実でしょうか？」

「それは私にもわかりませんね。この人たちの中には、その言葉を証拠づけできる人もいるでしょうし、できない人もいるでしょう。しかしその証拠を求めるには、こっちの手をすっかり見せなきゃならなくなってしまいますからね。いわば、公然と彼らに嫌疑をかけることになるわけで、これは私としてはとうていできないことです。とにかく、いままでの調査から私自身が引き出した結論を簡単に申し上げますと、ジョージはハースト・パークの競馬に行ったかもしれないが、私にはそう思えない。自分の賭けた馬が勝ったことを、少しとってつけたような感じで自慢してたように思われる。私の経験として、法律に違反した人間は、しゃべりすぎのために自分に不利を招くという場合が多いようです。私は勝馬の名を尋ねましたところ、彼は即座に二頭の馬の名を言いました。調べてみますと、二頭とも相当噂に上った馬で、一頭は予想どおり勝っています。しかしもう一頭のほうは人気馬として馬券の売れ行きはよかったが、予想がまったくはずれて、三着にも入れなかった始末です」

「なるほど。このジョージは、伯父さんが死んだとき、金に非常に困っていましたか？」

「ええ、私はそんな印象を受けましてね。証拠は全然ないんですが、ジョージは、顧客の資金を自分の投機に注ぎ込んで、すでに発覚の一歩手前まで来ていたんじゃないかと思います。これは単なる私の想像ですがね。しかし、こういう問題に関しては、私も長い間の経験がありまして。焦げついている事務弁護士なんて存在は決して珍しいものじゃありませんからね。まあ私だったら、ジョージに金など預けませんよ。こういった人間だから、リチャードもこの甥を信頼できないと判定したんじゃないですか？　リチャードは人を見る目が非常に確かだったから」

エントウイッスル氏はさらに続けた。

「ジョージの母は器量のよい、あまり頭のよくない女でしたがね、彼女の結婚した相手というのが、私に言わせれば、いたって怪しげな人間で、だいたいアバネシー家の女は夫選びが下手でね」と彼は溜息をついた。「次にロザムンドですが。これがまた綺麗な女だが少しピントはずれで。しかし彼女が手斧でコーラの頭を打ち砕くなんて、ちょっと想像もできませんね。彼女の夫、マイクル・シェーン、これは、いわば競馬にたとえれば穴馬と言えますね、野心満々、虚栄心も人並み以上。しかし彼のことについては、じつのところ私はなにも知らないのです。残酷な犯罪を犯すとか、慎重に計画した毒殺をするとかいう点で、彼を疑う理由はなにもないんですが、犯罪の当日、彼がなにをしていたかはっきりわかるまでは、彼をリストから除外することもできませんね」

「しかし奥さんのほうは大丈夫ですか？」

「いや、いや、彼女にもどこか驚くほど無情冷淡なところがないでもないし。しかし私としては、どうしても手斧と結びつけて考えることはできないですな。ちょっともろい感じの女で……」

「おまけに綺麗ですからね」ポアロはかすかに皮肉な笑みを浮かべた。「それからもう一人の姪は？」

「スーザンですか？　これはまた、ロザムンドとは全然別なタイプなんです。並々ならぬ才能を持った女性で。彼女も夫のグレッグも家にいたと言うんですがね。私は、問題の日の午後、何度も電話をかけたが通じなかったと嘘をついて確かめたところ、グレッグが即座に、あの日は一日中電話が故障していた、他のところに電話しようとしても全然通じなかったと言うんです」

「そうすると、スーザン夫婦も決定的でない。なかなか、あなたの思うとおり消去できないですね。夫のグレッグはどんな男です？」

「どうも理解できない。なんとなく嫌なところがあるようだが、なぜそういうふうな印象を与えるかということははっきりわからんのです」

「ふむ？」

「スーザンのほうは伯父にそっくりです。リチャード・アバネシーの持ってた活力、意欲、知的な能力を彼女も持っていて。ただ彼女の伯父の持っていた親切心、温かさといったものは少々欠けているような気がするんだが」

「女性は、決して親切ではありません。ときどき優しいことはありますが。彼女は夫を愛していますか？」

「献身的に愛してますね。しかし、スーザンが殺人を犯すなんて、私には信じられない。いや絶対に信じたくない」

「ジョージが犯人であるほうがまだましだ、というわけですね？　無理ありません。しかし私は綺麗な若い女性に関して、あなたほどセンチメンタルではないですね。それでは年長者たちの話を聞かせてください」

エントウイッスル氏は、ティモシーとモードを訪問したときのことをかなり詳細に語った。ポアロはこの話を簡単にまとめた。

「すると、ティモシー夫人は機械に強いんですね。自動車の仕組みをよく知ってる。ティモシーは自分が望んでるほど病人ではない。散歩にも出かける。乱暴な行動もできるに違いない。相当以上に自己中心主義者で、兄の成功と、優秀な性格を快く思っていない。そうですね？」

「コーラのことは愛情をこめて話してましたよ」

「しかし葬式のときのコーラの言葉は一笑に付しましたね。で、六番目の遺産相続人は？」

「ヘレンですか？　レオの奥さんの？　彼女に対してはこれっぽっちの疑惑も持ってません。いずれにしても、彼女に罪のないことは簡単に証明できます。彼女はあの日エンダビーにいて、三人の使用人と一緒でしたからね」

「結構《エ・ビアン》。それでは、実際的な問題として、あなたは私になにをして欲しいのですか？」

「私は真相を知りたいんです」

「もちろんです。私があなただったら同じ考えです」

「その真相を見つけてくれる人はあなたです。あなたが最近事件を引き受けていらっしゃらないのはよく知ってます。そこを曲げてぜひ、お頼みしたいのです。これは友人の願いとしてではなく、仕事として。だから謝礼のほうは私が責任をもって引き受けます。ね、いいでしょう？　お金はいくらあっても便利なもののはず」

　ポアロはにやりと笑った。

「みんな税金になって飛んでゆかねば、ね？　しかし実際のところ、この事件は私の興味をそそります。なぜなら、あまり容易な問題でありません。そして雲をつかむようですから。ただ一つだけ、あなたにしてもらわなくてはならならないことがあります。それからあとは、全部私が引き受けます。それはリチャード・アバネシーを診察した医者と話す件、これがあなたの役目です。この医者をあなたは知ってますか？」

「少しだけ」

「どんな人ですか？」

「中年の開業医。腕はかなり確かです。リチャードとは相当うまが合って、しんから善良な人間ですよ」

「それでは、その人に会って話してください。私よりあなたのほうが、その人も自由に話すでしょう。リチャード・アバネシーの病気のことを尋ねて、死んだとき、それから死ぬ前にどんな薬を摂っていたか、聞いてください。そして、彼が自分は毒を盛られているのではないかなんて、冗談にせよ、医者に話したかどうかも聞いてください。話はちがいますが、彼が妹に話したとき〝毒〟という言葉を使ったかどうか、ミス・ギルクリストの話は確かですか？」

エントウイッスル氏はちょっと考えた。

「ミス・ギルクリストはたしかに〝毒〟という言葉を使いました。しかし、彼女は実際に使われた言葉をいろいろに変えるタイプの女性で、彼女自身は言葉の意味さえ通じればいいと思ってるんです。もしリチャードが〝誰かが自分を殺そうとしている〟と言ったとすれば、ミス・ギルクリストはすぐにこれを毒殺と早合点したかもしれません。というのは、彼女はこのリチャードの心配を、やはり毒を盛られたと信じ込んだ彼女の叔母の場合と結びつけて考えていたからです。今度機会があったら、もう一度この点を彼女に確かめてもいいですね」

「そうですね。いや私が確かめましょう」ポアロはこう言ってちょっと言葉を切り、それから全然違う声の調子で尋ねた。

「ミス・ギルクリストの身に、なにか危険なことが起きるかもしれないと、あなたは考えたことがありますか？」

エントウイッスル氏は驚いたようだった。

「いいや、それは全然考え……」

「しかし、そうではありませんか。コーラは葬式の日に自分の疑念を口に出した。そうすると殺人者は心の中で、〝コーラはリチャードの殺害を知ったとき、それを誰かに話したか？〟こう考えますね。もし誰かに話したならば、一番可能性のあるのはミス・ギルクリストでしょう？　エントウイッスルさん。ミス・ギルクリストを一人であの家に置くのはよくないですね」

「スーザンが行ってみるとか言ってましたが？」

「ほおー。バンクス夫人が行く？」

「コーラの残したものを見てくるって……」

「ああそうですか、そうですか……それでは、とにかく、私がお願いしたことをやってください。それから私がエンダビーの家に行くことがあるかもしれませんから、アバネシー夫人……レオ・アバネシー夫人に前もって話しておいてください。まあ、見ていてごらんなさい。さあ、忙しくなりそうです」

こう言ってポアロは、彼の有名な口ひげをぐいっとひねった。

第八章

1

エントウイッスル氏は、医者のラバイをじっくり考察した。

彼は人間を見抜くという術にかけては、何十年もの経験を持っていた。法律家として、面倒な事態、複雑な問題などを取り扱わねばならない場合が多々あったからである。したがっていままでは、どういうときにどういう態度に出たら一番よいか、そのテクニックを充分会得しているのであった。さて、ドクター・ララバイには、どういう出方でいくべきだろうか。問題はもちろん非常に面倒だし、普通の医者ならきっと怒り出してしまうような事柄だ。

腹を割って話そう。エントウイッスル氏は考えた。ある程度控え目にはしても、とにかく、腹を割って話そう。あるばかな女が言い出した気まぐれな言葉が原因で、こんな疑惑が生じてきたなんて言うのは穏当ではない。ドクター・ララバイはコーラがどんな女か知らないんだから。

エントウイッスル氏はちょっと咳払いして、それから勇敢に打ち明け話を始めた。

「じつは非常に微妙な問題でご相談があるんですが。こんなこと言ってお気に障るかもしれませんが、あなたのことだから、わかっていただけると思って、こうしておうかがいした次第です。とにかく、とんでもない話で、できれば内密にお尋ねして納得のいくお答えでもいただければと思いまして。話は私の顧客で、先頃亡くなられたリチャード・アバネシーさんに関係のあることなのです。で、私のお尋ねしたいことと申しますのは、いきなり要点に触れて恐縮ですが、リチャードはほんとうに病死したんでしょうか。あなたとしては、彼の病死に対して絶対的な確信が持てるとお思いになりますか?」

ドクター・ララバイの愛嬌のある赤ら顔は、いかにも驚いた表情で、エントウイッスル氏のほうに向けられた。

「これはどうも……もちろん病死ですよ。私はちゃんと、そう証明書に書いたはずですが。もし多少でも疑念があったら、私は……」

エントウイッスル氏は巧みにさえぎった。

「それはもうおっしゃるとおりです。私はべつにあなたの診断をとやかく言うつもりは絶対にありません。ただ、そのう……あのう……変な噂が飛んでおりますんで……あなたの口からはっきりした意見をお聞きしたいと思いまして……」

「噂？　いったいどんな噂なんですか？」

「どこから出た噂か知りませんが……」エントウィッスル氏は、空とぼけて答えた。

「私としては、こういう噂はなんとかして止めねば、とこう考えました。それもできればちゃんとした権威筋からの否定なら、さらに結構ですので」

「アバネシーは正真正銘の病人でした。病気は長くて二年以内には致命的なものになるだろう、ひょっとしたらもっと早くおしまいになるかもしれないといった性質のものでした。息子さんが急に亡くなられて以来、生きる気力も抵抗力もすっかり失くなってしまったんですな。しかし、あんなに早く駄目になろうとは思いもよりませんでした。ただ、そんな例もたくさんあることだし……医者としては、病人がいつ死ぬか正確に予測するのは不可能ですよ。人間ってものは不思議なもので、弱い者に案外抵抗力があったり、強い者がころりと逝ってしまったり、まったく予測できないのが普通ですからね」

「いえ、それはよくわかっています。あなたの診断を疑ったりなどする気は毛頭ありません。アバネシー氏は、いわば（ちょっとメロドラマ的な言い方ですが）死刑を宣告されてたわけですね。ですから私のお聞きしたいことは、自分の死が近いことを知っていた、あるいは感づいた人間が、残りの人生を自ら短くしてしまうというような可能性があるんじゃないか？　さもなくば、他の人が彼のためにそういう手段を取るということもあるんじゃないだろうか？　まあ、こんな点をお尋ねしたいんですが」

ドクター・ララバイは眉をひそめた。

「自殺？　ですか。アバネシーは自殺をするようなタイプの人間じゃなかったがね」

「それは承知してます。ただおっしゃっていただきたいのは、医学的に見て、このようなことは不可能だと、まあそういうふうに断言していただければ、とても好都合なんですが」

ドクター・ララバイはちょっともじもじした。

「不可能という言葉は使いたくありませんね。息子さんが亡くなられてから、アバネシーは、人生にすっかり興味を失ったようだった。私は彼が自殺をするとはちょっと考えられないが、しかし不可能だと断言することはできませんね」

「あなたは心理的な角度から見ておられますね。私がさっき医学的にと申し上げたのはですね、彼が死んだ時の状況から考えて、そんなことは不可能だと言えるかどうかということなのですが？」

「とんでもない、そ、そんな。彼は眠っているうちに死んだんですよ。毎年、何千、何万って人が眠ったまま死にますけどね。自殺を疑う理由はどこにもなかったし、彼が自殺をする心理状態だったという証拠もありません。深刻な病状の患者が眠っている間に死んだからといって、それを一々自殺の疑いで検屍をしてもらったら大変じゃありませんか。」

ドクターは興奮のため、赤ら顔をますます赤くした。エントウイッスル氏はあわててドクターをなだめようと口をはさんだ。

「ええ、ええ、まさにおっしゃるとおりです。ただ、もし証拠があったとしたらですね、あなたのお気づきにならない証拠、たとえば、彼が誰かにそういうことを洩らしたとすれば」

「自殺を企んでいるということを？　そんなことを言ったんですか？　こいつは驚いたなあ」

「いや、かりにそうだったとすれば、と言うんです。まったく仮説的な話なんです。そんな場合、あなたはその可能性を完全に否定できますか？」

ドクターはゆっくりと首を横に振った。

「いーや、否定できませんね。しかし、私個人としては信じられないですがね」

エントウイッスル氏は、少し有利になってきた自分の立場をさっそく利用して言った。

「じゃあですね、彼の死が自然の病死でなかったと仮定した場合ですが、死因はなにか、つまり、どんな種類の薬品が使われたとお思いになりますか？」

「いろいろありますね。ある種の麻薬が一番可能性があるでしょう。チアノーゼ症状は全然なかったし、息を引きとるときもいたって静かでしたから」

「睡眠剤かなにか常用していましたか？」

「ああ、スラムベリルを処方してあげてました。非常に安全で、わりによく効く催眠薬だが。毎晩はのんでいなかったようだし、彼には一度に錠剤入りの小さな瓶だけしか渡してなかった。これは処方箋に書いた分量の四倍ぐらい服用しても、死ぬなんてことのない薬です。じつのところ、彼の死後、この薬の瓶を洗面台の上で見かけましたがね、まだほとんど残ってましたよ」

「そのほかにどういう薬を処方してましたか？」

「いろんなもの。たとえば、急激な痛みがあった時の用意として、少量のモルヒネを含んだ薬だとか、ビタミンのカプセル、消化剤、といったもの」

「ビタミン・カプセル？　私も一度処方してもらったような気がしますが、小さな丸いゼラチン製のカプセルじゃありませんか？」

「そうです、アデクソリンを含んだ……」

「そのカプセルの中に、他の薬が入っていたというようなことがあり得るでしょうか？」

「あなたの言うのは、なにか致命的な薬が、という意味ですか？」ドクターはますます驚いたふうだった。「しかし誰がそんなことを？　まさか。それじゃあんたは？　他殺の疑いを持っているわけなんですか？」

「そこのところは、私にもどうもはっきりしないんですが……。ただ、どういうことが可能であるか、を知りたいだけで……」

「しかし、それにしてもどんな証拠があるんですか？」

「なんの証拠もないのです」エントウイッスル氏は少し疲れたような声で答えた。「アバネシー氏は死んでしまったし、アバネシー氏がなにか話したというその当人も死んでしまったし。だから、なにもかもが噂なんです。漠然とした、よりどころのない噂です。それで、できればこの噂に止めを刺したいと思いまして。ですからあなたに、アバネシーが毒殺された可能性は絶対にないと断言していただければ、これに越した喜びはないのです。そうしたら私の心の中のわだかまりがすっかりとれてしまうというわけで……」

ドクター・ララバイは立ち上がって、部屋の中をあちこち歩きはじめた。

「残念ながらお望みのような断言はできません。私もそう断言できたらいいと思うのですが。毒殺しようと思えば、誰にだってできたでしょう。カプセルからビタミン油を抜き出して、その代わりに、たとえば純粋ニコチンかその他、五、六種はありますが、そういったものを入れさえすればよい。さもなければ、食物ないしは飲み物の中に入れてもいいし。このほうが可能性が大きいんじゃないかな」

「そうかもしれませんね。しかし、彼が死んだとき、エンダビーにいたのは使用人たちだけで、彼らのうちの誰かがやったとはとうてい考えられません。私の考えでは、使用人たちの仕業でないことは確信が持てます。ですから、すぐその場で死なないで、ずっとあとで死ぬようにする方法が採られたんじゃないかと思っているんですが……。飲ませておいて、一週間後に死ぬといった薬はありませんか？」

「便利な薬ですね。しかし、そんな薬はちょっとありませんな」ドクターはさりげなく返事をした。「エントウイッスルさん。あなたが無責任な人間でないことはよく知っている。だからはっきり話して欲しいんだが、そういう噂を立ててるのはいったい誰なんです？　私にはちょっと、無理にこじつけてるように思えるんだが」

「アバネシーさんはあなたになにも言わなかったですか？　誰か親戚の者が、彼を殺そうとしているというようなことを、遠まわしにでも話さなかったですか？」

医者は興味あり気に相手を見た。

「いいや、私にはなにも言わなかった。エントウイッスルさん。誰かがちょっと注目をひこうとしてくだらんことを言い出したんじゃないかな。ヒステリー気味の人間でも、表面は普通の物のわかった人間の口ぶりをすることもできるんだからね」

「そうだったらいいんですがね。ひょっとしたらそうかもしれない」

「そうすると、つまり、アバネシーが彼女に――その誰かはもちろん女なんでしょう？」

「はあ……そう……女です」

「で、アバネシーはその女性に、おれは誰かに殺されそうだ、と言った、そう誰かが言いふらしてるわけですね？」

こう問いつめられて、エントウイッスル氏はしかたなく、葬式のときコーラが失言したことを話して聞かせた。ドクター・ララバイは晴れ晴れとした顔になった。

「いや、そういうわけだったのか。そんなことならあんまり気にする必要はないですよ。それはすぐ説明のつくことだ。女ってものはね、一生のうちのある時期には、非常に異常な興奮を求めるようになる。精神の均衡が破れ、信用がおけなくなってしまうんだ。その場合、どんなことでも平気で口に出す。ほんとうだよ」

エントウイッスル氏は、ドクターの単純な説明に少し腹が立った。彼自身だって興奮性のヒステリー女をいままで何十人となく扱ってきている。彼は椅子から腰を上げながら言い放った。

「あなたのおっしゃることは一応ごもっともです。しかし残念ながら、当の女性が殺されてしまった以上、この問題について、彼女とゆっくり話し合うことができないんです」

「なに？　殺された、だって？」ドクター・ララバイは、まるでエントウイッスル氏自身の精神状態を疑うかのように彼を見つめた。

「あなたもたぶん新聞でお読みになったと思いますが、バークシャー州のリチェット・セント・メアリーで殺されたランスケネ夫人のことです」

「え？　あれが？　私は彼女がリチャード・アバネシーの親戚だとは全然知らなかった」ドクター・ララバイは、まるで自分が手斧で殴られたかのように唖然として言った。

エントウイッスル氏は、ドクターの職業的優越感に復讐していい気分になったと同時に、自分の疑惑がこの訪問で少しも和らげられなかったことにがっかりしながら、医者の家を辞した。

2

エンダビー・ホールを再び訪れたエントウイッスル氏は、執事のランズコム老人と話してみた。まず、今後どうするつもりだというようなことから話を切り出してみた。

「レオ様の奥様が、家が売れるまでいてくれないかとおっしゃいますので、私にしましても奥様にお仕えするのは大変幸せなことでございますから。はい。レオ様の奥様はほんとうによいお方で」老人はちょっと溜息をついた。「私のような者がこんなこと申しては、なんでございますけど、この家が他人の手に渡るとなりますと、どうも胸がしめつけられるような気がいたします。はい、私も何十年とこの家におります間に、お嬢さん方や坊ちゃまたちがここでずっと大きくなってゆかれるのを見てまいりましたから。モーティマー様がお父様のあとを継がれて、奥様やお子様たちとここにお住まいになるのを楽しみにしておりました。それで、私が働けないようになりましたら、お屋敷の北の門にある番小屋をいただくことになっていたんでございます。北の番小屋はこぢんまりした気持ちのよいところで、私はこの小屋をピカピカに磨いて……しかし、この望みもとうとう駄目になりました……」

「残念だな、ランズコム。売りに出すとなると、お屋敷全部一緒に売らなきゃならないからな。しかし、きみにはあれだけ年金があるから……」

「いえ、いえ、決して不服なぞ申しているのではございません。私はアバネシー様のお情け深いことはようく承知しております。充分にお金もちょうだいしておりますし。ただ当世じゃ手頃な小さい家を見つけるのはなかなかじゃございませんで、私の姪が結婚しておりまして、なんなら一緒に住まないかと申してくれますが、やっぱり、住み馴れたお屋敷の中に住むのとはちがいます」

「きみの気持ちはよくわかる。近頃の世の中は、われわれ老人には住みにくくなったものだな。リチャードが亡くなる前に、彼ともう少し会ってたらと思うことがあるよ。この二、三カ月リチャードはどんな様子だったかね？」

「はい、大変お変わりになりまして。モーティマー様がお亡くなりになって以来、昔の旦那様とは人が違ったようでございました」

「そうだろうな、あの不幸ですっかりうちのめされたって感じだね。あれからずっと病気がちだったんだろう？　病人ってものは、ときにはなんだかんだといろいろ想像を逞しくするもんだ。リチャードも死ぬ少し前あたりには、そんな状態だったというが、誰かを目の敵にしているようなことを言ってなかったかい？　つまり誰かが彼に害を加えようとしてるといったようなことを。あるいは自分の食事に毒を盛られてるっていうような妄想を持ってはいなかったかい？」

ランズコム老人は、驚いたと同時に、少し感情を害したような顔をした。

「そんなことは全然耳にしたことはございません」

エントウイッスル氏は、ランズコム老人を仔細に観察しながら言った。

「きみはまったく忠実な召使いだった。それは私も承知している。しかしリチャードにそういうふうな妄想があったとしても、それはたいして重要なことじゃないんだ。いわば、病人につきものの当然な徴候なんだから」

「そうでございますか。でもアバネシー様は、私にそんなこと一度もおっしゃりはしませんし、また他の人から聞いたこともございません」

エントウイッスル氏はおだやかに話題を変えた。

「リチャードは死ぬ前に、親戚の人間をこのエンダビーに招いたようだったが、来たのは甥と、姪二人とその夫たちだったね？」

「さようでございます」

「この人たちの訪問にリチャードは満足していたかね？　それとも失望していたかね？」

ランズコムは老いの目を考え深そうにまたたき、背中をちょっとこわばらせた。

「私のような者には、なんとも申し上げようもございません」

エントウイッスル氏は前よりいっそうおだやかに、「いや、きみに言えないわけはないと思う。きみは自分の地位、身分を考えてそう言ってるんだろうが、人は場合に応じて、身分不相応なことだってしなければならないときもある。私はきみの主人のごく古い友だちだ。きみの主人のことは人一倍考えてるつもりだ。きみだってそうだと思う。だからこそ、私はきみの意見を聞いてるんだ。執事としてのきみの意見でなくて、一人の男としての……」

ランズコム老人はしばらく黙っていたが、やがて、つやのない声で言った。

「なにか、間違いでも起こったんでございましょうか?」

エントウイッスル氏は誠意のある口調で答えた。

「私にもよくわからないんだ。なんにもなかったんだったらいいんだが、できればそれをはっきり確かめておきたいんだ。きみもなにかおかしいと感じていたのかね?」

「はい、しかしそれも葬式が済んでからのことでございますけど……と申しましても、なにがおかしいのかはっきりわかりませんが。ただ、レオ様の奥様とティモシー様の奥様も、あの晩、みなさまがお帰りになって以来、なにか心にかかるところがあるようなご様子で……」

「きみは遺言状の中身を知っているだろう？」

「はい、存じております。レオ様の奥様が見ておいたほうがいいだろうと、私に見せてくださいましたんで。こんなこと申し上げげまして、なんでございますけれど、非常に公平な遺言状だと考えました」

「そうだ、まったく公平な遺言だ。平等な分配、みんながみんな喜ぶような遺言だ。しかし、モーティマーが死んだあと、リチャードが作るつもりだった遺言とはだいぶちがっている。それで、さっきの私の質問に答えてくれるだろうね」

「これは私一個人の意見でございますけど……」

「もちろん、それは承知の上で……」

「旦那様はジョージ様がお帰りになったあと、非常に落胆のご様子でございました。きっとジョージ様とモーティマー様と、同じように思われておられたんじゃないかと存じます。しかし、ジョージ様は、こんなこと言っては失礼ですが、旦那様の考えておられる水準まで達しておられなかったんじゃないんでございましょうか。お母上のローラ様のご主人もあまり立派な方じゃなかったし、ジョージ様はこのお父様の血を受けられたんじゃないかと存じます」ランズコム老人はここでひと休みすると、さらに話を続けた。

「それから姪御様たちが、ご主人を連れてお出でになりました。スーザン様はすぐリチャード様のお気に入ったようでございましたが……大変にしっかりしたご立派な方で、ただ、私の考えとしましては、スーザン様のご主人がリチャード様のお気に召さなかったんじゃないかと存じます。この頃の若いご婦人はおかしな殿御とご結婚なさいますからな」

「で、もう一組の夫婦のほうは？」

「そうでございますね。とても感じのよい、若々しくて見栄えのするご夫婦でした。ご主人様はお二人との時間を楽しんでいらっしゃるようでしたが——」ランズコム老人は少しためらっているようだった。「リチャード様はあまりお芝居なんかと関係のない方でございまして、いつか私にこんなことをおっしゃっておられました。〝みんななぜ舞台、舞台って夢中になるか気が知れない。俳優商売とはばかげた職業だと思うがな。人間の持っているわずかばかりの分別さえなくしてしまう職業だ。たしかにバランスを失ってしまう〟もちろん直接あの方たちを指しておっしゃったんじゃないとは思いますが……」

「ふむ。で、なんだな、そのあとでリチャードは自分で出かけていったんだね。はじめ弟さんのところへ行って、そのあと妹さんのところへ」

「それは存じ上げません。いえ、ティモシー様のところへ行かれたのは存じておりますが、そのあと、なんとかセント・メアリーに行かれるとかおっしゃってましたが……」

「そうだ、そうだ。で、帰って来たときになにか言ってたかい……」

ランズコムはしばらく考えていた。

「べつに、はっきりこうだったとはおっしゃいませんでした。お帰りになったとき、ホッとしたご様子ではありましたが。旅行したり、ほかの人の家に泊まったりなさると大変お疲れになって、ええ。そういったことは私にもお話しになりましたが……」

「そのほかにはなにも？　ティモシーのことも、コーラのことも……」

ランズコムはちょっと眉をひそめた。

「リチャード様は、その……ときどき独り言を言われることがありまして。その……つまり、私にお話しになるんですが、まあ独り言でございましょうね。べつに、私がいようといまいとあまりお気にかけてもおられないご様子で……私を充分ご承知でございますんで……」

「きみをよく知ってたし、かつ信頼してたからね」

「しかし、なにをおっしゃったかと申しますと、私の記憶もぼんやりしていまして、こんなこともおっしゃいました。〝あいつは自分の金をいったいどうしたんだろうか〟きっとティモシー様のことをおっしゃってたんじゃないかと思います。それから、〝女は九割九分ばかであっても、残りの一分で急所をつくことがある〟それからこんなこともおっしゃっておられました。〝自分の心の中でほんとうに考えてることは、自分と同じ年頃の人にしか話せない〟そのあとで今度は、なんの関連もなく〝人をわなにかけるなんてことはよいことじゃないが、ほかにどうしようもないから……〟きっと庭師の助手のことをおっしゃってたんじゃないかと存じます。桃を盗まれたことがございまして」

しかし、エントウイッスル氏は、この言葉が決して庭師の助手のことではないと思った。それから、さらに二、三質問した後、彼はランズコム老人をさがらせてから、老人の言ったことをじっと考えてみた。なんにもない。実際、前から推察していたこと以外は何もない。しかし、何かしら示唆を与える点がないではない。女がばかであると同時に利口でもあると言ったのは、義妹のモードを指して言ったのではなくて、コーラのことを言ってるのだ。そのコーラに彼は自分の妄想を打ち明けた。それから、人をわなにかけるとか言ったが。いったい誰を？

3

エントウイッスル氏は、どの程度までヘレンに打ち明けるべきか、ずいぶん長い間迷った。結局、彼女に全部打ち明けることにした。

まず、彼女がリチャードの所持品を整理してくれたり、家の雑用をいろいろ切りまわしてくれたことに対して謝意を述べた。家を売ることについては、すでに広告が出されているし、近いうちに見にくるという買手も一つ二つあった。

「個人の買手ですの？」

「いや、残念ながらそうじゃないんです。YWCAでも考慮中ですし、それから若い人のためのクラブを作ろうという案があるし、ジェファーソン信託の委員たちは、その蒐集品を保管する場所を物色しているとかで……」

「この屋敷が住宅として使われないのは、なんだかとても淋しい気がいたしますわ、でもいまどきあんまり実用的な家とはいえませんものねえ」

「じつはあなたにお願いがあるんですが……というのは、できたらこの家が売れるまで、ここにいていただけないでしょうか？　それとも、もしさしつかえがあれば……」

「さしつかえがあるどころか、わたしもそのほうがずっと好都合なんですの。五月まではキプロス島に行きたくありませんし、ロンドンにいるより、こちらにいるほうが気が楽なんですの。わたし、この家が大好きだし、それに亡くなった主人のレオも、この家に大変な愛情を持ってましたし、昔ここで一緒に暮らしてたとき、わたしたちほんとうに幸福だったんですの」

「あなたにここにいてもらいたいというのは、もう一つ理由があるんです。私の友人で、エルキュール・ポアロという男が……」

ヘレンはハッとした調子で言った。

「エルキュール・ポアロ？　じゃ、あなたのお考えもやっぱり……」

「彼をご存じなんですか？」

「ええ、わたしの友だちがかつて……しかし、ポアロさんはとっくに亡くなったとばかり思っていましたわ」

「死んでるどころか、われわれ以上にピンピンしてますよ、もちろん若くはありませんがね」

「そうですね、若いはずはないですわね」

彼女はほとんど機械的にしゃべっていた。彼女の顔は青ざめ、ひどく緊張していた。やがて、やっとの思いで彼女は言った。

「じゃ、あなたは……コーラの言葉が？　間違いなかったとお思いに？　リチャードはやっぱり殺されたと？」

エントウイッスル氏はそこでヘレンにいっさいがっさいぶちまけた。冷静な澄みきった頭の持ち主であるヘレンにすべてを話して自分の心の重荷をおろすと、エントウイッスル氏はせいせいした気持ちになった。

話が終わるとヘレンは言った。

「そんなお話をうかがって、ずいぶん突飛な考えだと思うのが普通なんでしょうが、少しも突飛に感じないのはなぜでしょうか。葬式の済んだあの晩、モードとわたしは……ずっと考え続けておりました。〝なんてばかなんでしょう、コーラって人は〟と一生懸命自分に言い聞かせながら、心の中でやっぱり不安を感じてたんですの。そしたらコーラが殺されて……〝きっと偶然の一致だわ〟……と、また自分を説き伏せにかかったんですが……もちろん偶然の一致かもしれませんわね。ですけど……たしかにそうだとわかれば問題ないんですけど……。難しいですわねえ」

「そうなんです。非常に難しいんです。しかし、ポアロは人の持たない何か特別の才能を持った男ですし、その点、ほとんど天才的と言ってもいいくらいです。彼はわれわれの望んでいることを完全に理解してくれてます——すなわち、結局は〝あとで誤りだとわかる大発見〟だったってことをちゃんと証拠立ててくれる人間です」

「でも発見が正しかったら?」

「どうしてそんなふうにお考えになるんですか?」エントウイッスル氏がすばやく尋ねた。

「さあ、存じませんわ。なんとなく気が落ち着かなくて……あの日コーラが言ったことだけでなく……なにかほかのこと……あのときなにか不自然なものをわたしも感じたし……」

「不自然な? どんなふうに?」

「そう感じただけなんですよ。どうしてもわからないんです」

「あなたのおっしゃるのは、つまり、部屋の中にいた誰かが不自然だったという意味ですか?」

「ええ、ええ、そういった類《たぐい》の感じなんですけど。でも誰が? 何が? となると、全然思い出せないんです。ずいぶんばかなことを言うと、お思いになるでしょうが……」

「いいえ、決して。それどころか、なにか非常に重大なことのように思われます。ヘレン、あなたは愚かな人間ではない。あなたがなにか意味のあるものを感じたとすれば……」

「ええ、何かを感じたことは確かなんですが、どうしても思い出せないんです。考えれば、考えるほど……」

「考えないほうがいいですよ。一生懸命考えると、ますます思い出せなくなるだけですから。おそかれ早かれ、頭の中にパッと浮かび出てくるでしょう。出てきたら……すぐに……私まで知らせてくださいませんか?」

「ええ、そうしますわ」

第九章

ミス・ギルクリストは、黒の帽子をしっかり頭に被ると、白髪まじりのおくれ毛をその帽子の下に隠した。検屍審問の開始時間は十二時だが、まだ十一時を二十分ぐらいしか過ぎていない。ミス・ギルクリストは、自分の着ているグレーの上着とスカートを満足げに眺めた。黒のブラウスだけは新しく買ってきた。できれば全部黒ずくめにしたかったのである。しかし、そこまでは彼女の財政が許さなかった。身支度を終えると、彼女は小さな、きちんと片づけられた自分の寝室を見まわした。壁にはブリクサムの波止場、コッキングトンの製鉄所、アンスティズの入り江、キーナンスの入り江、ポルフレクサン湾、ババコムビー湾などの絵がかけられていて、どれにもコーラ・ランスケネと勢いのよい署名がしてあった。ミス・ギルクリストはとくにポルフレクサン湾の絵を好ましそうに眺めた。簞笥の上には立派な額に入った一枚の色あせた写真がある。〈柳荘〉喫茶室の写真である。ミス・ギルクリストはこの写真を愛情を込めて眺め、それから小さな溜息をついた。

彼女の空想の世界は階下のドア・ベルの音に破られた。

「おや、おや、いま頃いったい誰かしら？」ミス・ギルクリストはこう呟くと、部屋を出て、少しガタガタする階段を降りていった。ベルがもう一度鳴り、激しく戸を叩く音も聞こえた。

ミス・ギルクリストはなんとなく不安な気がした。ちょっとためらいがちに歩調をゆるめ、それから「ばかな！」と自分で自分を叱りつけながら、それでもやはりおずおずとドアのほうへ向かった。

ドアを開けると、スマートな黒い服に、小さなスーツケースを手に持った若い女が、入口の石段に立っていた。ミス・ギルクリストが驚いたような表情を顔に浮かべているのを見て、彼女はすぐに口を開いた。

「ギルクリストさんですね？　わたし、ランスケネ夫人の姪で、スーザン・バンクスという者ですが……」

「おや、まあ、そうですか。……ほんとうに。存じ上げないもんで、失礼いたしました。さあ、どうぞ、お入りになって、バンクスさん。玄関のテーブルにお気をつけになって、ちょっとでっぱっておりますから……どうぞこちらへ……。検屍審問にお出でになることがわかってたら、わたくしなにか用意しておきましたのに……コーヒーかなにか……」

スーザン・バンクスはてきぱきとしゃべった。

「べつになにも欲しくありませんわ。わたしがベルをリンリン鳴らしたからびっくりなさったんでしょう？　ごめんなさいね」

「正直なところ、ちょっとドキッとしましたわ。ばかですわねえ、わたくし。普段はあんまり臆病なほうじゃないんですけど。エントウイッスルさんにも、ここに一人で住んでいても決して臆病になんかなりません、とはっきり申し上げたんですのよ。実際、ちっとも臆病じゃないんですけど。ただ、その――今日が検屍審問でしょう？　で、いろんなこと考えておりまして、午前中ずっとびくびくした気持ちで……三十分ばかり前にもベルが鳴りましてね。とても恐くてドアが開けられなかったんですの。考えてみればばかげてますわね。いま頃のこのこ殺人者が来るわけありませんものね。第一、なんのために来る必要がありましょう？　で、思いきってドアを開けてみましたら、なんでもない、修道女だったんです。寄付金を集めている修道女なんです。わたくしはもうほっといたしまして、修道女に二シリング差し上げましたわ、べつにローマン・カソリックじゃありませんけど。でも修道女たち、ほんとうに立派な仕事をしてらっしゃるんですものね。あら、おしゃべりばかりして。どうぞおかけになって、ミセス……」

「バンクスです」

「ああ、そう、そうでしたわね、バンクスさん。列車でお出でになりまして？」

「いいえ、車でまいりました。この道がちょっと狭そうでしたから、少しやり過ごしましたところ、なにか昔の石切り場のような場所がありましたので、そこでバックさせて停めてきましたの」

「ええ、この道とても狭くて。しかし車なんかほとんど通りませんし。どちらかといえば淋しい通りですわ」

スーザン・バンクスは部屋を見まわしていた。

「かわいそうなコーラ叔母さん。ギルクリストさん、ご存じかどうか知りませんが、叔母さんはわたしに持ち物全部のこしてくださったんですの」

「ええ、存じております。エントウイッスルさんにうかがいました。この家具なんか、とてもお役に立つと思いますわ。あなた最近ご結婚なさったんでしょう？　当世は家具を揃えるのが大変でございましてね、ランスケネさんほんとうによい品ばかりお持ちなんですよ」

スーザンはミス・ギルクリストの意見に賛成しかねた。実際のところ、コーラはアンティークをまったく理解せず、むしろ大嫌いだった。なのに、この部屋の調度は〝近代調〟から〝似而非《えせ》芸術調〟まで種々雑多なものであふれていた。

「わたし、べつに家具は欲しくはないんです。一通り揃ったのを持っていますし、ですから、この家具は全部競売に出すつもりなんです。でも、もしこの中にあなたの気に入ったものがあったら……喜んで……」

彼女はちょっときまり悪そうに言葉を切った。しかし、ミス・ギルクリストはちっとも悪びれずに目を輝かして言った。

「まあ……それはほんとうにご親切に。ほんとうにありがとうございます。でもじつを申しますと、わたくしもいろいろ家具類は持っておりまして。全部倉庫に預けてあるんですの。万一、また必要になることもあるかと思いまして。わたくしの父が遺していった絵も一緒に預けてありますの。わたくし、前に喫茶店をやっていたことがありましてね、でも戦争になりまして、運が悪かったんですわ。店をしまうときに全部売り払ってしまったんですが、いつまた開くかもしれませんから、よい物だけは取っておいたんですの、それと、父の絵と、それからわたくしの家にずっと残していたちょっとした思い出の品々、こんなもの全部を倉庫に入れてありますの。でも、あなたさえよろしければ、あの小さなティーテーブルをぜひいただきたいんですけど。ほんとにきれいなテーブルで。わたくしたちいつもあのテーブルでお茶をいただいたんですの」

スーザンは、一面に紫色のクレマチスを描いた緑色の小さなテーブルを眺めて、思わず身震いすると、即座にどうぞ、どうぞ、喜んで差し上げます、と申し出た。

「ほんとうにありがとうございます、バンクス様。わたくしなんだか欲張りすぎたような気がいたしますわ。実際、コーラ様の素晴らしい絵を全部いただいたり、アメジストの素敵なブローチをいただいたり、あのブローチあなたにお返しすべきじゃないかしらとも思ってるんですけど」

「とんでもない、そんなこと……」

「コーラ様の持ち物、一通りお調べになりたいんじゃございません？　検屍審問が終わってからになさいます？」

「ほんとうは二日ばかりここに泊まって、品物を調べて、何もかも整理したいと思ってるんです」

「ここにお泊まりになるんですって？」

「ええ、なにか都合の悪いことでも？」

「いいえ、いいえ、そんなことは少しもございません。それじゃ、わたくしのベッドに新しいシーツをお敷きして、わたくしはその寝椅子の上にでも休ませていただくことにしましょう」

「でもコーラ叔母さんの部屋があるんでしょう？　わたし、コーラ叔母さんのベッドで寝るわ」

「え？　コーラ様のベッドで？　よろしいんですか？」

「叔母さんがあのベッドで殺されたからっておっしゃるの？　平気よ。これでわたし、相当心臓の強いほうですもの。でも……あのベッド……もう大丈夫なんでしょう？」

ミス・ギルクリストはすぐに質問の意味を了解した。

「ええ、ええ、毛布は全部洗濯屋へ出しましたし。ミセス・パンターとわたくしと二人で、部屋の隅から隅まで大掃除いたしましたから、大丈夫です。代わりの毛布はいくらでもございますし。一度、上にいらしてご自分でごらんになったら……」

スーザンは、ミス・ギルクリストの後に従って二階へ上がった。

コーラ・ランスケネの死んだ部屋は、清潔で、すがすがしく、不吉な雰囲気はこれっぽっちもなかった。この部屋も、居間と同じように、近代的な実用家具と、丹念に色塗りされた家具がごたごたと置かれ、コーラの陽気で悪趣味な性格をよく表わしていた。マントルピースの上の壁には、肉づきのいい若い女が、風呂に入りかけている油絵が飾ってあった。

その絵を見て、スーザンはゾッとした。ミス・ギルクリストが言った。

「コーラ様のご主人の絵です。階下《した》の食堂にはもっとたくさんございます」

「ひどい絵だこと！」

「そうですね、わたくしもこのようなスタイルの絵はあまり好きじゃございませんけど。コーラ様は、ご主人の絵がとても自慢で、世間がご主人の絵を認めないのは、絵を見る目がないんだとおっしゃっていましたわ」

「コーラ叔母さん自身が描いた絵はどこにあるんですか？」

「わたくしの部屋にございます。ごらんになりますか？」

スーザンを自分の部屋に連れていったミス・ギルクリストは、彼女の宝物を誇らしげに見せびらかした。

「コーラ叔母さん、海岸の避暑地がとても好きだったらしいわね」

「ええ、ええ、コーラ様とご主人のランスケネ様は、ブルターニュの小さな漁村に長い間住んでらしたんです。漁船ってほんとうに絵になりますわねえ」

「確かに」スーザンは口の中で呟いた。コーラの絵は、景色を忠実に写生して、それから丁寧に極彩色を施したといった性質の絵で、これを写真に撮れば、結構一組二組の絵葉書ができるにちがいない、スーザンは考えた。もしかしたら、これらの絵は、実際は絵葉書からそのまま写しとったんじゃないかと疑いたくなるようなものだった。

しかしスーザンが思いきって自分の考えたとおりを言ってみると、ミス・ギルクリストは憤然として、コーラ様はいつでも自然そのものを写生なさった方で、一度なんか光線がちょうど望みどおりだったからって、その場所から離れようとなさらなかったため、日射病にかかられたことさえあると抗議した。

「コーラ様はほんとうの芸術家でした」ミス・ギルクリストはスーザンをなじるように明言した。

スーザンは自分の腕時計を眺めると、すみやかに告げた。

「おや、もうそろそろ検屍審問の時間だわ。場所はここから遠いんですか？　自動車を出してきたほうがいいかしら？」

「いいえ、歩いてほんの五分です」とミス・ギルクリストが言い、二人はそのまま出かけることにした。公判の行なわれる村の公会堂には、汽車で来たエントウイッスル氏が待っていて、二人を公会堂の中へ案内してくれた。

一見、土地の者でない人たちがだいぶ来ていた。しかし検屍審問は予期したほどセンセイショナルなものではなかった。死体検屍の証言があり、死亡の主因となった傷に対する医師の証言があった。それによると、抵抗の形跡は全然見られなかった。被害者は犯行当時、睡眠剤の影響を受けていて、意識不明のまま死亡したにちがいない。死亡時刻は四時半以後ではあり得ない。二時から四時半までの間とみれば間違いないだろう、といったようなことが発表された。次にミス・ギルクリストが死体発見の経過を陳述し、その他警官一名およびモートン警部が証言した。最後に検屍官が、これを簡単にまとめ上げて説明し、そのあとで、陪審員は全員一致で、〝不詳の人間一名ないし数名による殺人〟という判決を下した。

これで終わったのである。三人は再び太陽の下に出てきた。カメラが五つ、六つ彼らに向けられた。エントウイッスル氏は、スーザンとミス・ギルクリストを近くの〈キングズ・アームズ〉に連れていった。エントウイッスル氏は、前もって、昼食をとる場所として、ここの個室を予約しておいたのである。

「たいした食事もできないでしょう」彼は申しわけなさそうに予防線を張った。

しかし食事は案外立派なものだった。ミス・ギルクリストははじめ鼻をぐずぐずさせて、おろおろした声で、「ほんとうに、いやなことばかりですわ」とこぼしていたが、エントウイッスル氏にすすめられて、シェリーを一杯飲むと急に元気になって、アイルランド風のシチューをいそいそ食べはじめた。

エントウイッスル氏はスーザンに向かって言った。

「あなたが今日いらっしゃるとは思わなかった。知っていたら一緒に来るんでしたのに……」

「はじめは来ないつもりだったんです。でも家の者が一人も来ないなんて、あんまりひどいような気がしまして。ジョージに電話したら、とても忙しくて来られそうもないと言うし、それからロザムンドはオーディションがあると言うし、ティモシー伯父さんはもちろん役立たずでだめだし。結局、わたしよりほかに誰もいないってことになったんですわ」

「ご主人、一緒じゃなかったんですか？」

「グレッグはまだ、あの退屈な店を休むわけにはいかないんですの」

ミス・ギルクリストが驚いたような顔をしたのを見てとって、スーザンは、「主人は薬屋に勤めてるんです」と説明した。

スーザンのスマートな感じからみて、その夫が小売店に働いているという事実が、ミス・ギルクリストにはどうもピンと来なかった。しかしあえて返事をするために、こう言った、「まあ、そうですか？　キーツと同じですわねえ」

「グレッグはキーツみたいに詩人じゃないわ」スーザンはこう答えるとさらにつけ加えた。

「いま、わたしたち、将来のために大きな計画を立ててるんですの。二つの商売を一つの場所でやるんですけどね。つまり化粧品店と美容院が一つと、もう一つは特別な化粧品を作る研究所なんです」

「ほんとに、そのほうがずっとよろしゅうございますわ」ミス・ギルクリストは賛意を表した。「エリザベス・アーデンのような仕事ですわねえ。エリザベス・アーデンって人は、ほんとうは伯爵夫人ですってね。それともヘレナ・ルビンシュタインだったかしら」ミス・ギルクリストはもう一度お世辞のつもりで、「いずれにしても薬屋っていえば、普通のお店とはちょっとちがいますわ。これが服地屋さんだとか、食料雑貨屋さんとかいうんだったらべつですけど……」とつけ加えた。

「あなたは喫茶室をやってらしたんですね？」

「ええ、そうなんです」とミス・ギルクリストは目を輝かせた。彼女にとっては、〈柳荘〉が他の商店と同じように一つの商売であるとはどうしても認められなかった。喫茶室を持つということは、彼女にとって、〝上品な仕事を持つ〟ということにほかならなかった。ミス・ギルクリストは、スーザンに向かって長々と〈柳荘〉の話を始めた。

エントウイッスル氏は、〈柳荘〉の話は、前に一度聞いたことがあるので、ミス・ギルクリストが話している間、あれやこれやと、いろいろな思いにふけっていた。スーザンに二度も話しかけられて、ハッとしたエントウイッスル氏はあわてて詫びた。

「どうも失礼。その……あなたの伯父さんのティモシーのことを考えてたもんですから。ちょっと心配なことがあって……」

「ティモシー伯父さんのこと？　あの人のことなら心配いらないわ。伯父さんは病人だと思い込んでいるけど、どこも悪いところなんかありゃしないんですのよ。ただの心気症なのよ」

「ええ、確かに、そんなところかもしれませんね。しかし私が心配してるのは、ティモシーの身体のことじゃなくて、奥さんのほうなんです。なんだか階段から落ちて足首を挫いたとか。だからすっかり動けなくなって、それでティモシーはひどい機嫌らしいんです」

「ティモシーが反対に伯母さんの世話しなきゃならないから？　ちょうどいいわよ、いい勉強になるわよ」

「ええ、ええ、まあね。しかしですな、はたして伯母さんが充分世話してもらえるか、そこが問題なんです。住み込みの使用人はいないし……」

「年とった人の生活って面倒くさいのねえ。それになんだか、ジョージ王朝時代の大きなお屋敷に住んでいるそうじゃありませんか？」

エントウイッスル氏はうなずいた。

やがて三人は、〈キングズ・アームズ〉から外に出た。少し用心しながら出てきたが、報道陣はもう姿を消したようだった。

しかし、家に帰ってくると、記者が二人ばかりスーザンを待ち伏せしていた。エントウイッスル氏に付き添われたまま、スーザンは二言、三言、当たり障りのないことを言って家に入った。エントウイッスル氏は、〈キングズ・アームズ〉に取ってある自分の部屋へ帰っていった。葬式はその翌日に行なわれることになっていた。

「あら、わたし、車を石切り場に置きっ放しよ。すっかり忘れてた。あとで村のほうへ移動しておくわ」

ミス・ギルクリストが心配そうな顔つきで、

「あんまり遅くならないうちに。暗くなってから外にお出になると……」

スーザンは笑い出した。

「まあ、殺人犯人がまだこの辺をうろついていると思ってらっしゃるの？」

「いいえ、いいえ、そんなことはないでしょうけど……」

そんなことあると思ってるわ、この人、驚くわね。スーザンは心の中でこう呟いた。

「お茶にいたしましょうか、あと三十分ほどで。いかが、バンクスさん？」

三時半のお茶だなんて、少し大げさだわ、とスーザンは思ったが、ミス・ギルクリストにとっては神経を休める上で、〝おいしい一杯のお茶〟ほどよいものはないだろうし、それにミス・ギルクリストを怒らせるのも不本意だからと思い直して答えた。

「ええ、いつでも、あなたのお好きなときに」

ミス・ギルクリストは台所に消えていった。やがて食器類の楽しげな音が聞こえはじめた。スーザンは居間に入っていった。入って二、三分経つか経たない頃、ドアのベルが鳴り、そのあとノックする音が聞こえた。スーザンが玄関ホールに出てくると、ミス・ギルクリストがエプロンをかけ、小麦粉のついた手を拭きながら、台所のドアから顔をのぞかせた。

「誰が来たんでしょうねえ？」

「新聞記者でしょう？　きっと」

「大変ですわねえ。バンクスさん」

「かまわないわ、わたしがうまく追い払うわ」

「わたくし、お茶のお菓子にスコーンを作ろうと思って、あいにくとこんな手で……」

スーザンは玄関のドアに向かった、ミス・ギルクリストは台所のドアのところでまだためらっていた。

きっとドアの向こうには手斧を持った男が待ちかまえているとでも思ってたんだわ。スーザンはドアを開けた。中年の紳士がいかにも人なつこい笑いをたたえて立っていた。彼は被っていた帽子を軽く持ち上げて挨拶した。

「バンクスさんでしょう?」

「はい」

「私はガスリーというもんで。アレキサンダー・ガスリー。ランスケネ夫人の友人で、ええ古い古い友人で、あなたは姪御さんですね。たしかスーザンとかおっしゃる?」

「そうです」

「じゃこれで私たち、お互いの素姓がわかったわけで、入ってもよろしいでしょうか?」

「どうぞ」

ガスリー氏は、マットで丁寧に靴を拭いて中に入り、コートを脱いで、そばの小さなオーク材の箪笥の上に載せると、その上に帽子を置き、それからスーザンのあとから居間に入っていった。

「ご不幸の最中におうかがいしまして……」ガスリー氏は〝ご不幸〟なんておよそ縁のなさそうな、いまにでも笑い出しそうな顔をしていた。「実際とんだご災難で。ちょうどこの方面に来ておりましたから、せめて検屍審問だけにでも出席しようと……もちろんお葬式にも参列させていただきたいと思いますが……コーラは実際、気の毒なことをしましたね。コーラとはもう古い古い交際で、結婚当時からの知り合いです。活動的な人でしてね。絵に夢中になって……ピエール・ランスケネにも夢中でしたがね。つまり、彼を立派な芸術家だと信じてたんですね。大きな目で見れば、コーラにとって悪い夫じゃなかったですがね。少しずれてましてて、と言うとちょっと変に聞こえますが、なんと言いますか、そのう、まあ、人の道からずれていたんですね。しかし、コーラのほうは、幸いなことに、これを芸術家気質というふうに考えたらしいんです。彼は芸術家だ、だから不道徳だ、不道徳だから芸術家だ、というふうにですね。コーラは芸術のこととなると、もうまったく思慮をなくしちまう人で……といっても、ほかの点ではとても感覚の鋭いところもありましてね、そりゃもう驚くほどの感覚が……」

「みなさん、そうおっしゃるんですが、わたしはコーラ叔母さんのことあんまり知らないんです」

「そう、そうでしょう。家の人とはまったく縁を切ってましたから。大切な大切なピエールを家の人が理解してくれないってわけで。彼女は綺麗な女ってわけじゃなかったけど、なにか持ってましたな、なにかを。話し相手としてはじつに退屈しない人で、つまりこっちが退屈しないんですね。彼女と一緒にいると、何を言い出すかわからないんですよ。いたって無邪気でね。その無邪気さが、ほんとうの無邪気さか、わざとそういうふりをするのか、はっきりつかめないんです。ずいぶんわれわれを笑わせたもんですよ。〝永遠の子供〟とでも言いますか。われわれみんな、そんなふうに思ってましたね。最後に会ったときなんかでも、（ピエールが死んでからも、私はよく彼女に会ってましたがね）やっぱり子供のような振る舞いをしてましたっけ。ちっとも変わってませんでしたよ」

スーザンは煙草をすすめた。ガスリー氏は頭を左右に振って断わった。

「いや、結構です。煙草はすわないんです。ところで、私が今日おうかがいした用事は、と申しますとね、正直なところ、私、少し良心にとがめることがありましてね。二、三週間前、必ずコーラを訪ねるからって約束しておいたんです。普通一年に一回は必ずコーラを訪ねてたんです、というのは、最近コーラが絵を買い集める道楽を始めましてね、田舎の競売かなんかで安物を買うんですが、それを私に見てもらいたいというんです。私の仕事は絵の批評家でして……。もちろんコーラの買い集めたものは、ほとんど一文の値打ちもないような代物ばかりですが、大きな目で見れば、まったく無駄な道楽ということもないんです。田舎の競売なんかで買いますと、こういう絵は二束三文で買えますし、そうすると、額縁だけでも、絵よりずっと値打ちのあるものが多いんです。もちろん、名のある競売だったら専門の画商が立ち会いますから、普通の競売で掘り出し物を手にするってことはめったにあるもんではありませんがね。ところが、ごく最近のことですが、ある農家で競売がありましてね、カイプの小さな絵がわずか二、三ポンドでせり落とされたことがあるんですよ。そのいわく因縁がわりにおもしろいんです。ある家に何十年間も忠実に仕えた年寄りの看護婦が、その家でもらったんだそうです。もちろん、家の人も看護婦もその絵が、そんなに値打ちのあるものとは全然知らなかった。で、この看護婦の甥で農場を経営している人間がいて、この甥が、絵は古くて汚らしいけど、その中の馬が好きだと言うんで、やってしまったんですよ。それがあとで競売に出てきたんです。ええ、こんなこともたまにはあるんですがね、コーラは、自分に絵を見る目があると思い込んでましてね。もちろんコーラにそんな目はありゃしませんが。去年なんか、レンブラントの絵を見つけたから、ぜひ見に来てくれと言うんですよ。レンブラントですよ！　ところが見てみると、贋物にしても、こんなひどい贋物はないと思われるような代物で。しかし、一度なんかちょっとしたバルトロッツィの版画を手に入れましてね——残念なことにかびのしみが付いてましたが。私はこれを三十ポンドで売ってあげたもんですから、彼女ますます図に乗ってしまって、ごく最近、イタリア・

プリミティブ絵画を手に入れたから、見に来てくれないかって手紙を受け取ったんです」

「あそこにある、あれがそうじゃないかしら」スーザンは彼の背後の壁を指さした。

ガスリー氏は立ち上がると、眼鏡をかけて、その絵を調べはじめた。

「なるほどね、いかにもコーラの……」

「向こうにもっとたくさんありますわ」

ガスリー氏は、ランスケネ夫人の集めた宝物をゆっくり観察しはじめた。ときどき軽く舌打ちし、ときには大きく溜息をついた。

やがてガスリー氏は眼鏡をはずした。

「塵や埃というものは素晴らしいものですね、バンクスさん。どんなへぼ絵描きの描いたものにも、この塵や埃でロマンスの風格がつきますからね。コーラの蒐集品をこうして眺めてみますと、あのバルトロッツィは素人のほんのまぐれ当たりだったとしか言えませんね。しかしまあ、それでもコーラに人生の楽しみを与えたんですから、かまわないようなもんです。それにしても、彼女を失望させずにすんで、私もほっとした気がしますね」

「食堂にも、もっと絵がありますよ。でもみな、ランスケネさんの絵らしいんですが」

ガスリー氏はちょっと身震いすると、もう結構というふうに手を振った。

「彼氏の絵は勘弁してください。裸体画家が泣くような絵ばかりで。私もコーラの気を損なわないようにずいぶん苦労しましたよ。献身的な妻でね、実際、すっかり捧げつくしてしまいましたから。それじゃ、バンクスさん……お忙しいところ……そろそろ失礼しなきゃあ……」

「まあいいじゃありませんか……お茶でも……もうお茶の用意ができてると思いますから……」

「それはどうもご親切に……」ガスリー氏は上げた腰をすぐさまおろした。

「じゃ、ちょっと見てきますわ」

台所では、ミス・ギルクリストがオーヴンの中から最後のスコーンを取り出すところだった。トレイの上にはお茶の道具がちゃんと揃えてあり、やかんはほどよく湯気を立てていた。

「ガスリーさんとかいう方がお見えになって、わたし、お茶を飲んでらっしゃいと言っちゃったんだけど……」

「ガスリーさん？　ああ、あのガスリーさん。コーラ様のよいお友だちで。とても有名な批評家ですわ。ちょうどいいところでしたわ、スコーンをたくさんこしらえましたし、手製の苺ジャムもございますし、クッキーももう出来上がっておりますから。さっそくお茶をお入れしましょう。ポットはもう温めてあります。いえ、バンクス様、結構でございますわ、わたくしが持ってまいりますから。そのトレイとても重いんですよ、いえ、わたくし一人で大丈夫ですから」

しかし結局、スーザンがトレイを持って居間に入ってきた。ミス・ギルクリストはティーポットとやかんを持ってあとから入り、ガスリー氏に挨拶をすると、みなでお茶を飲みはじめた。

「温かいスコーン……これはご馳走だ……。おいしいジャムですね、この頃、街で売ってるジャムときたら……」

ミス・ギルクリストはちょっと顔を赤らめながら、それでもほめられて嬉しそうだった。小さなクッキーもおいしかった。なにもかも申し分なかった。スーザンもガスリー氏も大いにほめちぎった。〈柳荘〉の影が部屋をほのかに包んで、ミス・ギルクリストは限りない幸福に浸った。

「それじゃもう一ついただきましょう。いや、どうも……」ミス・ギルクリストに無理にすすめられて、ガスリー氏は最後のクッキーをつまんだ。「どうも、なんとなく気がとがめますね。コーラがひどい目にあったこの家で、こんなすてきなお茶をご馳走になったりして……」

ミス・ギルクリストは、そこで思いがけなくヴィクトリア朝風の態度をみせた。

「でも、ガスリーさん、コーラ様が生きてらしたら、きっとあなたに、おいしいお茶を差し上げるようにおっしゃったにちがいありませんわ。お茶を飲んで力をおつけになるようにって……」

「そう、そうかもしれませんね。いやじつを言うと、自分の知ってる人がですね……自分が実際に交際してる人がですね……殺されるなんて、どうしても信じられないんで……」

「ほんとうですわ。なんだかあんまり現実離れしていて……」スーザンが相槌を打った。「それに、通りがかりの浮浪者が忍び込んでコーラを殺したんでないことも確かですからね。コーラがなぜ殺されたか、私には想像できないこともないですが……」

スーザンが即座に問い返した。「そうですか？　なぜですの？」

「そうですね、つまり、コーラという人はまったく思慮のない人で、なんて言いますか、自分がいかに鋭敏かということを見せびらかして楽しむようなところがありましてね。ちょうど他の人の秘密を握った子供のように。もしコーラが秘密を握ったら、たとえ他言しないと約束しても、口に出してしまうんです、性質なんですね。我慢できないらしいんです」

スーザンは黙っていた。ミス・ギルクリストも黙っていた。心配そうにみえた。

ガスリー氏はさらに話を続けた。

「お茶の中に入れた毒薬一滴とか、郵便で送られてきた毒入りのチョコレート、そういったもんだったら、私もそれほど驚かないんだけど、汚らしい強盗殺人となると、どうもぴったりしないいんです。よく知らないんですが、彼女が泥棒に狙われるだけの金を持ってるなんて、ちょっと考えられませんからね。家の中に現金を置くなんてこと、ほとんどなかったでしょう?」

「ええ」ミス・ギルクリストが答えた。

ガスリー氏は溜息をついて立ち上がった。

「いや、世の中も変わったもんです。戦後は無法のやからがずいぶん増えましたからね」

ガスリー氏は、お茶のお礼を何度も繰り返してから、二人に別れを告げた。ミス・ギルクリストは彼を戸口まで送っていき、ガスリー氏がコートを着るのを手伝った。居間の窓からスーザンは彼が門のほうへしっかりした足取りで歩いて行くのを眺めていた。

入れ替わりにミス・ギルクリストが、手に小さな紙包みを持って戻ってきた。

「検屍審問に行ってる間に郵便屋さんが来たらしいですわ。郵便受けの中に押し込んだと見えて、ドアの後ろに転がっていましたの。いったいなんでしょう……。ああ……きっとウェディング・ケーキだわ」

ミス・ギルクリストは嬉しそうに包み紙を破って、中から銀のリボンを結んだ白い小箱を取り出した。

「やっぱりそうだわ」彼女はリボンを取った。中にはアーモンド・ペーストに白砂糖をまぶした小さな三角形のこってりした感じのケーキが入っていた。「まあすてき、でも、いったい誰が……」彼女は一緒に入っていたカードを眺めた。「ジョンとメリーですって、誰でしょう？　苗字を書かないなんて。うっかりしてるわ」

物思いにふけっていたスーザンは、それでもまだぼんやりした調子で言った。

「苗字を書かなくて名前だけで人を探すの大変ね。この前も、ジョアンとサインした絵葉書をもらったんだけど、数えてみたら、ジョアンって名前の女の人、八人も知ってたわ。それにこの頃は、用事があったらたいてい電話で片づけちゃうから、筆跡なんかも全然憶えてないし……」

ミス・ギルクリストは楽しそうに、彼女の知人のうちからメリーとジョンを思い出していた。

「ドロシーの娘かしら、あの子の名前、たしかメリーだったけど。でも婚約したって話も聞かないし、まして結婚の話なんか……。それとも、あのちっちゃな男の子のジョン・バンフィールドかしら、もう大きくなって結婚する年頃なのかもしれない。それともエンフィールドの女の子、でもあの女の子はマーガレットだったし。アドレスもなにも書いてないから、見当もつかないわ。でもきっと、あとで思い出せるわ」

彼女はトレイを持って台所へさがっていった。

スーザンは立ち上がって独り言を言った。

「さて、車をどこかに移しておこうっと」

第十章

スーザンは石切り場から自動車を出すと、村のほうへ走らせた。途中、ガソリン・スタンドで預ってくれないかと頼んだが、ガソリン・スタンドにはガレージがないから、〈キングズ・アームズ〉の駐車場に行ったほうがよいでしょうと言われた。〈キングズ・アームズ〉には駐車の余地が充分にあった。スーザンはちょうど出て行こうとしていた大きなダイムラーの横に車を停めた。運転手付きの豪奢なダイムラーの客席には、大きな口髭をはやした外国人の紳士が、コートやマフラーで着ぶくれて坐っていた。

スーザンは居合わせたボーイをつかまえて、車のことをいろいろ頼んだが、相手はスーザンを見ると、なぜか気を奪われたような様子で、彼女の話を半分も聞いていなかった。

スーザンが話し終わると彼は上ずったような声で、「あなたは彼女の姪でしょう？」と尋ねた。

「あなたはあの被害者の姪ですね？」今度は少し嬉しそうに繰り返した。

「なんのこと？」

「ええ……そうよ」

「やっぱり……。しかし以前どこかで見たような気がするんですが——」

村から引き返す途中スーザンは、「縁起でもない」と一人で呟いた。

家ではミス・ギルクリストが待ち構えていた。

「お帰りなさい。何にもなくてようございましたわ」彼女の声にはほっとした気持ちが含まれていて、スーザンはなんとなくありがた迷惑に感じられた。

ミス・ギルクリストは、ちょっと気づかわしげに、「あの！　スパゲッティをお召し上がりになりますか、今晩の食事に……」と尋ねた。

「ええ、なんでも結構よ。たいしておなか空いてないから」

「スパゲッティ・オー・グラタンだったら、わたくし、こう言っちゃなんですけど、おいしく作れる自信がありますの」

彼女の自慢は嘘ではなかった。ミス・ギルクリストは実際すぐれた料理の腕前を持っていた。スーザンは食事のあと、皿洗いの手伝いをしようと申し出たが、ミス・ギルクリストはひどく恐縮しながら、いいえ、たいしたことはありませんから一人で大丈夫です、と断わった。

しばらくして、ミス・ギルクリストはコーヒーを持って入ってきた。コーヒーは薄くて、料理ほどおいしくはなかった。ミス・ギルクリストはスーザンに例のウェディング・ケーキをすすめたが、彼女は辞退した。

ミス・ギルクリストは、自分で試食しながら、「とてもおいしいケーキですわ」と、スーザンが食べないのをさも残念そうな口ぶりだった。ミス・ギルクリストは、親友のエレンの娘に結婚話が持ち上がってたのを思い出して、名前は忘れたけれど、きっとあの娘が送ってよこしたにちがいないと独り決めしていた。

スーザンは、しばらくミス・ギルクリストをしゃべるがままにしておいたが、それもやがて途絶え、二人は暖炉のそばに坐って黙って向き合っていた。

やがて、スーザンのほうで口を切った。

「リチャード伯父さんは、亡くなる前にここに来たことあるんでしょう?」

「ええ、いらっしゃいました」

「正確なところ、いつでした?」

「そうですね、あれは、あの方の死亡通知が新聞に出る一週間……二週間と、三週間、ええ、三週間ぐらい前でしたわ」

「病人みたいに見えました？　そのとき」

「いいえ、それほど病人らしい病人って感じじゃございませんでしたわ。どちらかといえば、とても元気なご様子で……。コーラ様はすっかりびっくりなさって、〝おやまあ、リチャード、ずいぶん久しぶりだこと〟っておっしゃると、リチャード様は、〝いやなあに、お前がどんな暮らしをしてるか、じかにこの目で見ようと思って……〟そしたらコーラ様は、〝ええ、どうにかやってますわ〟とぷつんとお答えになりましてね。わたくしの考えでは、コーラ様は、リチャード様が、長い間絶交状態を続けていながら、いまさら、なにもなかったようにふらっと出てらしたのが、少しお気に障ったんじゃないかと思います。とにかくリチャード様は、〝昔のことをいつまでも根にもつことはないと思うね、コーラ。身内で生き残ってるのは、お前とティモシーと私だけなんだからな。それにティモシーときたら、自分の身体のこと以外にはなにも話せない男だし〟そのあとで、〝ピエールと結婚して、お前は結構幸福だったようじゃないか。そうすると結局私のほうが間違っていたらしいな。私が詫びる。さあ、それで気が済むだろう？〟ってとてもやさしくおっしゃってましたわ。お立派な方で。少しお歳は召してますけど。風采のよろしい方ですわね」

「どのくらいここにいました？」

「昼のお食事の間だけ。ちょうど良い具合に肉屋さんが来たもんですから、ビーフ・オリーブを作って差し上げまして……」

ミス・ギルクリストの記憶はすべて料理と結びついているようだった。

「見た目は仲良さそうでした？」

「ええ、とても」

スーザンはちょっとためらってから、また尋ねた。

「伯父さんが死んだとき、コーラ叔母さん、驚いた様子だった？」

「それは、ねえ……あんまり急だったんで……そうじゃございませんでした？」

「そうね、急だったわ……それで叔母さん驚いたわけね。伯父さんは叔母さんに、病気のことははっきり言ってなかったのかしら」

「ああ、そういう意味で……」ミス・ギルクリストはちょっと考え込んでから、答えた。

「ええ、そういえば、コーラ様、なんだか、リチャード様がすっかりお歳を召して、少し耄碌《もうろく》されてるとかなんとかおっしゃってたようで……」

「でもあなたは、リチャード伯父さんが耄碌《もうろく》してると思いました？」

「そうですわねえ、見たところ、そうは見えませんでしたけど。といっても、わたくしはリチャード様とじかにあまりお話しいたしませんでしたし。ええ、わたくし、気をきかして、ずっとお二人きりにして差し上げてたものですから……」

スーザンはミス・ギルクリストをあらためて観察した。ミス・ギルクリストはドアの外で立ち聞きするような女だろうか？　ミス・ギルクリストは、たしかに正直そうな人だ。ものをくすねたり、家計をごまかしたり、手紙をだまって開封したりするような人ではない。しかし、〝せんさく好き〟というものは〝正直のマント〟に隠れようと思えば隠れることができる。ミス・ギルクリストでも、開かれた窓の近くで庭の手入れをしたり、廊下の掃除をしたりしなければならないと思うこともあったであろう——そうした行動は許される範囲だろう。とにかく、そういう用事をしてるうちにいやでも話し声が耳に入ったにちがいない……。

「二人が話してるのをあなたお聞きにならなかったの？」スーザンは単刀直入に尋ねてみた。

ミス・ギルクリストは急に憤然とした面持ちとなった。

「まあ、とんでもない。わたくしドアの外で立ち聞きなんかする女じゃございませんわ」

ということは、立ち聞きをしてるというわけだ、とスーザンは考えた。さもなくば簡単にノーと答えるのが普通だから。

スーザンは少し声を大きくして謝った。

「ごめんなさい、ギルクリストさん。そういう意味で言ったんじゃないの。ただね、こんな安普請の家じゃ、どんなに小さい声で話しても家中筒抜けでしょう。で、二人とも死んでしまった現在、二人の間にどんな会話が交わされたかってことを知っておくのは、親類の者にとってとても大切なの」

ところが、この家は小さくて古くて、壊れかかっていても、〝安普請〟という言葉だけは当てはまらない家だった。昔、あらゆる建築物がガッチリと建てられていた頃にできた家である。しかしミス・ギルクリストは、スーザンの餌に見事に引っかかった。

「ほんとうにおっしゃるとおりですわ、こんなちっぽけな家ですものねえ。それにお二人の間にどんな話が交わされたか知りたいというあなたのお気持ち、よくわかりますわ。ただ、たいしてお役に立ちそうもありませんけど……お二人の話してらしたのは、リチャード様のご健康のこと……あのなんて申しますか、リチャード様が持っていらっしゃる〝妄想〟について話してらしたと思うんです。もちろん妄想といっても、リチャード様ご自身は、妄想だと思ってらっしゃらないようでしたが。お元気そうに見えても、やっぱりお歳なんですねえ。自分の病気を〝ほかから何かされた〟せいになさってるんです。病人にありがちのことでね。私の叔母なんかも――」

ミス・ギルクリストは例によって叔母さんの話を始めた。

スーザンは、エントウイッスル氏と同じように、叔母さんの話をうまく逸らした。

「やっぱりねえ。わたしたちの考えたとおりでしたわ。伯父の使用人たちはとても主人思いで、伯父がそんな考えを持ってたと聞いて、それを非常に気にして……」

「ほんとうに。使用人は、そういうことにはとても神経質で。わたくしの叔母なんかも……」

スーザンはまた口をはさんだ。

「伯父さんが疑ってたのは使用人の誰かなんでしょう？　伯父さんを毒殺しそうだって人は？」

「そこのところは……ほんとうに……なにも知ら……」

スーザンはミス・ギルクリストの困惑しきった表情に気がついた。

「じゃ、使用人じゃなかったのね。誰かほかの！　これという決まった人？」

「わたくし、存じませんわ、バンクスさん。ほんとうに、なにも知らないんですの」

しかし彼女の目はつとめてスーザンの目を避けるようにしていた。ミス・ギルクリストはもっとなにか知っている、口には出したがらないが、もっともっとなにかを知ってる。きっと、そうに違いない、とスーザンは考えた。

そこで、スーザンはこの点をあまり追及しないことにして話題を変えた。

「ギルクリストさん。今後どういうふうになさるおつもりですか？　なにか将来の計画っていったものがおありなんですか？」

「それが、その、あなたにご相談したいと思ってたんですが。エントウイッスルさんのお話では、この家が片づくまで、しばらくいてくれとのことで、もちろんわたくしは喜んでここにおりますけど」

「ええ、わたしもそうしてもらえると、ほんとうにありがたいんです」

「ただ、それがいつ頃までか、おおよそのところを知りたいんですの……じつはわたくしもほかの仕事を探さなきゃなりませんもので……」

スーザンはちょっと考えてみた。

「もうたいしてすることもないし、二、三日内には荷物を片づけて、競売人に通知できると思うんですけどね」

「じゃ全部お売りになることに……」

「ええ。この家だったら借り手はすぐみつかるでしょうねえ？」

「それはもう。列を作って待ってますわ。こういう手頃な家はなかなかあるもんじゃございませんから……。あってもほとんど売家ばかりで」

「そうなると、万事簡単に片づくわ」スーザンはここでちょっと口ごもりながら言った。「それから……あなたのお給金のことですけどね、あの、三カ月分ほど差し上げたいんですが……」

「まあ、そんなに。ほんとうに、何から何までありがとうございます。それから、厚かましい次第ですが、証明書のようなものをいただければ……つまり、その、あなたの叔母さんのところで働いていて、大過なく勤めた、というような。そうすれば新しい勤め口を見つけるのに、とても都合がいいんですの」

「ええ、もちろん書いて差し上げるわ」

「で、書いていただくときに、こんなこと言ってはなんですけど……」ミス・ギルクリストの手は震えはじめ、彼女は声を落ちつかせようと努めていた。「あの、今度の事件のこと、書かないでいただきたいんですが。できればコーラ様のお名前も書かないで……」

「どういう意味、それ」スーザンはけげんそうにミス・ギルクリストを見つめた。

「あのう……なんて申しますか、こんどの事件ですね。新聞にも書き立てられましたし、知らない人がいないほど有名になってますでしょう、おわかりになりませんか？　世間ってとかく口うるさくて、〃女が二人で住んでた。その内の一人が殺された。そうすると、ひょっとしたらもう一人の女が殺ったのかもしれない〟と——そうでしょう？　どんな人だってそんな女を雇うには二の足を踏むんじゃございませんでしょうか？　わたくし、それが心配で、心配で、バンクスさん。もう二度と勤め口なんか見つからないんじゃないかと夜もろくに寝られないくらいですの。他の仕事ならともかく、こんな仕事はとても……。といってわたくし、ほかになにも身についたものはなし……」

訴えは知らず知らずの内に哀感を帯びてきた。スーザンにはミス・ギルクリストが非常に痛々しく思われた。雇い主の気まぐれに堪え、しじゅうその顔色をうかがって生きる、このお人よしで平凡な女が、今度の事件でいかに絶望的な境遇に突き落とされたか、スーザンには充分理解できた。実際、ミス・ギルクリストの言葉は一つ一つうなずける。たとえ罪はなくても、殺人事件の容疑者の一人となった人間を、いったい誰が雇ってくれよう。

スーザンは言った。「でもほんとうの犯人が見つかりさえすれば……」

「そうなれば問題はないんですが。でも、見つかるでしょうか？　警察では見当もつかないで困ってるんじゃないかと思いますわ。で、もし犯人が見つからなかったら、結局、わたくしが、一番疑いの濃い人間、ひょっとしたら真犯人かもしれないといわれる人間になるんじゃないでしょうか？」

スーザンは深くうなずいて見せた。もちろんミス・ギルクリストがコーラ・ランスケネの死によって一文の得にもならないのは明白な事実である。しかし、そんなことを知っているのはわたしたちだけだ。それればかりでない、いろんな話がある、醜い話がある。二人の女が一緒に住むことから生じる憎悪や嫉妬の念、常識では考えられない、病的な、衝動的な殺人——知らない人だったら、コーラ・ランスケネとミス・ギルクリストがこんなふうな生活を営んでいたと考えるかもしれない。

スーザンはいつものような明快な態度に変わって、元気な口調で言った。

「あんまり心配しないで、ギルクリストさん。なんとかして、わたしの友だちのところにでもお世話してあげるわ。そんなに難しいことではないと思うから」

ミス・ギルクリストもどうやら普段の調子を取り戻して言った。

「あの、わたくしはあんまり荒仕事はできないほうで、ちょっとしたお料理と、家事の手伝いぐらいなら……」

そのとき、電話が鳴った。ミス・ギルクリストがびっくりして跳び上がった。

「誰からでしょう?」

「うちの主人だと思うわ。今晩電話をかけるとか言ってたから……」

スーザンは電話のほうへ歩いて行った。

「もしもし？　はい、そうです。バンクスです」そのあとしばらく間をおいて、それからスーザンの口調が柔らかく、温かいものに変わった。「もしもし、あなた？　そう、わたしよ。ええ、元気よ。判決はね、不詳の人間による殺人、例にして例のごとくよ。エントウイッスルさんだけ。なあに？　さあどうですかねえ、わたしはそう思うわ。――ええ、わたしたちの思ったとおりよ――。ええ完全に計画どおり――。わたし、全部売っちゃうわ、欲しい物はなにもないの――。一日、二日はだめ――。まったくひどいのばかり――。あんまり心配しないでよ。わたしは大丈夫よ――。グレッグ、あなたが？　まさか？――ずいぶん気をつけてたじゃないの？――いいえ、なんでもないわ。お休みなさい」

彼女は電話を切った。ミス・ギルクリストが側にいるのがとても邪魔だった。ミス・ギルクリストは電話の話が始まると、気をきかしてすぐ台所に引きさがったが、それでも一部始終聞いていたにちがいない。スーザンはいろいろグレッグに聞きたいことがあったが、とうとう聞けなかったのである。

彼女は眉を寄せたまま、ぼんやり電話の側に立っていた。それから、「あ、そうそう」と呟くと、「ちょうどいいわ」と言って、受話器を取り上げ、長距離電話を申し込んだ。十五分ばかりたって、交換台からくたびれた声が流れてきた。

「お気の毒ですが、お返事がありません」

「もう少しベルを鳴らしていただけない？」

スーザンはやや命令的な口調で言った。ずっと遠くで電話の呼び出し音が鳴っているのが聞こえてくる、そのうちに突然、気むずかしい怒ったような男の声が入ってきた。

「ああ、ああ、なんの用だ？」

「ティモシー伯父さん？」

「なんだって？　聞こえないよ」

「ティモシー伯父さん？　わたし、スーザン」

「スーザン誰だ？」

「スーザン・バンクス。あなたの姪のスーザンよ」

「ああ、スーザンか？　いったいなんの用だい？　こんな夜遅くに電話して……」

「まだ早いわよ」

「早くない。私はもう寝てたんだ」

「ずいぶん早く寝ちゃうのね。伯母さんいかが？」

「なんだ？　そんな用事でわざわざ電話なんかかけたのか？　モードはまだ痛がってるよ。なにもできやしない、なにも。手がつけられない。めちゃくちゃさ。藪医者め、看護婦さえよこさないんだ。モードを病院に連れてくとぬかしやがる。私は絶対反対した。そしたら誰かをよこすと言ってるがね。当てにゃならない。私だって自由に身体のきく人間じゃないからな、今晩は村からばか女が一人来て泊まってる。それも亭主のところへ帰りたいとぬかしとる。私のうちはいったいどうなるのか見当もつかない」

「だから、あたしが電話をかけてあげたのよ。ミス・ギルクリストはどう？」

「誰だい？　聞いたこともない」

「コーラ叔母さんの家政婦よ。とてもいい人。仕事もできるし」

「料理もできるのか？」

「ええ、とてもうまいわ。それに伯母さんの世話だってしてもらえるわよ」

「能書きばっかり並べてて。いつよこすんだ？　私はたった一人で、まるで島流しだ、ときどき村のばか女どもが勝手な時間に入ったり出たりして。私の身体がこれじゃどうなるかわかったもんじゃない。最近心臓もだいぶ悪くなっとる」

「できるだけ早くそちらに行けるように取り計らうわ。ひょっとしたら、あさってころ」

「そうか、どうもありがとう」ティモシーの声は、いかにもありがとうと言うのが口惜しそうだった。「きみはなかなか親切な子だ、スーザン。いや、ありがとう」

スーザンは電話を切って台所に入って行った。

「ギルクリストさん。あなたヨークシャーまで出かけて、伯母さんの世話をしてくださいません？　伯母さん足をくじいて、おかげで伯父さんのほうもお手上げの形なの。伯父さん少々うるさ型なんだけど、伯母さんがよい人だから。村から手伝いの女の人は来てるらしいし、料理と伯母さんの世話をしてくれたらそれでいいのよ」

ミス・ギルクリストは感動のあまり、コーヒーポットを落としてしまった。

「まあ、ほんとにありがとうございます。ほんとにご親切に。わたくし、自分で言うのもなんですけど、病人の世話は得意なんですのよ。ティモシー様のほうもお世話できると思いますわ。何かおいしいものでも作って差し上げたり。バンクス様、ほんとうにいろいろお世話になりました。こんなに嬉しいことは……」

第十一章

1

スーザンはベッドに横になって眠りの訪れるのを待った。今日はいろんなことがあった。くたくたに疲れてる。横になったらすぐ眠れるだろうと思っていた。スーザンはいつでも寝つきが良かった。ところが今日はどうしてか、もう何時間もこうやって横になっていながら、目は冴える一方だった。いろんな考えが後から後から押し寄せた。

この部屋に、このベッドに寝るのは平気だと言ったはずではないか。コーラ・ランスケネが殺されたこのベッドに……。

いや、やめよう、やめよう、こんな考えは頭から追い出そう。神経の太いのを自慢してたのは誰？　それはそうと、どうしてあの日の午後のことばかり考えるんだろう？

ずっと先のことを考えよう。将来のことを。自分の未来とグレッグの未来のことを。カーディガン・ストリートの店……条件にぴったりの店。一階で商売して、二階は気持ちのいい住居にする。裏のほうの部屋をグレッグの研究所に。所得税の点からも、あの場所は理想的だ。グレッグもきっと冷静に、平常に戻るだろう。もうあんなふうにカーッと頭に来ることはないだろう。ときどきグレッグはスーザンをまるで他人かなにかのようにじっと見つめていることがある。一度か二度は彼女もほんとうに気味が悪くなったほどだ。あんなことはもう起こらないだろう。それにグレッグの主人のコールさん。……彼は、「こんなことをもう一度起こしたら……」と脅しめかした口ぶりだったじゃないの。実際のところ、起こしたかもしれない。いやきっと起こしただろう。もしリチャード伯父さんがちょうどいいときに死ななかったら……。

リチャード伯父さん……。いや、伯父さんの死を喜んだって良心に恥じる必要はない。伯父さんはなにも生きる目的がなかったんだもの。年老いて、疲れて、病気になって。息子は死んでいる。伯父さんにとって死はかえって慈悲だったともいえる。おまけに眠っているうちに静かに死んでいったんだから……。静かに……眠りながら……。ああ、眠れない。眠れない。ベッドに横になって、二時間も三時間も目を覚ましているなんて、ばかげてるわ……家具のきしる音が聞こえる……窓の外からは樹々や草むらのざわめき……ときおり、妙な陰鬱なホーッという声……ふくろうに違いない。田舎ってどうしてこんなに薄気味悪いんだろう。騒々しく、無関心な大きな都会。それでいて都会には安全感があるわ……人々に取り囲まれて、……決して一人ぼっちじゃない……ところが田舎ときたら……。

殺人のあった家は、あとでよく幽霊屋敷と言われる。そうすると、この家もやがて幽霊屋敷と言われるようになるだろう。コーラ・ランスケネの魂が夜な夜なさまよい歩く。コーラ叔母さん。不思議だ、変だ、この家に来てからずっと、コーラ叔母さんがすぐそばにいる。すぐ手の届く所に……。もちろん気のせいにはちがいないだろうが。コーラ・ランスケネは死んだのよ。明日埋葬されるのよ。この家にはスーザン自身とミス・ギルクリストのほかには誰一人いないはずだわ。じゃあなぜ、この部屋に誰かがいるような気持ちがするんだろう……誰かが……すぐそばに……。

このベッドにこうして寝ていたとき、手斧が頭の上に……。安心しきって寝ているときに……手斧が振り落とされるまではなにも知らずに……。そして今度はそのコーラがスーザンを眠らせない――。

また家具のきしる音がした……。それともあれは誰かが忍び足で歩いてる音だろうか……。スーザンは枕元の電灯をつけた。なにもない。気のせいだ。神経過敏。落ち着いて。ゆったりした気持ちで……。目を閉じるのよ……。

でも、あれはたしかにうめき声だ。誰かが寝言でも言ってるのかしら。……いや、たしかにうめき声だ。誰かが苦痛にさいなまれているうめき声だ。誰かが死にかけているうめき声だ。

〝想像しちゃだめ、幻覚に捉われちゃだめ〟スーザンは独り呟いた。

死は終局である……死のあとにはなんの存在もないんだ。どんなことがあっても、帰ってくるなんてあり得ないんだ。それとも、過去のあの瞬間をもう一度再生しているのだろうか？　瀕死の女のうめき声……。

ほら、また聞こえる……前より強い声だ……苦痛に堪えかねたうめき声……。

だが、……これは、夢や幻覚じゃない。ほんとうのうめき声だ。スーザンはもう一度明かりをつけてベッドの上に起きなおった。じっと耳を澄ました。うめき声はたしかに聞こえる、壁越しに、隣りの部屋から。

スーザンは跳ね起きた。ガウンをひっかけてドアに向かった。廊下に出て、ミス・ギルクリストの部屋をノックした。そして中に入っていった。ミス・ギルクリストはベッドの上に、なかば身を起こし、真っ青な顔をしていた。彼女の顔は苦しみに歪んでいた。

「ギルクリストさん。どうしたの？　病気？」

「な、なんですか、わからないんですが、わ、わたくし……」彼女はベッドから起き上がろうとしたが、急に吐きそうになり、そのまま枕の上にうつぶしてしまった。

彼女は苦しい息の下で、「す、すみません。お医者を……。なにか悪いものを食べたんじゃないかと思います」

「重曹かなにか持ってきてあげるわ。それで明日になっても善くならなきゃあ、お医者を……」

ミス・ギルクリストは首を振った。

「いいえ、いま呼んでいただけませんか？　とても苦しいんです……」

「お医者さんの電話番号ご存じ？　電話帳見ればわかるわね」

ミス・ギルクリストは電話番号をスーザンに告げた。それからまたもや、吐き気に襲われた。

スーザンが言われた番号を回すと、眠そうな男の声が聞こえてきた。

「誰？　ギルクリスト？　ミード通りの？　ああ知ってる。すぐ行く」

医者は約束どおりすぐに来た。十分後に車の近づく音が聞こえたので、スーザンはドアを開けに下へ降りた。

彼女は医者を二階に案内しながら事情を説明した。「なにか体に合わないものでも食べたんじゃないかと思います。でもとても苦しそうなんで……」

医者は腹の立つのを一生懸命我慢してる様子だった。いままでにも、夜半に必要もないのに叩き起こされた経験をいやというほど させられたという顔をしていた。しかし、病人の診察を始めたとたんに彼の態度はまったく一変した。スーザンにテキパキと指図をして、病人の応急手当をすると、やがて二階から降りてどこかに電話した。それからスーザンのいる居間へ入ってきた。

「いま、救急車を頼んだ。すぐに病院に入れなきゃあ――」

「じゃあ、ほんとうに悪いんですね？」

「ああ。痛み止めにモルヒネの注射を打っといたが、しかし、これは……」医者は急に口をつぐんだ。「なにを食べたんです？」

「晩の食事にマカロニ・グラタンを食べまして、お菓子はカスタード・プディング、あとでコーヒー」

「あなたも同じものを？」

「ええ」

「で、あなたはなんともない？　痛みも、不快な気持ちも？」

「ええ、なんともありません」

「ほかになにも食べなかったですか？　缶詰の魚とかソーセージとかいったものを？」

「いいえ、昼のお食事は〈キングズ・アームズ〉でいたしましたし、検屍審問のあとで……」

「あ、そう、そう、あなたはランスケネ夫人の姪御さんでしたね」

「はあ」

「ひどい災難で……。犯人が捕まればいいですがね」

「ええ、ほんとに」

やがて救急車が来た。ミス・ギルクリストは病院に運ばれた。医者はスーザンに明朝電話すると言い残して、救急車のあとを追って病院に向かった。スーザンは医者が立ち去ると二階に上がってベッドに入った。

今度は頭が枕に触るやいなや、すぐ眠ってしまった。

2

葬式は会葬者でいっぱいだった。村の人はほとんど出て来ていた。親戚知人としてはエントウイッスル氏とスーザンがいるきりだった。しかし他の親戚からは様々な花環が贈られて来ていた。エントウイッスル氏はミス・ギルクリストが来ていないのを不思議に思ってスーザンに尋ねた。スーザンは小声で簡単に事情を説明した。エントウイッスル氏は驚いたように眉を上げて、「奇妙なことが起こったもんだな」と呟いた。

「ええ、でも今朝はずっと善くなったんですって。病院から電話がかかって来ましてね。こんな食当たりはよくあることで、ただ大さわぎする人としない人があるから……」

エントウイッスル氏はべつになにも言わなかった。彼は葬式が済んだらすぐロンドンに帰ることになっていた。

スーザンはコーラの家に帰って行った。台所で卵を見つけてオムレツを作った。それからコーラの部屋に入って、亡き人の私物を整理しはじめた。

整理の最中に医者が訪ねて来た。医者はなにか心配そうな顔つきをしていた。スーザンが病人の経過を尋ねると、「ええ、もうだいぶよくなりました。一両日中には退院できるでしょう。しかし、手当てが早かったから良かったようなものの、さもなくば、危いところでしたよ」と答えた。

スーザンは目を見張った。

「まあー、そんなに悪かったんですか？」

「バンクスさん、ギルクリストさんが昨日なにを食べ、なにを飲んだか、もう一度、くわしく言っていただけませんか？」

スーザンはしばらく考えて、それから一つ一つ食べ物、飲み物を数え上げた。医者はまだ不満な面持ちで首を振った。

「なにか、彼女だけが食べて、あなたが食べなかったものが、必ずなければならないんだが……」

「思い出せませんわ。ケーキ、スコーン、ジャム、お茶、それから晩のお食事。いいえ、どうしても思い出せませんわ」

医者は鼻の頭を指でなでて、それから部屋を行ったり来たりしはじめた。

「あの、たしかに彼女の食べたものが原因なんですか？　たしかに食当たりなんですか？」

医者は彼女のほうをチラッと眺めて、それから何事かを決心したような態度で、「砒素だったんです」と言った。

「砒素？」スーザンは目を見張った。「つまり、誰かがギルクリストさんに毒を盛ったんですか？」

「まあ、そういったところですね」

「ギルクリストさんが自分でのんだってことはないんですか？　故意に」

「自殺ですか？　彼女自身が自殺なんてしないと言ってるんだから確かでしょう。それに、自殺するつもりだったら、わざわざ苦しい砒素なんかのまなくても、家に睡眠薬がいくらでもあるんですから。少し余計にのめばわけないんです」

「じゃ砒素がなんかのひょうしに食べ物の中に紛れ込むってことは？」

「ぼくもそうじゃないかと考えてるんですがね。ちょっとありそうなことじゃないけど。しかし、いままで全然そんなことがなかったわけでもなし。しかし、あなたと彼女が同じものを食べたんだったら……」

スーザンはうなずいて、「そうですわね、そんなことちょっとありそうにも……」と言いかけて、急にハッとした。「あっ！　そうだわ。ウェディング・ケーキだわ！」

「なんですか？　ウェディング・ケーキ？」

スーザンは医者にわけを話した。医者は熱心に耳を傾けた。

「おかしいですね。それで送り主が誰かもわからないんですって？　残ったケーキでもありますか？　ケーキの入ってた箱でもそこらに転がっちゃいないかな？」

「さあー、見てみますわ」

二人は一緒にあちこち探しまわったあげく、台所の棚の上に白いボール紙の箱を見つけ出した。中には少々ケーキのかけらが残っていた。医者は非常に注意深くそれを包んだ。

「これは私が責任をもって預ります。それはそうと、小包みの包装紙はどうしたのでしょう?」

二人はまた探しまわったが、どうしても見つからなかった。「きっと〈理想式ボイラー〉の中で燃しちゃったんでしょう」とスーザンが呟いた。

「バンクスさん、まだロンドンにはしばらくお帰りにならないんでしょう?」

彼の口調は非常に丁寧だったが、スーザンにはあまり気持ちのよい言い方ではなかった。

「ええ、叔母の品物を整理しなきゃなりませんから、二、三日はいるつもりです」

「それはちょうどいい。たぶん警察がなにか聞きに来るかもしれませんから。それはそうと、ミス・ギルクリストに毒を盛りそうな人間をご存じですか?」

スーザンは首を振った。

「わたし、ギルクリストさんのこと、あんまり知らないんです。わたしの叔母と何年か一緒に暮らしていた、それきりですわ、わたしの知ってるのは」

「そう、そうでしたね。高ぶったところのない感じのよい人で、どちらかと言えば、ごく平凡な人間で、敵を持つような人じゃないし、メロドラマ的な性格の人でもないし。

郵便で送られた結婚式のケーキ、というとなんとなく嫉妬に狂った女の仕業みたいだが、誰がいったい、ミス・ギルクリストのような女に嫉妬するでしょう？　どうも合点のいかない事件ですね」

「そうですわね」

「じゃ、そろそろ失礼します。実際この小さくて静かなリチェット・セント・メアリーの村もめちゃめちゃですな。むごたらしい殺人があるかと思うと郵送毒殺未遂事件。こう一つの家で相次いで起こるのも、ちょっと変じゃありませんか？」

医者は小径に沿って車のほうへ歩いて行った。家の中がなんとなくむしむしするのでドアを開けっ放しにしてスーザンは二階に上がり、やりかけていた仕事を続けた。

コーラ・ランスケネは決して几帳面な人間でも、きれい好きな人間でもなかった。彼女の引出しの中にはいろんなものがごたごたと詰め込まれていた。一つの引出しには、化粧道具と、手紙と、古いハンカチと、絵筆が一緒に入っており、下着の引出しの中にも、古い手紙や勘定書が放り込まれていた。別の引出しには、ウールのジャンパーの下からダンボール箱が出てきて、中に〝前髪用の部分かつら〟が二つ入っていた。古い写真とスケッチブックのぎっしり詰まった引出しもあった。スーザンは、どこかフランスあたりで何年か前に撮ったに違いないグループ写真をしばらく眺めていたが、その写真には、まだ若い、まだ肥っていないコーラが、背の高いひょろっとした男の腕にぶらさがって写っていた。男は、まばらな顎髭を生やし、ビロードのような上衣を着ていた。これは死んだピエール・ランスケネにちがいないとスーザンは思った。

これらの写真はスーザンの興味を非常にそそったので、ひとまず別にしておいて、山のような書類のほうを組織的に調べはじめた。四分の一ぐらい整理したとき、一通の手紙を発見した。彼女はこれを二回読み返し、呆然とした面持ちでなおも手紙をじっと見つめていると、急に後ろから、「スーザン、なにを見つけ出したんだい？」という声がして、スーザンは思わず叫んで跳びのいた。

「おい、おい、なに驚いてんだ？」

スーザンは恥ずかしさに真っ赤になった。悲鳴など上げるつもりではなかったので、きまりが悪くて、あわてて言いわけがましく言った。

「まあ、ジョージ、だしぬけに。ほんとうに、びっくりするじゃないの」

従兄のジョージは平然と笑っていた。

「……らしいね」

「いったい、どうして、ここへ？」

「そうだね……。入口のドアが開け放してあったから、堂々と入ってきたんだ。階下《した》には猫の子一匹いないから、しかたなく二階に上がってきたというわけさ。どうしてという質問がなぜという意味なら、葬式に参列するため、今朝家を出てきたんだがね……」

「だって葬式じゃ、あんたの姿見なかったわ」

「それがね、オンボロ自動車が途中でおれのいうこと聞かなくなってね。導油管が詰まったらしかった。しばらくガチャガチャやったら、そのうちひとりでによくなっちゃってね。しかし、時すでに遅しで葬式に間に合わず、せっかく来たんだからきみに一日会っていこうと思ってね」

彼は一息ついてさらに続けた。

「じつのところ、きみんとこに電話かけたら、グレッグが出て、きみが私財整理にこちらへ来てると言うから、それじゃおれも手伝いぐらいはできるだろうと思って……」

「あんた事務所のほうは忙しくないの？　それとも好き勝手なときにさっさと休めるの？」

「仕事をさぼりたいときは葬式に行くってのが通り相場の口実じゃないか。しかも今度の葬式は、誰が聞いても嘘じゃないし。だいいち殺人事件なんて、いつの世にも人間の心を魅惑するものだからなあ。いずれにしても、おれは将来あんまり事務所なんかに顔を出さないつもりだ。金があるのにあくせく働いてなんの役に立つ？　ほかにいくらでもすることはあるんだから……」

彼はまた一息ついてニヤッと笑った。「グレッグと同じさ」

スーザンはジョージをあらためて眺めた。スーザンはいままでジョージとほんの数回しか会ったことはないが、それでもたまに会うと、そのたびに、ますます彼がどんな人間かわからなくなってしまうのであった。

スーザンはジョージにもう一度問いかけた。「ジョージ、ほんとうのところ、いったいなんのために来たの？」

「少し探ってみたかったことは確かだね。これでもシャーロック・ホームズの二世ぐらいにはなれるってうぬぼれてるんだ。この前の葬式のときのことをいろいろ考えてみたんだが、コーラ叔母さん、まさに工場の中にスパナを投げこんだって形だね。ああいう言葉を叔母さんに言わしめた動機が単なる無責任か、あるいは叔母さん流の〝生きるよろこび〟か、それともほんとうになにか根拠があってのことか、おれもいろいろ思案してたんだ。おれが入って来たときにきみが目の色変えて読んでたその手紙には、いったいなにが書いてあったんだい？」

スーザンはできるだけ落ち着き払って答えた。

「リチャード伯父さんがコーラ叔母さんを訪ねたあとで、叔母さん宛に書いた手紙」

ジョージの瞳は真っ黒だ（とスーザンは考えた）。いつも茶色だとばかり思い込んでいたが、よく見ると真っ黒だ。真っ黒の瞳というのは、なにか人を寄せつけないおかしがたいものがある。あの瞳の背後には様々な考えが隠れていて、どうにも知りようがない……

「なにか参考になることが書いてある？」ジョージもさりげない調子で尋ねた。

「いいえ、べつに、これといって……」

「見てもいい？」

彼女はちょっとためらったが、すぐにその手紙をジョージに渡した。

彼は、単調な低い声で内容をところどころ飛ばして、読んでいった。

〝ほんとうに、久しぶりに、何十年ぶりに、会えて嬉しかった……いかにも元気そうで……帰りの旅行は快適で無事、家に着いた。あまり疲労も感じなかった……〟

彼の声が急に鋭い調子に変わった。

〝ぼくがきみに話したことについては、お願いだから、誰にも他言しないでくれ。あるいはぼくの勘違いかもしれないから。リチャードより〟

ジョージは手紙から目を離すとスーザンの方を向いた。「どういう意味だろう？」

「どんな意味にもとれるわ。彼の病気のことかもしれないし、共通の友だちについてのゴシップかもしれないし……」

「そりゃいろんな意味にとれるさ。はっきり明言してないからね……。しかしなかなか意味深長じゃないか。コーラにいったいなにを話したんだろう？　彼がコーラに話したことを誰か他の人が知ってるのだろうか？」

「ギルクリストさんは知ってるかもしれないわ。彼女、きっと立ち聞きしてたと思うわ」

「ああ、あの付き添いの家政婦ね。そりゃそうと、彼女どこにいるんだい？」

「病院にいるわ。砒素中毒で……」

ジョージは驚いて目を見張った。

「まさか？」

「ほんとうよ。誰かが砒素入りのウェディング・ケーキを送ったの」

ジョージは椅子の一つに腰をおろすと吐き出すような調子で言った。

「そうすると、やっぱりリチャード伯父さんは勘違いしちゃいなかったってことになるね」

3

明くる朝、モートン警部がスーザンを訪ねてきた。

モートン警部は穏やかな中年男で、その声には北イングランド地方特有の柔らかい響きがあった。態度は静かで落ち着いているが、目は非常に鋭かった。

「バンクスさん。まず、今度の事件の性質を理解しておいていただきたいんです。ミス・ギルクリストの容態についてはプロクター医師がすでにあなたにお話ししたと思いますが、彼がここから持って行ったケーキのかけらを分析したところ、たしかに砒素の入っていた形跡がありました」

「じゃやっぱり、誰かが計画的に彼女を毒殺しようとしたわけなんですね」

「まあ、そうよりほかに考えられませんね。ミス・ギルクリスト自身の陳述では、どうにも目鼻がつかないんです。そんなことは絶対にあり得ないと繰り返すだけで、誰もそんな真似をする人はいないと言うんです。しかし、誰かがやったことはたしかなんですからね……。あなたに何か心当たりはありませんか?」

スーザンは首を振った。

「わたしもなにがなんだかさっぱりわからないんですの。郵便局の消印だとか、筆跡だとかをお調べになっても駄目なんですか？」

「あなたはお忘れになってるらしいが、包み紙は発見できなかったじゃありませんか。それに、郵便で来たかどうかもはっきりしてないのです。郵便配達人のアンドリューズはそんな小包を配達した覚えはないと言うんです。もちろんアンドリューズは、いろんな物をこの日にヴァンで配達したから断言できないわけですが、とにかくこの点はやっぱり疑問なんです」

「じゃ郵便で来ないとすると？」

「つまりミス・ギルクリストの名前と住所と、消印のついた古い小包の紙で菓子箱を包み、それをいかにも郵便で来たように見せかけて、郵便受けの中に投げ込むという手もあり得るわけです」

モートン警部はさらに続けた。

「ウェディング・ケーキを選んだというのは、なかなか頭のいい思いつきですよ。孤独な中年の女性ってものは、ウェディング・ケーキに、なんとなく感傷的になるだろうし、自分を忘れないで送ってくれたということが非常に嬉しいんですね。これが箱詰めのキャンディーかなんかだというと、どうしても疑いを持ちますからね」

「そうでしょうね。ミス・ギルクリストも誰から送ってきたんだろうと、一人でいろいろ詮索してましたけど、あなたのおっしゃるように、すっかり喜んで、変な疑いなんかまったく持たなかったようですわ」

スーザンは思い出したように尋ねた。

「ケーキの中には人間一人殺すぐらいの毒が入ってたんですか？」

「それは分量検査をするまではわからないんですが、要は、ミス・ギルクリストが、全部食べたか、少しだけしか食べなかったかによるわけです。彼女は全部食べたような気がしないと言ってましたが、あなた憶えてませんか？」

「はっきり憶えてませんわ。わたしも食べろってすすめられて、わたしが断わったら、彼女もう一度食べて、おいしいケーキだと言ってたところまでは憶えてますが、そのあと全部食べてしまったかどうか……」

「ご迷惑でなかったら、二階の部屋を調べたいんですが……」

「ええ、どうぞ」

モートン警部のあとから、スーザンも上がって行って、ミス・ギルクリストの部屋に入った。彼女はやや申しわけなさそうに言った。

「ひどく汚れたままで。じつは叔母の葬式やなんかで、なにもする暇がなくて……。それから片づけようと思ったら、ドクター・プロクターがいらして事情を話してくださいましたもので、部屋は手をつけないほうがいいんじゃないかと思って、そのままにしておいたんです」

「いやじつに結構ですな。普通の人は、なかなかそういうふうには気がつかないんです。いや、結構でした」

彼は、ベッドのそばへ行くと、枕の下に手を入れて、その枕をそっと持ち上げた。彼の顔にかすかな微笑が浮かび上がった。

「ほら、見てごらんなさい」

シーツの上には、一片のケーキが、無残な姿で横たわっていた。

「まあ、驚いた、こんなところに……」

「いや、いや、よくあることですよ。いまの若い人はこんな真似はしないでしょうがね。あんまり結婚というものを問題にしてないから。しかし昔の人はね……。これは古い習慣でして。ウェディング・ケーキを枕の下に入れて寝ると、未来の夫の夢を見るという……」

「でも、ミス・ギルクリストが……」

「あの歳でこんなことするのが恥ずかしくって、私たちには黙ってたんですね。しかし、私はそうじゃないかなって予感がしましてね」それから警部は、もとの真面目な顔に戻った。「だが、オールド・ミスのこのばかげた考えが浮かばなかったら、ミス・ギルクリストの命も、いまごろは……」

「でも、いったい誰がミス・ギルクリストを殺そうとなど……」

警部とスーザンの視線がぶつかった。彼の目の中には変に探るようなまなざしが見えて、なんとなくスーザンを不安な気持ちに陥れた。

「誰だかご存じないのですか？」

「も、もちろん、知りませんわ」

「じゃ、われわれのほうで見つけ出すよりほか、しかたないようですね」モートン警部はこう言った。

第十二章

ごく近代的な家具を備えた部屋に、二人の年輩の男が坐っていた。部屋には、どこを探しても曲線というものがなかった。すべてが四角形だった。その中のただひとつの例外、それは、エルキュール・ポアロその人だった。ポアロは曲線の塊みたいな存在である。お腹は適度に丸味を帯びて突き出ているし、頭は卵の形そっくりだし、口髭はいとも華やかにピンと横に張って、それから上のほうに見事なカーブを描いている。

そのポアロはシロップをすすりながら、ゴビイ氏をつくづく眺めていた。

ゴビイ氏はやせっぽちで、小さく縮んでしまったような人間である。およそ、これといった特徴のない風采で、実際、気持ちがいいほどなんの特徴もなかった。現にこうしてこの部屋にいても、いるのかいないのかわからないような存在である。ゴビイ氏は話すときに決して人の顔を見ない人間で、いまも話し相手のポアロとは見当違いの、ちょうど左角の暖炉のクロムめっきをした化粧枠に向かって、一生懸命話を続けていた。

ゴビイ氏は、情報提供で有名な人である。彼のことを知ってる人間は数えるほどしかいないし、また彼の仕事を利用する人もほんのわずかしかいなかった。しかし、このわずかな人間はいずれも非常に裕福な者に限られていた。それは当然で、そうした人間のほかはとても、ゴビイ氏の高い調査料は払えないのである。彼は情報を即座に集めるので有名であった。ゴビイ氏が親指をちょっと動かして合図すると、何百という男女の調査員——根気のよい調査員、年取った者、社会のありとあらゆる部門にもぐり込んだ調査員が、質問してまわり、探ってまわり、そして必要な情報を持ち帰ってくるのであった。

ゴビイ氏はいまでは、この仕事からほとんど引退したも同様の身であった。ときおり、古い昔の顧客のために特別に調査を引き受けることがあったが、エルキュール・ポアロはそうした特別な一人であった。

「できるだけの情報は集めたつもりだが」ゴビイ氏は暖炉の端に向かって、内密話でもするかのように柔らかいひそひそ声で話しはじめた。「うちの若い連中をあちこち走らせてね。彼らは彼らなりにベストはつくしたらしいが、昔のようじゃなくてね。もちろん、いまどきとしては腕利きの連中ばかりだが——やっぱり違うね。昔みたいに仕事を習おうという気がない、ほんの一、二年やって、もう一人前になんでもできると思ってるんです。そのくせ時間にだけはうるさくて、そう、時間決めで働くわけですよ、いまの連中はね……」

彼はここでいかにも嘆かわしそうに首を振って、視線を今度は電気の差し込み口に移した。

「結局、政府の責任ですね。教育、教育ってやかましく言ったおかげで、連中、へんてこな考えばかり持つようになった。わしのとこへ報告に来ても自分の考えだけしかしゃべらない。そのくせ、ろくな考えは持ち合わせちゃいない。みんな本から借りてきた考えばかりです。それじゃ、わしんとこの商売にゃならない。調べ上げた事実を持って来る、それだけでいいんです。考えなんてものはなんの役にも立たない」

ゴビイ氏は椅子の中で背を伸ばすと、今度はランプシェードに向かってウインクした。

「もっとも、政府をくさすわけにはいかんですし、じつのところ、政府がなかったら、うちの商売も上がったりでね。なぜかというと、この節じゃ、鉛筆とノートを持って、ちゃんとした服を着て、BBCのアナウンサーみたいな英語を使って政府の役人面をすれば、どんなところでも平気で出入りできるし、どんな質問でもぬけぬけ尋ねられるってわけでさ。毎日の暮らし向きまで微に入り細にわたってほじくれるし、生まれてから今までの経歴だって聞けますよ。〝十一月二十三日の夕食に何をめし上がりましたか？

じつはその日の中流階級の収入状態を調査して統計をとってますので……〟という具合にね。まあこんな場合、尋ねる相手の階級を一つだけ昇格させときゃ、相手は大喜びでしゃべり出すこと請け合いですよ。どんなひどいことでも聞ける。十人のうち九人までがこの手で引っかかる。残りの一人だって、ごたごた文句を並べたとしても、こっちの身分を疑われることはまずないですね。なにか特別に大切な理由で政府がそういう調査をして統計をとっている！　これだけはいささかの疑念も抱かない、こんなことをするのが政府だ、と思い込んでてね、ムッシュー・ポアロ」ゴビイ氏は相変わらずランプシェードに話しかけていた。「この方法がわれわれには一番有効ですね。電気のメーター調べや、電話の故障係よりはるかに効果的だね。それから修道女とか、ボーイスカウト、ガールガイドに化けて寄付金集めをするよりもぐっとましですよ。もちろん、こういう手段もみんな使いはしますけど、役人の名を借りて人民の私生活をのぞくのが、まあ一番てきめんでね。これこそ、わしら私立探偵社には天の賜物、官僚政治がいつまでも続きますようにって祈りますな……」

ポアロは黙っていた。ゴビイ氏も寄る年波でだいぶおしゃべりになったようだ。しかし辛抱強く待っていれば、そのうちに要点に入るだろう。

やがて、ゴビイ氏はひどくみすぼらしい小さな手帳を取り出すと、指をなめてページをめくった。

「えーと、誰から始めますかな。まずジョージ・クロスフィールドだ。厳正な事実だけ言いますよ。どんなふうにして情報を集めたかはどうせ興味ないだろうから、事実だけお知らせしよう。ジョージはだいぶ前から裏街道に足を踏み込んでいる。競馬が主で、そのほかにちょっとした賭博。女にはたいした興味なし。フランスにときどき出かける、ついでにモンテカルロ。カジノでだいぶ時間をつぶしている。そこで小切手を現金に換えるようなばかじゃないから、事務所でもらった旅費以上の金を握って出かける。しかし、こんなことは、あなたのほうではどうでもいいだろうから、このくらいで中止しておきました。法律の網をくぐるのに、これっぽっちの良心も持ち合わせていない。自分が法律家だから、これはお手のもの。投資を委託した客の金を使い込んでいる形跡がある。株の売買と、〝お馬さん〟にだ。狙いが悪いから的はずればかり。弾丸がなくなって、もう三カ月になる。したがって、事務所にいても毎日、心配、不機嫌、焦慮の連続。ところが伯父上の死去以来ガラリと変わって、まるで朝食の目玉焼みたい、（この頃の配給じゃあんまりお目にかからないけどもね）温かいほうにひっくり返った。

さて、お望みの情報だがね。問題の日にハースト・パークの競馬にいたという彼の陳述は、九十九パーセントまで嘘だ。普通この競馬場では、必ずといってもいいくらい、決まった馬券屋二人のどちらかから馬券を買うんだが、二人ともこの日には彼が姿を見せなかったと言っている。パディントンの駅から列車でどこかに出かけた可能性もある。タクシーの運転手で彼をパディントンまで乗せていったと言うのがいる。写真を見てそう言うんだが、ジョージはごくありふれたタイプだから、あんまり当てにはならない。パディントンの赤帽その他に当たってみたが収穫なし。チョールシー駅（リチェット・セント・メアリーに一番近い駅）で下車した形跡はまったくない。これは確かです。小さな駅だから見慣れない人間が来るとすぐわかる。レディングで下車してバスに乗ったとも考えられる。レディングのバスは数も多いが乗客も多い。リチェット・セント・メアリーの近く一マイルかそこらの所を通るバス系統が五つ六つあるし、直接この村に入って行くバス系統も一つある。ジョージになんらかの魂胆があったとしたら、この直接に行くバスには乗らないだろう。彼はわりに用心深い性質ですからね。リチェット・セント・メアリーじゃ、彼を見かけた者はいない。ただしこれは問題にはならない。村を通らなくても問題の家に行く方法はいくらでもあるんですから。ところで、彼はオックスフォードの大学時代に演劇部にいたことがあります。だからあの日、問題の家に出かけたとしたら、普段の人相服装とは違っていたかもしれない。以上でジョージ・クロスフィールド終わり。彼の調査はこのあとも続けましょうか？　彼の闇商売の方面で調べたいこともあるから」

「そう。調査は続けてください」エルキュール・ポアロは答えた。

ゴビイ氏は指をなめて、さらにページをめくった。

「マイクル・シェーン氏。演劇界じゃ相当知られている。しかし、自分じゃ相当以上だと思っている。スターになりたい、しかもいますぐスターになりたがっている。金が好きで、その点うまくやっている。女には親切で魅力的。女どもは片っ端からだまされてしまう。わりに選り好みする性質だが――しかしいわば仕事第一というか、だから仕事のためなら女の選り好みもしない。で、最近付き合ってるソレル・ディントンは、マイクルが出ていたこの前の芝居で主役をしていた女優だ。マイクルは端役だったが、かなりの成功だった。ディントンの夫は、マイクルに好感を持っていない。一方、マイクルの妻は自分の夫とディントンのことを全然知らない。ほかのことだって知らんようだ。女優としては大根だが、目をひく器量といったところ。夫に首ったけだ。つい最近まで二人の仲がご破算だという噂が立ってたらしいが、どうやら丸くおさまったようだ。それもリチャード・アバネシーが死んでからのようで、ここでも伯父上様々ですね」

ゴビイ氏はこの最後の言葉を強調して、ソファの上のクッションに向かって意味ありげにうなずいてみせた。

「さて問題の日ですが、マイクル・シェーンはローゼンハイム氏とオスカー・ルイス氏に舞台の用で会いに行ったと言っているが、実際はこの二人に会っていない。前もって電報で、残念だが会えないと断わっている。断わってどうしたかというと、エメラルド貸自動車に行って車を借り、十二時頃その車を自分で運転してどこかに出かけた。夕方の六時頃帰ってきて車を返してる。走行計《スピード・メーター》を見ると、ちょうどわれわれの望みどおりの距離が出ていた。しかし、リチェット・セント・メアリーじゃそんな車は見かけてないといっている。ただし、村の近く一マイルやそこらなら一日中車を置きっ放しにしたって人目につかない場所がいくらもあるから。二、三百ヤード離れたところには、古い石切り場さえあるくらいです。歩いて行けるところに別な村が三つもあるから、その村の道端に停車しておいても、警察だって文句は言わない。どうしましょう？　マイクル・シェーンも調査続行組ですかな？」

「もちろん、もちろん」

「さてシェーン夫人だがね」ゴビイ氏はちょっと鼻を撫で、今度は自分の服の左の袖口に向かってシェーン夫人のことを話しはじめた。「彼女は買物をしてたって言っています。ただし冷かしだけ……」ゴビイ氏は天井に目を向けていた。「買物に行って、ただうろつく、これは女でなければできないことですね。しかも前の日に大きな金が手に入るってことを知った、だから何も冷かしなんかしなくったっていい、買いたければ買えるんです。彼女はつけで買物をする店を一、二軒持っていますが、勘定が溜ってるから矢の催促、そんな店は避けて、この日はだいぶあちこち寄ったという報告がきています。服を試着してみたり、宝石を眺めたり、あれこれといろんな品物の値段を尋ねてみて、結局なにも買わなかったんですね。とにかく、こんな女に近づくのはいたって簡単です。わしはね、芝居のことに通じている若い女を使ってちょっとした芝居を打ったんだ。彼女の坐ってるテーブルのところでちょっと立ち止まってね、それからわめき立てさせたんですよ、──〝まあ、お久しぶりね、ロザムンド〟ってな具合にね、〝『はるかなる空の下で』をやってたとき以来だわね。あのときのあなた、ほんとうに素晴らしかったわ。あれからヒューバートにお会いになった？〟ヒューバートってのはプロデューサーだがね、シェーン夫人はこの芝居じゃてんで評判悪かった。ところが自分でも悲観してた役をほめられたんだから悪い気持ちはしないやね。そこで二人は劇場関係のことをあれこれとしゃべり出しますね。わしのほうの女の子は、まあときおり有名な劇団人の名前をチラホラ口にする。そして、彼女がいい加減いい気持ちになってるところを見計らって、こんなふうにかまをかける。〝そりゃそうと、ロザムンドさんいついつの日に、どこどこの場所で、あんたの姿をチラッと見たんだけど……〟そしたら、たいていの女がひっかかりますね、〝いいえ、あたし、あの日はね……〟ってな具合に。ところが当のロザムンド・シェーン。あれはだめだね、ポカンとした顔をして、〝あらそうだったかしら……〟これじゃ話にならない。こんなご婦人に対してはいったいどうしたらいいんです？　ええ？」ゴビイ氏は暖房器に向かっていかめしく首を振った。

「どうしたらいい？　どうもこうも」エルキュール・ポアロは感慨深そうに答えた。「私にもそんな女の経験があります。エッジウェアー卿の殺人事件、忘れもしないです。あの時、私は危く負けるところでした。このエルキュール・ポアロがですよ。誰に負ける？　ロザムンドのようなからっぽの頭から出た非常に単純なずるさにね。ときによると、非常に単純な頭の人間は犯罪をずばり見事にやってのけ、あとは放っておく――こうなると、私にも、手がつけられない。今度の事件に殺人者がいるとしたら、この殺人者が知的で緻密な頭をもつタイプであって欲しいんです。徹底的にうぬぼれていて、自然の美にも改良を加えなくては気が済まないというタイプであって欲しいです。とにかく《アンファン》、どうぞあとを続けてください」

　またしてもゴビイ氏は自分の小さな手帳に目を通した。

「バンクス夫妻。一日中家にいたってことでしたが。とんでもない！　少なくとも、スーザン・バンクスは、家を留守にしてますね。修理工場に行って、自動車を出して、一時頃出かけて行った。行き先不明。帰って来たのは五時頃。走行距離は調べられない。

あの日以来、毎日自動車を持ち出してますからね。

ところで、グレッグ・バンクスのほうですがね。ちょいと貴重な事実を嗅ぎ出しましたよ。だがそれは後まわしにして、問題の日なんだが、彼がなにをやってたかわからない。仕事には行かなかった。葬式を口実に二日ばかり休んだが、それ以来、勤め口のほうにはさっぱり。店のことなんかお構いなしでね。立派な店、評判のいい薬局だ。店のほうじゃ、グレッグ君のことをあんまりよく思ってない。なんだかときどき変に興奮するそうでね。

ところでランスケネ夫人の死んだ日、彼がなにをしてたかわからないと言いましたね。細君のスーザンと一緒に出かけなかったのは確かです。一日中家にいたかもしれない。玄関番がいないから、アパートの住民が家にいるかどうか誰にもわからない。ところで、前歴がおもしろいんです。四カ月ばかり前まで、つまり、いまの細君に会うまで、彼は精神病院にいたんですな。もちろん、精神異常と認定されていたわけではなく、ちょっとした神経衰弱ですがね。なんでも薬の調合で、妙な間違いをしたらしい。当時メイフェアのある薬局に勤めてたんだが、その薬を服んで病気になった婦人は回復したし、薬局のほうでも平謝りに謝ったから、警察沙汰にはならなかった。まあこんな間違いはよく起こることだし、たいした害もなかった以上、みんなはかえってこの青年に同情したらしい。だから、薬局じゃ彼を馘にはしなかったが、本人のほうで辞職してね。このために神経衰弱になったからとかなんとか言って。ところが、このあと彼の精神状態がすっかりだめになって、医者には、〝良心に苦しめられてる〟と言っている。つまり、自分は間違ってやったんじゃない、わざとやったんだと言うんです。薬を頼みに来たその婦人が非常に高慢で失礼で、前の調合はめちゃくちゃだとかなんとか言ったんで、彼氏すっかり腹を立てて、わざと致死量の薬を調合したと言うんです。自分にあんな失礼なことを言う女はこらしめるべきだと言ってから、自分のようなよこしまな人間は生かしておいてはだめだと、さめざめ涙を流したそうですよ。こういう人間のことを医学的に罪複合観念《ギルト・コンプレックス》とかなんとか長ったらしい言葉で難しくいうが、医者のほうじゃべつに彼がわざとやったとも思ってないし、ただの不注意なんだが、それを大げさに深刻に受け止める心理状態だと見てるらしいね」

「そういうこともあるだろうね《サ・ス・プ》」エルキュール・ポアロは相槌を打った。

「はあ？　とにかく、彼は療養施設に入って、治療を受けて、それから全快のはんこをもらって出てきたわけです。そして知り合ったのが、当時まだミス・アバネシーと呼ばれていたスーザンでした。で、今度は三流どころの堅実な薬局に入ったが、入るとき、一年半ばかり外国にいたからと言って、その前の勤め先の推薦状を見せたそうだ。新しい店じゃ、べつに文句を言うところはないが、変に気が短くて、時にとんでもない態度をするると言われている。一度なんか、お客が冗談に〝わしの家内に毒を盛りたいんだが、売ってくれるかね、ハハハハ……〟と言ったところ、バンクスはごく静かなおだやかな声で、〝売って上げてもいいですよ。ただ、二百ポンドぐらいかかりますけどね〟と答えたそうだ。その客は変な気持ちになったが、大声で笑ってその場をごまかしたそうです。もちろんバンクスのほうも冗談半分だったかもしれないが、わしの考えじゃ、バンクスが冗談を言うようなタイプだとは思えない」

エルキュール・ポアロは言った。「あなた《モナミ》、あなたがどうしてこれだけの情報を手に入れられるのか、じつに驚嘆に値しますね。医学的でしかも極秘の情報を……」

ゴビイ氏は部屋の中をぐるりと見まわすと、なにかを期待するような面持ちでドアを眺めて、「まあ、やり方次第で……」と呟いた。

「さて、つぎに地方部の報告ですが……。まずティモシー・アバネシー夫妻。良い家に住んでますね。ただし、だいぶ荒れ果ててる。相当困っていたようです。相当以上かな。税金と、投資の失敗だ。旦那のほうは不健康を大いに楽しんでる。楽しんでるというほうが適切なんですよ、この場合はね。年中ぶつぶつ不平をこぼして、家中の人間を走りまわらせて、あれ取ってこい、これ取ってこいと命令して楽しんでる。腹いっぱい食べて、やろうと思えば相当の力仕事はやれるらしい。通いの手伝い女が帰ったら、家の中には誰もいないし、彼がベルを鳴らさない限り彼の部屋には誰も入れない。葬式の明くる朝、大変ご機嫌斜めで、手伝いのミセス・ジョーンズを怒鳴りつけ、朝食はちょっぴりしか食べなかった。昼食もいらないと言った。前の晩に眠れなかったそうだ。前の日にミセス・ジョーンズが置いていった晩飯は人の食べる代物じゃないとかなんとか散々悪態をついたということだ。だから問題の日の朝の九時半から明くる日の朝まで一人で家にいたわけで、誰も彼の姿を見た人間はいなかったことになる」

「アバネシー夫人は？」

「彼女は、あんたの言う時間にエンダビーを車で出発して、キャスストーンという村の小さな修理工場に徒歩でやって来たそうです。車が二、三マイル先でエンコしたというわけでね。そこの修理工が車で彼女と一緒に現場まで行って車を調べ、直すのはちょっと時間がかかる、その日中にはできないから、一応ガレージまで引っぱって行くと言ったら、彼女はだいぶ困っていたようだが、村の宿屋に行って、一晩泊まることにして、それから、その辺の田舎の風景を見たいからと言ってサンドウィッチを作らせた。その辺はヒースに覆われた湿原地帯へ入る境でね。宿に帰ってきたのはその晩かなり遅く。その情報提供者の話じゃあ、彼女はハイキングなどしなかった、殺風景な汚らしい所だから、っていうことでしたよ！」

「それで、時間は？」

「サンドウィッチの出来上がったのが十一時。そこから一マイルばかり離れた本道まで歩いたとすれば、そこからヒッチハイクでもして、ウォールカスターまで行ける。そこで南海岸《サウス・コースト》特別急行に乗れば、これが西レディングに停まる。そこからバスで行くのは前に言ったとおり。犯行の時間を午後遅くにすれば、まあ、間に合わないこともないですね」

「医者は犯行の時間を、四時三十分ぐらいまで延ばしたのです」

「いいですかね、彼女はどうもそれらしくない人だと思いますね。皆から好かれていて、感じのいい女性らしいし。あんな旦那をとにかく一生懸命世話してる、自分の子供のように世話してるそうですからな」

「そう、そうですね、母性的観念の所有者」

「強くてたくましい、薪は割るし、丸太の入った大きな籠でも運ぶ。自動車の内部構造にも詳しいし……」

「私はそのことを聞きたかったのです。自動車の故障、正確に言って、どこが悪かったんですか？」

「正確に詳細を知りたいわけで？　ムッシュー・ポアロ」

「いや、それほどじゃないです。私は機械的知識はないですから」

「どこが悪いか見つけるのが一苦労だったらしいです。直すのも難しかったとか。それでも、誰かがわりに簡単にわざと故障させたともいえるような故障だったらしい――自動車の内部に詳しい人間だったらね……」

「まったくみごとだ《セ・マニフィック》！」ポアロはこれはひどいといった気持ちを、皮肉な讃美に変えて言った。「みんなに好都合、みんなに可能性がある。じつにまあ、一人も除去できないとは！　それで、ヘレン・アバネシーは？」

「彼女もいい女《ひと》らしい。死んだリチャード・アバネシー氏は彼女に非常に好意を寄せていて、死ぬ二週間ばかり前にも、彼女はリチャードのところへ遊びにきたという……」

「彼が妹に会うためにリチェット・セント・メアリーに行ったあとで？」

「いや、行くちょっと前です。彼女の収入は戦後非常に少なくなって、そのためイングランドにあった屋敷を売り払ってロンドンで小さなアパートを借りた。キプロス島に別荘を持ってて、一年のうち何カ月かそこで暮らしている。若い甥がそこにいて、レオ夫人はこの甥の教育に専念してるとか。ほかにも一人か二人、若い芸術家を経済的に援助することもあるというが……」

「非の打ちどころなき聖ヘレンか」ポアロは目を閉じていった。「それで彼女は問題の日、エンダビーにいましたね？　使用人たちに気づかれずに外に出かけることは彼女にとって不可能です、そうですね？　そう言ってください。お願いします」

　ゴビイ氏は、申しわけなさそうにそのまなざしをポアロの磨き上げられたエナメル靴の上に落とした。彼の視線が相手にこれほど近づいたのは、はじめてであった。そして呟いた。

「ムッシュー・ポアロ、せっかくだが、あんたの望みどおりに断言することはできませんな。ヘレン・アバネシーは、家が売れるまでエンダビーの家事を引き受けるとエントウイッスル氏に約束したので、必要な衣類その他を取りにロンドンに出かけたそうだ」

「どうしてもこうなるんだ《イル・ヌ・マンケ・ク・サ》！」ポアロは強い感情を込めてこう口走った。

第十三章

バークシャー州警察署警部モートンと記された名刺を手にしたエルキュール・ポアロは眉を上げて、ジョージに命じた。

「お通しなさい、ジョージ、お通しなさい。それからなにか飲み物を……ええと、警察の人はなにが好きでしょう？」

「ビールがよろしいんじゃないでしょうか？」

「ビール？　あきれた。でもイギリス人らしいですね。それでは、ビールを持ってきて……」

モートン警部は入って来るや、すぐに話を要点に持っていった。

「ロンドンまで出かけてきて、あなたの住所を調べました、ムッシュー・ポアロ。じつは木曜日の検屍審問であなたの姿をお見受けして」

「そうですか、私をごらんになった？」

「はあ。で、ちょっと驚きましてね、なぜいらっしゃったんだろうかと自問自答したわけです。あなたは憶えてられないかもしれませんが、私のほうではあなたをよく憶えております。あのパンボーン事件で……」

「ああ、あの事件に関係してらっしゃいましたか？」

「いや当時はほんの平巡査でした。ずいぶん昔の話ですが、あなたのことはいまでも忘れられません」

「それで、この間私をごらんになったとき、よくわかりましたね」

「それはその……」モートン警部は無意識に出てきた微笑を抑えかねて、「あなたの風采は……その、一風変わってますから……」

警部のまなざしは、旧式だが非の打ちどころのないポアロの服装を下から上にさかのぼり、ピンと跳ね上がった口髭の上で止まった。

「あなたはあんな田舎じゃ非常に目立つ存在で……」

「そうかもしれません。そうかもしれません」ポアロは満足げにうなずいた。

「先ほども申し上げましたとおり、あなたのような方がなぜあの公判にいらしたか、いろいろ考えてみたんですが。あのような犯罪――強盗――殺人――普通だったら、あなたなど見向きもされない事件でしょうから……」

「あれは普通のありふれた凶悪犯罪でしょうか？」

「じつは、私もそれを疑問に思ってるんで……」

「あなたは、はじめから疑いを持っていたでしょう？」

「ええ、ムッシュー・ポアロ。二、三、腑に落ちない点があるんです。とにかく、例によっていかがわしい連中を挙げて訊問したりしてみましたが、みんなちゃんとあの午後のアリバイがありまして。いやあれはありふれた犯罪なんかでは決してありませんよ、ムッシュー・ポアロ。その点、私たちも充分確信を持っています。署長も同じ意見でして、誰かがありふれた犯罪に見せかけてやった仕事ですね。ギルクリストという女かもしれませんが、動機というものが一つもないし、感情的なもつれも全然ないもんですから。もちろん、ランスケネ夫人は少し頭がおかしい、いわば常軌をはずれた女だったかもしれません。しかし、要は女主人と使用人の関係で、女同士の友情問題とかなんとかいう複雑な関係はないし、ミス・ギルクリストのような女はどこにでもいます、普通、人殺しをするようなタイプじゃないです」

ここでちょっと間をおいた。

「そこで、私たちも少し捜査の範囲を拡げようと思いまして、それでもし、あなたの助力がいただければというわけでまいりました。なにかがあなたをあの田舎まで引っぱり出したに違いない」

「はい、なにかが私を引っぱり出しました。まず第一に、素晴らしいダイムラーの自動車が。しかしそれだけではありません」

「なにか情報でも？」

「いや、あなたの言う意味の情報ではありません。証言として使えるものはなにもないのです」

「しかし、なにかそういったことを暗示するものでは？」

「ええ、そうですね」

「じつは、ムッシュー・ポアロ、事件が新しい局面を見せましてね」

警部はウェディング・ケーキ事件をこと細かに説明した。

ポアロは感心したように大きな溜息を洩らした。

「じつに巧妙だ、じつに……私はミス・ギルクリストの安全を守るようにとエントウイッスルさんに警告しておいた。犯人が彼女を襲う可能性がありますよ、と注意しました。しかし、私は毒を予期しませんでした、残念です。手斧的殺人の繰り返しを予想していました。暗くなってから淋しい道を一人歩きするようなことはよしたほうがいいぐらいに思っていました」

「しかし、なぜミス・ギルクリストの災難を予期してたんですか？　ムッシュー・ポアロ、その理由を話していただけませんか？」

ポアロはおもむろにうなずいた。

「ええ、話しましょう。エントウイッスルさんは法律家ですから、このような臆測的な話はあなたには話さないでしょう。私があなたに話すのでしたら、彼も反対しない、いえ、かえってほっとするにちがいないのです。彼はばかげた空想的な人間に見えることを好みません。しかし、事実であるかもしれないこの話をあなたに知って欲しいと思っています。しかし、これはかもしれない話ですよ」

ジョージが細長いグラスに入ったビールを持って来たので、ポアロはここでちょっと話を切った。

「軽い飲みものでもいかがですか？　どうぞ、遠慮なしに」

「あなたは？」

「私はビールは飲みません。しかしお相手して、カシスのシロップをいただきます。イギリス人はこれをあまり好まないようですね」

モートン警部は自分のビールをありがたそうに眺めた。

ポアロは濃い紫色の液体を洗練された手つきでチビリチビリ飲みながら話しはじめた。

「話はすべて葬式に始まります。いや正確に言って、葬式のあとに始まります」

彼はエントウイッスル氏から聞いたとおりの話を非常に忠実に、身ぶりをまぜて語った。しかし彼の性格が性格だから、その話も修飾が多く、生き生きしていて、まるで彼自身がその場面に居合わせていたのではないかというような感じを、聞く人に与えるのであった。

モートン警部は明晰な頭脳の持ち主であった。したがって、その場で自分に必要な要所要所を的確につかんでいった。

「じゃ、アバネシー氏は毒殺されたかもしれないというんですね？」

「一つの可能性です」

「しかし死体は火葬されて証拠は残っていないと？」

「そうです」

モートン警部は黙って思いをめぐらせていた。

「非常に興味のある話ですね。しかし、われわれが問題にする点はなにもない。つまり、リチャード・アバネシーの死亡について、われわれが調査するようなことはなにもないですね。いわば時間の浪費です」

「そのとおりです」

「しかし、人間たちはいますね、その場に居合わせて、コーラ・ランスケネの言葉を聞いた人間たちが。そのうちの一人は、コーラがまた話を持ち出して、今度はもっと詳しく暴露するかもしれないと、こう考えたかもしれない」

「そうです、コーラだったら必ずまたおしゃべりするに違いありませんから。あなたの言うとおり、人間たちが残っています。これで私がなぜ検屍審問に出かけたか、なぜこの事件に興味を抱いたか、あなたにも理解できるでしょう。私が一番興味を抱くのは、この人間たちだからです」

「それでミス・ギルクリストの災難を予測……」

「前から目に見えていました。リチャード・アバネシーはコーラを訪ねた。コーラと話した。ひょっとしたら犯人の名前が言われたかもしれない。それを知っている人、それを聞いた人、そういう可能性のある人、それはミス・ギルクリストだけですね。コーラの口をふさいだ後でも殺人犯人はまだ心配しなくてはなりません。もう一人の女は、なにか知ってるだろうか？　とね。もし殺人者が賢明なら、こういうことはほうっておきます。しかし、あなたも知ってるとおり、殺人者が賢明であったためしはありません。それはわれわれにとっては好都合。殺人者はくよくよするものです。物事を確実にしたいと思います。絶対安全をはかります。自分の巧妙さを過信します。そして、その結果、自分で自分の首を絞めるのです」

モートン警部はかすかな微笑を浮かべた。

ポアロはさらに続けた。

「ミス・ギルクリストの口をふさぐ企て、これがすでにミステイクです。これで警察の取り調べできる事件が二つになりました。それに結婚通知のカードの筆跡を調べることもできますね。包み紙を焼いてしまったのは残念でした」

「そうです、あれさえあれば、郵便で来たか、誰かが持って来たかがすぐわかるんですが……」

「誰かが持って来たと考える理由はありますか?」

「いいえ。ただ郵便配達人の考えなんです。彼は、配達した憶えがないというんです、それもいたって不確かなんですけど。もし小包があの村の郵便局を通じて送られたんだったら、郵便局のおかみさんが十中八、九まで憶えてますが、最近、郵便物はマーケット・ケインズの郵便車で配達されてますし、もちろん配達夫の言うように郵便物の数も相当多くなってるもんですから。彼の記憶じゃ、あの家には手紙だけで小包は配達しなかったような気がするって言うんです。彼もじつは若いもんですから、ちょっと女のことでごたごたがあったりなんかして、ほかのことは考えられないらしいんです……。私も彼の記憶力のテストをしてみましたが、あんまり頼りになりません。もし彼が配達していたとしたら、例の美術批評家が帰るまでその小包に誰も気がつかなかったというのは少し変だと思うんですが……。あの批評家、なんて名前だったかなあ、ガア……ガスリー、そうそう、ガスリー氏でした」

「ああ、ガスリー氏」

モートン警部は微笑《わら》った。

「ええ、ムッシュー・ポアロ。その方はすでに手をまわして調べています。ランスケネ夫人の友だちだとか言って、そんなことわかりっこないバンクス夫人を相手にしゃべって、それから小包をさりげなく落として行くって手もある。郵便屋の手で配達したように見せかけるのは、わけないですからね。消印の代わりにランプの煤をちょっとなすりつけりゃいいんです」

彼はちょっと考えてから、さらに付け加えた。

「それから他の可能性もあります」

ポアロはうなずいた。

「というと？」

「ジョージ・クロスフィールドがやはりあの地方に姿を現わしてます。もちろん毒薬事件の明くる日ですが。葬式に参列するつもりだったが、途中で自動車の故障があったそうです。彼のこと、ご存じですか？　ムッシュー・ポアロ」

「少しだけ。しかしもっと知る必要がありますね」

「でしょ？　私もです。そのほかにも、死んだアバネシー氏の遺言にはだいぶいろんな人が関係を持っていると言うじゃありませんか。これを全部調べるとなると大変だが——」

「私のところに多少情報が溜っています。よかったらどうぞ。もちろん、私にはこの人たちに質問する権限はありません。実際、質問することは賢明じゃないと思います」

「私もじっくりやってみるつもりです。うっかりすると獲物を逃す恐れがありますからね。獲物を狙う時は相手をあわてさせないように。あわてさせるんだったら、うまくあわてさせて、それを利用する」

「堅実な戦法です。それじゃ、あなたは、あなたの使える当局の組織を使って正統派的にやってください。時間はかかるが確実。私は私で……」

「どうなさるおつもりで？」

「北部へ行きます。あなたに話したとおり、私の興味を引くものは人間たちです。ですから、ちょっと予備的なカムフラージュを行なって、それから北部へ行きます」

「カムフラージュとおっしゃいますと？」

「私は外国人の避難民のための田舎の大きな家を探していることにします、私はＵＮＡＲＣＯの代表者になります」

「ＵＮＡＲＣＯってなんですか？」

「国際連合難民救済機構（United Nations Aid for Refugee Centre Organization）。聞こえは良いでしょう？　そう思いませんか？」

モートン警部はにやりと笑った。

第十四章

エルキュール・ポアロは仏頂面をしたジャネットに言った。

「いやどうも、大変ありがとう」

ジャネットは口もとを不機嫌そうにゆがめて部屋を出て行った。外国人ってほんとにいけすかない、なんだかんだと根掘り葉掘り質問して、無作法な！　そりゃ、心臓病の専門家なら専門家でいいわよ。しかし、それとアバネシー様の病気となんの関係があるのよ。外国人のくせに、いけずうずうしい。アバネシー様の病気には〝外部徴候のない心臓障害があったかもしれない〟から、いろいろお話を聞きたいだって。心臓障害とかなんとかいうもの、あったのはあったかしれないわ、あんなに急にお亡くなりになったんだから。お医者さんだって驚いてたくらいだもの。それにしても、ずうずうしくいろんなこと、よく聞けたもんだわ、なんの関係もないのに。

ヘレン様があんなふうにおっしゃらなきゃ、返事もしてやりゃしないのに。「この方、ムッシュー・ポンタリエって方で、ちょっとわけがあっていろいろお調べになってるんだから、答えてあげてくださいね」って言われればね。

質問、質問って、この頃はなんでもかんでも質問ずくめじゃないの。ときには何十枚も紙をくれて「できるだけくわしく答えてください」ですって。政府だろうと誰だろうと、人の私生活のことを聞いていったいなんになるの？　実際大きなお世話よ。この前の国勢調査のときなんか、人の歳まで聞くじゃないの、実際失礼しちゃうわ。もちろん向こうが向こうならこっちもこっち。五年分削っといたわ。削ってどうしていけない？自分が五十四の気持ちでいりゃ、五十四歳だと言ったっていいじゃないの。

さすがのムッシュー・ポンタリエもあたしの歳だけは聞かなかったわ。多少の礼儀は心得てんのね、あれでも。聞いたのは、旦那様がどんなお薬をのまれたか、お薬はどこにしまってあったか、旦那様が加減が悪いときには忘れっぽくなって、お薬を余計にのみはしなかったか。そんなことといちいち憶えてる人がありますか。旦那様はご自分のことはご自分でちゃんとしてたんだから。それから、まだ変なこと聞いてたわ、旦那様ののんでられたお薬がいまでも家に残っているか、だってさ。そんなものいつまでも取っとくもんですか。もちろん捨てちまったわよ、当たり前じゃないの。〝外部徴候のない心臓障害〟だって、難しい言葉ばっかり使って。この頃の医者はわざわざ人の知らない新しい言葉を作っちゃ喜んでるんだから、始末に負えないわ。ロジャースの爺さんが背骨のどこだかを痛めたときだって、医者はなんて言った？　〝腰椎神経異常〟だとさ。なんだと思う？　腰痛なんだよ、ただの腰痛なんだよ、あたしのお父っつぁんだって庭師やってたけど、やっぱり腰痛持ちだったわ。そんなしかつめらしい病気なんかじゃなかったわ。実際、医者なんて。どれもこれも……。

自称心臓専門医師のポアロは大きく溜息をつくと、今度はランズコム老人を探しに階下へ降りていった。ジャネットからは、たいして聞き出すことができなかった。第一、あてにしてもいなかった。彼がジャネットと話したのは、ヘレンの話と合ってるかどうかを調べるためであった。ジャネットはポアロに対してはいやいやながら返事をしたが、その前にヘレンに対しては、アバネシーの最後の数週間について細かく報告していたのだ。ジャネットの考えでは、ヘレンにはできるだけ細かく答える義務があるというのである。したがって、ジャネットはヘレンにはむしろ喜んでいろいろな話をした。病気だとか死だとかはジャネットにはもってこいの話題だった。

ポアロは、ヘレンが伝えてくれた情報を信じないというわけではなかった。実際、信じてはいた。しかし、彼の気質として、また長い間の習慣として、彼は自分でそれを確かめるまでは、どんな人間も信用することができなかったのである。

いずれにしても、証拠はほんのわずかしかなく、満足のいくものではなかった。煎じ詰めると結局、リチャード・アバネシーはビタミン油のカプセルを処方してもらっていた、このカプセルは大きな瓶に入っていて、死亡当時はほとんどなくなっていた――たったこれだけの事実しかなかった。やろうと思えば誰にでも、このカプセルの一粒か二粒を皮下注射器で中身を出して代わりのものを注入し、瓶の下のほうに戻しておけば、犯人がこの家を出て何週間か経ってアバネシーがこれを服用するという具合に細工できるのである。それとも誰かが、リチャード・アバネシーの死ぬ前日にこの家に忍び込んでカプセルを細工するか、さもなければ枕元にあった催眠薬の小瓶の中に何か他のものを入れるか、あるいはもっと簡単に食物あるいは飲み物に毒薬を入れたとも考えられる。

エルキュール・ポアロは自分である実験をやってみた。正面のドアはいつも内側から鍵がかけられている。しかし、庭に通じている横のドアは夕方まで鍵がかけてない。一時十五分頃、つまり、庭師が昼食に出かけ、家の者が食堂にいる頃を見計らって、ポアロは邸内に入り、庭からこのドアを開けて階段を昇り、リチャードの寝室に入ってみたが、誰にも見つけられなかった。ついでに食品貯蔵室にも入ってみたが、廊下の突きあたりにある台所から人声が聞こえるだけで、やっぱり誰にも見つからなかった。

だから、リチャードの部屋に忍び込むのはいたって簡単である。しかし、果たして誰かが忍び込んだのだろうか？　いや、忍び込んだという事実を証拠立てるものはなにもない。もちろんポアロは別にこの証拠を本気で探してはいなかった。彼はこれが可能であるかどうか試してみたかっただけである。いまとなってはリチャード・アバネシーの殺人云々は単なる仮説以上の事実にはなり得ない。証拠が欲しいのは、コーラ・ランスケネの殺人のほうである。ポアロの望むところは葬式の日に集まった人たちを研究して、この人たちに関して自分自身の結論を形作ることである。彼はそのためにすでに一つの計画を立てていたが、その前にランズコム老人ともう少し話がしたかった。

ランズコム老人はていねいに、しかし一定のへだたりをおいて質問に答えた。ジャネットほど腹は立てなかったが、やっぱり腹の中では、「成り上がりの外国人のくせに」というふうに、まるで戦時中の壁の落書が人間の姿で現われてきたかのように考えていた。「……われわれは一体どうなる？」

彼はジョージ王時代の銀の茶器を熱心に磨いていたが、ポアロが近寄って来るのに気がつくと磨き革を下に置いて背を伸ばし、「なにかご用でございますか？」とていねいに尋ねた。

ポアロは配膳室のスツールにぎごちなく腰をおろした。

「奥さんの話では、あなたはこの家を勤めあげたら、北門の番小屋に住みたいと思っているそうだが……」

「さようでございます。しかしいまじゃ事情が変わりましたから、すっかり諦めております。この邸が売れましたら……」

ポアロはじょうずに話の腰を折った。

「諦めるのは早いですよ。庭師のためには小さい家があるし、番小屋のほうはべつに使わないでしょうから、なんとかなるかもしれませんよ」

「それは、どうも、お心持ちだけでも大変ありがとうございます。しかし、私としましては……その……ここに来るお客さんたちの大部分は……外国人なんでしょう？」

「そうです、みんな外国人です。ヨーロッパから逃げて来た人たちの中には年とった身体の弱い人がだいぶおります。この人たちがもし自分の国に帰ったら、なんの将来もありません。なぜなら、この人たちの親類はみんな死んでしまいました。この人たちは若い人たちのように、この国で稼ぐことなんかできません。ですから、私の代表する組織で寄付金を集め、この老人たちのために田舎の大きな家をあちこち探しているのです。この邸は非常に適しています。交渉はほとんど済みました」

ランズコム老人は溜息をついた。

「おわかりになると思いますが、この家がもう個人の住居に使われないようになるということは、私にはとても淋しく思われるんでございます。でも時世が時世ですから、それは私にもよくわかっております。親類の人たちでさえとてもここに住むだけの余裕はございませんでしょうし、第一、若い方たちは住みたいとも思われないにちがいありません。最近じゃあ、家事手伝いなんかもなかなかいないし、いても給金ばかり高くて満足な仕事もできない有様です。もうこんな大きな立派なお屋敷は、普通じゃ役に立たないものだってことは充分承知しております」ランズコムはここでまた溜息をついた。「ですから、この家が何かの施設になるんでしたら、あなた様のおっしゃるような施設でほんとうに良かったと思います。この国じゃ私たち、どうにか、今度の戦争でひどい目にあわなくてすみました。海軍や空軍や勇敢な若い人たちのおかげでございます。また島国だったことも幸運といえば幸運で。もしヒトラーが上陸していたら、私たちも銃を取って、彼をとっちめただろうと思います。私の目はこの頃だいぶ衰えてきましたから、銃は射てないでしょうが、熊手でもなんでも持って、そうする覚悟でした。私たちイギリス人はいつも不幸な人たちをこの国に歓迎してまいりました。それは私たちの誇りになっております。これからもその点は変わらないと思います」

「ありがとう、ランズコム」ポアロはやさしく礼を述べた。「リチャードさんが亡くなられて、あなたもがっかりしたでしょう？」

「ええ、それはもう……。旦那様がまだ元気な青年だった頃からお仕えしてましたもんですから。こういう暮らしをさせていただいて、私はほんとうに幸福者だったと思っております。あんなご主人はこの世に二人といないだろうと思います」

「同じ医者仲間のドクター・ララバイといろいろ話してみたんだが、リチャードさんは亡くなられた日になにか特別な心配でもしていなかったですか？　不愉快な訪問者とか、そんなふうな。あの日にどんな人が訪ねて来たか憶えていますか？」

「いいえ、どなたもおいでにならなかったと思います。そんな人、思い出せませんですが」

「当日でなくても、誰か来ませんでしたか？　二、三日前だとか……」

「前の日に村の牧師様がお茶の時間にいらっしゃいました。そのほかに、えーと、修道女が寄付金集めに来ましたっけ。それから裏門に若い男が入って来て、マージョリイにブラシだとか鍋磨きだとか売りつけようとしました。まったくしつっこい男でございました。ほかには誰も……」

心配そうな表情が、ふとランズコム老人の顔に現われた。ポアロはもうそれ以上追及しなかった。ランズコム老人はすでにエントウイッスル氏になにもかも打ち明けている。エルキュール・ポアロに対してはエントウイッスル氏に対するほど率直に話すことはあるまい。

　しかし、反対に、マージョリイとの会見は大成功だった。マージョリイには昔風の忠実な使用人気質はまったくなかった。マージョリイは第一級の料理人である。彼女の心をつかむ道は、ただ料理を通じてのみである。ポアロは台所に行って、マージョリイの作ったある料理をちゃんとした見識をもって誉めそやした。マージョリイは、これは話せるとばかりに、すぐさま彼を同じ世界の人間として遇した。したがって、ポアロはリチャード・アバネシーの死んだ日、どんな料理が作られたか容易に知ることができた。事実、マージョリイはリチャードの死んだ日を料理を通じてよく憶えていた。

「リチャード様がお亡くなりになったのはチョコレート・スフレを作った晩なんですよ。そのためにあたし、わざわざ卵を六つもとっておいたんです。牛乳屋さん、あたしの友だちなもんですからね、クリームもそのとき一緒に手に入れちゃって。これないしょなんですよ。配給とは別ですからね。リチャード様はとてもお喜びになって」というふうに、その日の料理を全部説明した。食堂の食べ残しは全部台所で平らげることになっているそうである。しかし、結局のところ、マージョリイが進んでいろんな話をしてくれたにしても、これという価値のある情報は一つも手に入らなかった。

　そこで、ポアロは北国の冷たい風に備えてオーバーコートと二、三本のマフラーを取ってくると、テラスに出て、遅咲きのバラを摘んでいたヘレン・アバネシーの傍らに近寄った。

「なにか新しい情報でも手に入りまして？」ヘレンが尋ねた。

「なにも。しかし、はじめから当てにしていませんでした」

「そうでしょう。あなたがおいでになるということをエントウイッスルさんにうかがってから、わたしも、こそこそ探ってまわったんですが、でも実際のところ何もありませんでした」

ヘレンはちょっと言葉を切って、それから、

「やはり、あとで誤りとわかる大発見というようなことじゃなかったんでしょうか？」といかにもそうであって欲しいような顔つきをした。

「手斧で殺されたのが？」

「わたし、コーラのこと言ってるんじゃありませんわ」

「しかし、私はコーラのことを考えています。なぜ彼女を殺す必要があったんでしょう？　エントウイッスルさんの話では、コーラが例の放言をしたとき、あなた自身なにか変だと感じたそうですね？」

「ええ……そうなんですが……でもわたし、あまり確信が持てないん……」

「どんなふうに変でした？　意外？　不思議？　それとも不安？　不吉な感じ？」

「いいえ、不吉なんてもんじゃありません。ただ、なにかが……。わかりませんわ、どうしても思い出せないんです。たいして重要なことじゃないんです。なにかほんのつまらないこと……」

「しかし、なぜ思い出せません？　つまり、ほかのことがそれを忘れさせてしまったんですね？……ほかにもっと重要なことがあったから」

「ええ、その点はたしかにそうですわ。コーラがあんな言葉を口に出したもんですから、それでそちらに気を取られて、ほかのことは全部押し流されてしまったんだと思います」

「それは、たぶん、〝殺された〟という言葉に対する誰かの反応ではなかったですか？」

「そうかもしれません……。でも別に誰って特定の人を眺めてた憶えもありませんし。わたしたちみんな、コーラを見つめていたもんですから」

「それじゃ、そのときに聞いた音……なにかが落ちる音……なにか折れる音……」

ヘレンは一生懸命思い出そうと額にしわを寄せていた。

「いいえ……そんなんじゃなかったと思います……」

「まあ、いいでしょう。いつか思い出せますよ。たぶん、なんでもないことかもしれません。それからと、マダム、そこにいた人たちの中で、誰が一番よくコーラを知っていましたか？」

ヘレンはじっくり考えていた。

「ランズコムだと思います。子供の時から知ってますから。お手伝いのジャネットはコーラが結婚して、この家を出てから来たんですから……」

「ランズコムの次は？」

ヘレンは思案ありげに、「たぶん……わたしでしょう。モードはほとんど知らないって言ってもいいくらいです」と答えた。

「それでは、あなたが彼女を一番よく知ってる人間だとして、あなたは彼女がなぜあんな質問を発したと思いますか？」

ヘレンは微笑《わら》った。

「とてもコーラらしいと思いましたわ！」

「いいえ、私の意味するところは、コーラの言葉は無邪気で単純な〝たわごと《ベティーズ》〟だったのか？　つまり心に浮かぶことを考えなしに口に出しただけなのでしょうか？　それともなにか悪意があって、誰かを困らせて喜んでいたのでしょうか？」

ヘレンはもう一度考え直してみた。

「人間というものはほんとうにわからないものですわ。この人はこうだ、とその人のことをはっきり言える人がいるでしょうか？　コーラにしましても、コーラが天真爛漫なだけなのか、あるいは子供のように、自分のしたこと、言ったことがどんな効果をもたらすかちゃんと計算してやってるのか、わたしにも全然わからないんです。あなたのおっしゃる意味、そうなんでしょう？」

「そうです。私はこう考えています。もしコーラが〝リチャードが殺されたかどうか聞いて、みんながどんな顔するか眺めてみたら、ずいぶんおもしろいだろうなあ〟と考えていたとしたら、こんなことは、コーラらしいですか？」

ヘレンはおぼつかない表情をしていた。

「そうですね、コーラにそんなところがないとも言えませんわ。子供の頃からいたずらっぽいところが多くて。しかし、そうだとしたらそれがどうなんですの？」

「そうすると、殺人なんて言葉は冗談にも言えないと自分でも悟ることになりますね」

「かわいそうなコーラ」ヘレンは身震いした。

ポアロは話題を変えた。

「ティモシー・アバネシー夫人は葬式の晩にここに泊まりましたね？」

「はい」

「コーラの言葉について、彼女なにか話しましたか？」

「ええ、コーラにはあきれたって。あんなことを言うなんて、まったくコーラでなきゃできないって言ってましたわ」

「彼女は問題を真面目に取っていなかったんですね？」

「ええ、決して。決して真面目には……」

ポアロは、ヘレンの〝決して〟という言葉の調子が少し疑わしいと考えた。しかし、物事を後で思い出して言うときには、えてしてこんなふうに疑わしい調子を帯びるのが普通ではなかろうか？

「それで、あなたは？　あなたは真面目に考えていましたか？」

ヘレン・アバネシーの瞳は青味を増し、横分けにした白髪まじりのカーリーヘアの下で不思議に若々しく見えた。彼女はおもむろに口を開いた。

「ええ、ムッシュー・ポアロ、いろいろ真剣に考えてみましたわ」

「なにかが変だというあの感じのため？」

「たぶんそうでしょう」

彼はしばらく待ってみた、しかしヘレンはそれっきりなにも言わなかったので、また自分のほうから話を向けた。

「コーラ・ランスケネと本家の家族の間に長いこと仲違いがあったそうですね？」

「ええ、わたしたちみんな、コーラの旦那さんには好感を持ってなかったんです。コーラはそれを怒って、そのためずっと絶縁状態が続いたわけです」

「にもかかわらず、リチャード・アバネシーは突然妹のコーラを訪ねた。なぜでしょう？」

「存じませんわ。たぶん自分の命の長くないのに気づいて、仲直りでもしたかったんじゃないんですか？　ですけど、これはわたしの想像で、ほんとうの理由は知りませんわ」

「あなたに話しませんでしたか？」

「わたしに？」

「はい。彼が妹さんの家に行く少し前、あなたはこの家にいたのでしょう？」

ヘレンの態度にかすかながら、ためらいがちなところが現われたのをポアロは見逃さなかった。

「ええ、弟のティモシーのところに行くってことはわたしに話しましたが、コーラのことは、なにも言いませんでしたわ。……中に入りません？　もうそろそろ昼食の時間ですわ」

ポアロは彼女の摘んだ花を抱えて、ヘレンと並んで家のほうへ歩いていった。庭に通じているドアにさしかかったとき、ポアロが口を開いた。

「あなたがここにいらした間、アバネシーさんは親類の人のうち、誰かのことをあなたに話しませんでしたか？　なにかこの事件と関係のあるようなことを……」

ヘレンは、ややなじるような態度で言った。

「警察官に訊問されてるみたいですわね」

「私は警官でした——ずっと昔。いまはなんの資格もありません。あなたを訊問する権利ありません。しかし、あなたは真実を求めています。いえ、そういうふうに私は思いますが？」

二人は〈緑の応接間〉に入って行った。ヘレンは溜息をついた。「リチャードは、身内の若い人たちに失望しておりました。年取った人ってだいたいそうですが……。若い人たちのことをいろんな点でけなしていました。でも、殺人の動機と思われるようなことは……なんにも……なんにも言ってはいませんでしたわ」

ヘレンは中国製の鉢を持って来て、その中にバラの花を活けはじめた。やがて自分の気に入ったように花を挿し終えると、あたりを見まわして、鉢を置く場所を探した。

「活け花がお上手ですね、マダム。私の考えでは、あなたはなんでも、引き受けると立派にそれを果たさなければ気がすまない性分ですね」

「お世辞がお上手ですわ。わたしは花がとても好きで……。この花、あの孔雀石のテーブルの上が一番引き立つんじゃないかしら」

孔雀石のテーブルの上にはガラスの覆いをかぶせた蠟製の造花が置いてあった。彼女がそれを持ち上げたとき、ポアロが何気なく言った。

「誰かアバネシーさんに、スーザンの夫の話をした人はいるでしょうか？　彼が薬を調合して、お客をもう少しで死なせるところだった話を？　あっ、危い！」

彼はさっと前に飛び出した、が間に合わなかった。ヘレンの手からビクトリア朝の造花が床にすべり落ちてガラスの覆いが粉々に割れた。ヘレンはいらいらしている様子だった。

「まあ！　わたしって……ほんとにそそっかしい。でも造花が壊れなくてよかったわ。さっそく新しいのをこしらえさせなくては……。それまでこの造花、階段の下の物置きにしまっておくわ」

ポアロは造花を抱えてヘレンと一緒に暗い物置きの棚に置き、それからまたもとの応接間に戻ってくると、「私が悪かったんです。あなたを驚かせたのがいけなかったんです」と詫びた。

「なにをお尋ねになったんでしたかしら？　わたし、忘れましたわ」

「いいえ、もう質問する必要はありません。私も忘れてしまいました」

ヘレンはポアロの傍らに寄ってきて、彼の腕に手をかけた。

「ムッシュー・ポアロ、私生活を細かく調べられてほこりの出ない人っているでしょうか？　なにも事件に直接関係のない人の生活まで、あばき出す必要があるんでしょうか？」

「しかし、マダム。コーラ・ランスケネの死は殺人ですよ。ですからあらゆることを調べなければなりません。ええ、もちろんあなたのおっしゃることはわかります。叩けば必ずほこりが出ます。秘密のない人なんて誰もおりません。私たちみんなそうです。たぶんあなたにも秘密はあるでしょう。しかし、私ははっきり言います。どんなことでも無視はできません。だからこそ、みなさんの友だちであるエントウイッスルさんは私のところへ来たのです。なぜなら、私は警察ではありません。私は秘密を守ります。私の聞くことと見ること、私となんの関係もありません。しかし、私は全部を知らなければならないのです。それに今度の事件は物的証拠がほとんどありません。人間だけです。その人間に私は専念します。マダム、私は葬式の日にここにいた人全員に会う必要があります。そして、できれば、ここで、この家で会うことができれば、とても都合がよく、作戦上も、申し分がありません」

ヘレンはゆっくり答えた。

「それは……ちょっと難しいんじゃないでしょうか？」

「いいえ、あなたが考えるほど難しくはありません。私はもうすでに一つの方法を案出しています。この家は売れたことにします。エントウイッスルさんに頼んでみんなに通知してもらいます。（もちろん、売れたと決まっても、あとでだめになることもありますからその点は大丈夫）エントウイッスルさんは家族の人全部をここに集めて、競売にかける前に家具の一つをみなさんに選んでもらうことにします、記念のためにと言って。そのためには都合のいい週末を選びます」

彼はちょっと言葉を切って、またつけ足した。

「どうです、簡単でしょう？」

ヘレンは彼を見つめた。青い眼は冷たく澄んでいた。ほとんど凍りつくような冷たさだった。

「あなたは誰かをわなにかけようとなさるんですか？　ムッシュー・ポアロ」

「悲しいかな、わなにかけるほどの当てがあればよいのですが……。いいえ、私はまだ五里霧中です。しかし、ある種の実験はできるかもしれません」

「実験？　どんな？」

「自分でもまだはっきりとは練り上げておりません。いずれにしても、マダム、あなたはお知りにならないほうがいいでしょう」

「そうすると、わたしも実験の対象になるかもしれないんですの？」

「いいえ、マダム、あなたははじめから楽屋裏の人です。ところで一つだけ、うまくいくかどうかわからない問題があります。若い人たちはもちろん進んで来るでしょう。しかし、ティモシー・アバネシーさんのご来席を仰ぐこと、これは難しいでしょうね。あの人は絶対に家を離れないそうですから……」

　ヘレンは急に笑い顔を作って言った。

「その点、ムッシュー・ポアロ、あなたは好運ですわ。昨日モードから電話がありましてね。いまペンキ屋が壁の塗り替えをしてるんですって。それで、ティモシーが、ペンキの匂いがたまらない、ペンキのために病気がとてもひどくなるって文句を言ってるらしいんです。ですから、モードもティモシーも喜んでこちらへ来るんじゃないでしょうか。たぶん一週間か二週間こちらに滞在したいと言うかもしれませんわ。モードはまだ充分歩きまわれないらしいし。モードが足首を挫いたことはご存じでしょう？」

「いいえ、聞いてません。それはご不自由ですね」

「幸い、コーラの家政婦だったミス・ギルクリストがモードのところに行きましてね。とても重宝がられてるんですの」

「えっ！」ポアロはギクッとしてヘレンのほうに向き直った。「ティモシー夫妻がミス・ギルクリストに来てくれるよう頼んだんですか？　誰の勧めで？」

「たぶんスーザンが世話したんだと思いますわ。スーザン・バンクス」

「はーん」ポアロは奇妙な声を出した。「そうですか、スーザンが采配を振るったのですね。スーザンは人の世話をするのが好きですね」

「わたしの見たところ、スーザンはとてもてきぱきした娘のようですわ」

「ええ、スーザンはしっかりした娘です。それはそうと、ミス・ギルクリストが、毒の入ったウェディング・ケーキで死にかけたお話は聞きましたか？」

「まあ！」ヘレンはびっくりした様子だった。「そういえばモードが電話で、ミス・ギルクリストがやっと病院から出て来たからとかなんとか言ってましたけど、なんのために病院に入ってたのか全然知りませんでしたわ。毒を飲まされたんですか？　でも――ムッシュー・ポアロ、いったいどうして？　なぜ？」

「あなたはほんとうにわからないんですか？」

ヘレンは突然、吐き出すようなはげしい調子で……

「ポアロさん！　みんなをここに集めてください！　犯人が見つかるまで徹底的に調べてください！　もうこれ以上、絶対に人殺しがないように！」

「では、あなたも協力してくださいますね？」

「ええ——わたし、できるだけ協力しますわ！」

第十五章

1

「あのリノリウム、とても綺麗になりましたわ、ミセス・ジョーンズ。よくあんなに綺麗にできましたのねえ。台所のテーブルにお茶の用意ができておりますから、ご自分で召し上がってください。わたくしもティモシー様に朝のおやつを持っていったら、すぐにまいりますから――」

ミス・ギルクリストは、間食の品々を小綺麗にのせたトレイを持って、二階へ小走りに上がっていった。それからティモシーのドアをノックすると、中から「うーん」というなり声が聞こえたので「入ってもよい」と言われたのだと勝手に解釈して、さっさと中に入って行った。

「コーヒーとビスケットを持ってまいりましたわ、アバネシー様。今朝のお加減はいいかがですか。とってもいいお天気ですの、今日は」

ティモシーはまたうなって疑り深そうに言った。

「その牛乳に膜は張ってないかい？」

「いいえ、アバネシー様、よく注意して取っておきましたから。でも、またあとで膜が張るといけませんから、茶こしを持ってまいりましたわ。人によってはこの膜が好きな人もございますのよ。クリームだからと言って。ええ、ほんとうはクリームなんですものねえ」

「ばかな！　それ、なんのビスケットだい？」

「あのう、消化のよいビスケット。おいしゅうございますわ」

「消化もへったくれもない安物だ。わしの欲しいのはショウガ入りのビスケットだ」

「ショウガ入りのビスケットは、今週はどの食料品店にも置いてないんです。でも、このビスケットもとてもおいしいですよ、まあ、召し上がってごらんなさいませ」

「どんな味だかよくわかってる。いいよ、いいよ……。カーテンはそのままにしておいてくれ。」

「日光を少し入れようかと思いまして。とってもいいお天気ですのよ」

「私は暗い部屋のほうがいいんだ。ああ頭が痛い。あのペンキのせいだ。私は昔からペンキの匂いに敏感で……まったく身体に毒だ」

ミス・ギルクリストは鼻をくんくんさせて嗅ぐと、快活な調子で言った。

「この部屋じゃそんなに匂いませんわ、ペンキ屋さんはいま向こう側をやってますから……」

「きみは私みたいに敏感じゃないんだ。……私の読んでる本はみんな手の届かないところに片づけなきゃならないのか？」

「あらごめんなさい。これをみんな読んでらっしゃるとは知りませんでしたから……」

「家内はどこにいる？　もう一時間以上も顔を見てない」

「奥さまはソファでお休みになってらっしゃいます」

「こっちへ来て、ここで休めと言ってくれ」

「じゃ、そう伝えてまいります。でも、もしかするとお眠りになってらっしゃるかもしれませんわ。十五分したらってことにいたしましょうか？」

「いや、いますぐ来いって……その毛布をいじくらないでくれ。私の好きなようにかけてあるんだから」

「すみません。あのう、少し向こう側にすべり落ちてるようでしたので……」

「少しすべり落ちたくらいで私にはちょうどいいんだ。早く行ってモードを呼んで来てくれ。いますぐ来いって、用事があるから」

ミス・ギルクリストは階下に降りていって、忍び足で応接間に入っていった。モード・アバネシーは、ソファに足を載せて坐ったまま、小説を読んでいた。

「奥様、ごめんください」ミス・ギルクリストは詫びるような口調で声をかけた。「あのう、アバネシー様が呼んでらっしゃいますけど」

モードはいかにも気が咎めるといった様子で、読んでいた本を傍らに投げやった。

「あら！　じゃすぐ行くわ」と言ってステッキに手を伸ばした。

モードが部屋に入って来るやいなや、ティモシーは大声で怒鳴った。

「やっとお出ましか？」

「ごめんなさい。わたしにご用がおありだって、ちっとも知らなかったもんですから……」

「きみが連れて来た女、我慢できないよ。まるでいかれためんどりさ。ピーピー、パタパタそこいらじゅう羽ばたきしてまわって。あれこそ、典型的なオールド・ミスって奴さ」

「ごめんなさい、ほんとに。お気に障るかもしれませんが、あれで本人、一生懸命親切をつくしているつもりなんですから」

「私は誰にも親切などつくしてもらいたくない。オールド・ミスのさえずりなんか、まっぴらごめんだ。あいつそれに、小賢しい奴で……」

「まあ少しね」

「まるで私を子供かなんかのように扱う。まったく頭に来る」

「そうでしょうねえ、でもね、ティモシー。お願いですから、ね、あの女《ひと》にあんまり乱暴な口をきかないでね。わたし、まだまだなんの役にも立たない身体だし、――それにあなただって、彼女の料理のうまいのをほめてたじゃありませんか？」

「料理はまずくないが……」ティモシーはいやいやながら同意した。「料理人としちゃいい腕だ。だから台所に置いときゃいいんだ。私のまわりをうろうろさせないでくれ」

「ええ、じゃ、そうするわ。ご気分はいかが？」

「ちっともよくない。ドクター・バートンを呼んで診てもらわなきゃあ。ペンキがとても心臓にこたえる。脈をみてごらん、不規則に打ってるだろう？」

モードは黙って脈をみた。

「ティモシー、家のペンキ塗りが済むまで、ホテルに出かけましょうか？」

「たいへんな無駄遣いだ」

「もうそんなこと気にしなくてもいいんじゃない？」

「女ってすぐこれだから。なにかといえば贅沢したがる。兄貴の財産のほんの一部が入ってくるからって、一生リッツみたいな大ホテルででも暮らせると思ってるのか？」

「そんな意味で言ったんじゃありませんわ」

「リチャードの金が入ってきたからってたいしたちがいはないんだよ。はっきり言っとくがね。入って来る金はきれいに政府に吸い取られるに決まってんだから。よく憶えときなさい。みんな税金になってしまうんだ」

ティモシー夫人は情けなさそうに首を振った。

「このコーヒー冷えてるじゃないか」病人は手もつけてないコーヒーカップをいまいましげに見やって、「温かいコーヒーを持ってきたためしがない」

「下に持っていって温めてきますわ」

一方、台所では、ミス・ギルクリストがお茶を飲みながら、ミセス・ジョーンズと気軽に話していた。気軽とはいえ、多少恩に着せたような態度がないでもないが——。

「わたくし、できるだけ奥様のお手数を省いて差し上げようと思って。あの階段を上ったり下りたりするのは奥様もほんとうに辛そうで……」

「ほんとうに、精出してお仕えなさる奥さんですよ」ミセス・ジョーンズはお茶に砂糖を入れてかきまぜながら相槌を打った。

「病気になるほどいやなことありませんわ」

「たいした病気じゃないのよ、あの旦那は」ミセス・ジョーンズは口をとがらせて言った。「寝ながらベルを鳴らして、あれ持ってこい、これ持ってこいと言うのが、便利だからなんでしょ？　きっと。起きようと思えば、さっさと起き上がって歩きまわれるんですよ。奥さんがお留守のときに村を歩いているのをこの目でちゃんと見たんですもの。それこそ、いいご機嫌でどんどん歩いてたわ。どうしてもなにか欲しいとき——煙草だとか、切手だとか、そういったもんがどうしても欲しいときには——自分で買いに出かけるんですよ。だから、この前のように、奥さんが葬式に行って帰りに車の事故で帰れなくなったとき、旦那はあたしに泊まっていってくれと言ったんだけど、はっきり断わってやったんですよ。〝残念ですけど、あたしも主人がおりますから。朝出てきてちょっとお手伝いするくらいならなんですけど、夜はね、主人が仕事から帰って来るのをほっておくわけにはまいりませんから〟って、はっきり言ってやりましたわ。ええ、挺《てこ》でも動かなかった。少しは自分で家の中を歩きまわって、自分の身のまわりの始末するのもいいだろうと思ってね。だから、しっかり頑張り通しちゃったの。そしたら少しも騒ぎ立てなかったわよ」

ミセス・ジョーンズはここで深く息を吸って、それから甘い濃いお茶をぐっと飲みほし、「ああ」と溜息をついた。

ミセス・ジョーンズは、ミス・ギルクリストをまだあんまり信用していなかったし、気の細かい〝ほんとに小うるさいオールド・ミス〟と思ってはいたが、ミス・ギルクリストが、主人のお茶と砂糖をふんだんに使って他の雇い人に振る舞う点だけは大いに歓迎した。

彼女はカップをテーブルの上に置くと、非常に気さくな調子で話しかけた。

「さてと、台所の床をきれいにブラシで洗ったら、そろそろ帰ることにしましょ。じゃがいもの皮はむいてあるわよ、お前さん。流しの横に置いときましたからね」

この〝お前さん〟にはミス・ギルクリストもちょっと腹が立ったが、山ほどもあるじゃがいもの皮をきれいにむいてくれた好意には大いに感謝していた。

何か言おうと思っていたら、電話のベルが鳴ったので、彼女は大急ぎで玄関わきに出ていった。電話は五十年余り前からのしきたりで、階段下の隙間風の通る不便な場所にあった。

ミス・ギルクリストが受話器を取って話をしていると、モード・アバネシーが階段の上に姿を現わした。

「あの……レオ・アバネシー夫人とおっしゃる方からお電話ですが？」

「いますぐ出るって言ってちょうだい」

モードはこう言って、階段をゆっくりと痛々しげに降りてきた。

ミス・ギルクリストは呟いた。「ほんとにまあ大変ですわね、上ったり降りたり。ティモシー様コーヒーお済みになりまして？　わたくし、急いで片づけてまいりますわ」

彼女が階段をかけ上がって行くと、モードは受話器に向かって話しはじめた。

「ヘレン？　モードです」

病人はミス・ギルクリストが入って行くと、ジロリと睨《ね》めつけた。彼女がトレイに手をかけたとき、ティモシーはぶっきら棒に、「誰からの電話だ？」と尋ねた。

「レオ・アバネシーの奥様」

「ああ、じゃまた、一時間ぐらいぺちゃぺちゃしゃべってるんだろう。女って、電話に出たら最後、時間の観念なんかなくしてしまうんだから。電話料のことなんか、てんで気にもかけないで……」

ミス・ギルクリストが快活に、電話料はレオ・アバネシーの奥様のほうでお払いになるんですわ、と言うと、ティモシーはうーんとうなった。

「そのカーテンを開けてくれ、いや、そうじゃない、その向こうのやつだ。光線が目に入ると不愉快だから。そう、それでいい。わしが病人だからって、一日中暗いところにいなきゃならないって理由はないだろう?」

彼はさらに続けた。

「あの本箱をのぞいて緑色の……。どうしたんだ? なにをそう急いでるんだ?」

「表のドアに誰か来たようで……」

「ベルもなにも聞こえやしないじゃないか。階下には手伝い女がいるんだろう? 人が来たんなら、あれが出ていきゃいいんだ」

「はあ。それで、どの本をお探しするんでしたかしら?」

病人は目を閉じた。

「思い出せなくなった。きみのおかげでほかのことに気をとられて。いいよ、もう退《さが》ってもいいよ」

ミス・ギルクリストはトレイを持って大急ぎで出ていった。トレイを配膳室のテーブルの上に置くと、まだ電話で話をしているティモシー夫人のそばを通り抜けて玄関に出ていった。

それからすぐに引き返してきてごく声を低くして言った。

「あの、お話しの途中ですみませんが、修道女が、寄付を集めに。メアリー聖心財団とか、奉財帳を持って。たいてい半クラウンから五シリング程度、寄付してるようですけど――」

モードは、「ヘレン、ちょっと待ってね」と電話口に言って、それからミス・ギルクリストに向かって、「ローマン・カトリックに寄付するつもりはないわ。うちの教会でも慈善事業やってますから、って断わってちょうだい」

ミス・ギルクリストはまた大急ぎで立ち去った。

モードはそれから二、三分話をすると、「じゃ、ティモシーにそのこと話しますわ」と言って電話を切った。

受話器を置いて玄関口に出ると、ミス・ギルクリストが応接間のドアの所にじっと立っていた。彼女はなにか解せない顔つきで眉間にしわを寄せていたが、モード・アバネシーが話しかけるとギクッとした様子で跳び上がった。

「なにかあったの？　ミス・ギルクリスト」

「いいえ、奥様、なんとなくぼんやりしちゃって。すみません、しなくてはならないことがたくさんあるのに……」

ミス・ギルクリストはまたもとの勤勉なアリを装う風に戻って立ち去った。モード・アバネシーは足の痛みをこらえながらゆっくり階段を上って、ティモシーの部屋へ向かった。

「ヘレンから電話がありましてね、あそこの家、外国避難民の施設に売られることになったんですって……」

ティモシーがこの外国避難民の問題について長々と意見を述べはじめたので、モードは黙ってしばらく傾聴した。彼の話はさらに横道に逸れて、「この国にはもうちゃんとした階級の人間はいなくなった。わしの家が、わしの生まれ育った家が、売り飛ばされるなんて、考えただけでもぞっとする」などと愚痴をこぼした。

モードは話を元に戻した。

「ヘレンも、あなたの気持ちをよく察してましたわ。それで、家がわれわれの手を離れる前に一度訪ねて来てくれないかと言うんですけど。ヘレンはあなたの身体のことをとても気にして、もしペンキの匂いが病気に障るようだったら、ホテルに行くよりエンダビーで静養したらと言うんです。使用人たちもまだいることですし、あなたの世話も充分できるだろうって」

ティモシーは、はじめのうちはいらだたしそうに口を開けて文句を言おうと構えていたが、やがて開いた口をふさいでしまった。彼の目は急に鋭く輝き、それから「それもいいだろう」というふうに首をたてに振った。

「ヘレンは実際よく気がついてくれた。良い考えだ。だが、どうしようか？　ちょっと考えさせてくれ……。ペンキが私の病気をますます悪化させているのは疑えないところだが——ペンキの中には砒素が入ってると思うね。たしかに、何かでそんなことを読んだことがある。といって、あそこまで出かけるのも神経が疲れる。そのためにかえってまいっちまうかもしれない。実際どうしていいやら、決心がつきかねる」

「では、やっぱりホテルになさいますか？　よいホテルは費用がかかりますけど、でも、あなたの健康のためなら……」

ティモシーが口をはさんだ。

「われわれが百万長者じゃないってことは、どうしてもきみにはわかんないんだな。ヘレンがわざわざ親切にエンダビーに来いと言うのに、なんでまたホテルになんか行く必要があるんだ？　もちろん、ヘレンに来いとか来るなとか言う権利はないが！　ヘレンの家じゃないんだからな。法律上の細かいところはわからないが、あの家は売却されて代金が分配されるまで、われわれに平等な所有権があるんだと思う。外国の避難民だと！　親父のコーネリウスが墓の中で地団太踏んでるだろう！　いずれにしても、死ぬ前に一度生まれた家を見ておきたいしな」彼は溜息をついた。

モードはここでとっておきの切札を出した。

「なんだか、エントウイッスルさんの思いつきだそうですが、家族の人たち各自があそこにある品物、家具でも食器類でもいいから一品、好きなものを記念に持って行ったらって言ってるんですよ。残ったものは全部競売になるんですって……」

ティモシーはぐっと上体を起こした。

「そんなら、ぜがひでも出かけなきゃあ。各自の選ぶ品物の価値を公平に見張らなきゃならん。姪たちの結婚した男ども、人の話じゃ、ろくでもない奴ばかりらしい。ずるいことをする者がいるかもしれない。ヘレンにまかせておいてもいいが、彼女はあんまり人がよすぎるからな。一家の家長として、その場に出席するのは私の義務だ！」

彼は起き上がると、部屋の中をしっかりした足取りであちらこちら歩きはじめた。

「そうだ。じつによい考えだ。すぐヘレンに手紙を出して、承知したと言ってくれ。だがね、私が考えてるのは、ほんとうはきみのことなんだよ。きみにとって、きっといい休養になるだろう、気分も変わって。このところ、きみには無理をさせてきたからな。ペンキ屋も留守の間にどんどん仕事がはかどるだろうし、ギルスピー女史に留守を頼んどきゃいいから……」

「ギルクリストよ」

ティモシーは、どっちにしたってたいしたちがいはない、というふうに手を振って見せた。

2

「わたくしにはお留守番なんてできませんわ」ミス・ギルクリストが言った。

モードはびっくりして彼女を見つめた。

ミス・ギルクリストは震えていた。彼女は哀願するようにモードの目をのぞき込んだ。

「ええ、わたくしとしたことが子供みたいに駄々をこねて。でも、わたくしにはとてもできないんですの。この家にたった一人で住むなんて。もし誰かに来てもらって、泊まってもらえるんだったらなんですけど……」

彼女は期待を込めてモードを見上げた。モードは首を振った。この近辺で住み込みの人間を見つけることがどんなに難しいか、モードは充分承知していた。

ミス・ギルクリストは少し絶望的な声を出して続けた。

「きっとわたくしが神経過敏でばかな女だとお思いになるかもしれませんが、わたくし、こんなふうになったこと生まれてはじめてなんです。わたくし、もともと臆病な女じゃございませんし、いろんな想像にふける人間じゃないんです。でも、この頃は気持ちがすっかり変わってしまいまして、ええ、一人でここにいたら、ほんとに、ほんとに、恐ろしくってたまらなくなると思いますわ」

「そうね、わたしもうっかりしてたわ。リチェット・セント・メアリーであんなことが起こったあとだものねえ」

「ええ、きっとあれが原因だと思います。理屈じゃ説明できないんですが、はじめは何ともございませんでした。あの、あの事件のあとでさえ、一人で住んでて平気でしたのに。それがだんだん妙な気持ちになってきて。奥様にはお解りにならないかもしれませんが、わたくし、ここにまいりましてからも、恐ろしく感じることがございますんで。べつになにが怖いというんじゃございませんが、なんとなく怖いんです。ほんとうにばかげてて、自分でも恥ずかしいんですけど、なんだかいつもなにか起きるんじゃないかと、ひやひやした気持ちなんですの。今日みたいにただの修道女が来てさえギョッとするんです。少し大げさなようですけど……」

「そういうのを遅延性ショックとか言うんじゃない？」モードが漠然と言葉をはさんだ。

「そうでございますか、あらこんなに——こんなに取り乱して、ごめんなさい。いろいろご親切にしていただいたのに、こんな恩知らずな勝手なことばかり申して……」

モードは彼女を落ちつかせた。

「なんとかほかの方法を考えてみましょう」

第十六章

ジョージ・クロスフィールドは入口から中に入って行った女性の後ろ姿を眺めて、一瞬ためらったが、すぐに「きっとそうだ」とうなずくとあとを追った。

この入口というのが、ドアの両側に窓のついた店のもので、店はすでに廃業していた。板ガラスのはまった窓からのぞくと、中には誰もいないようだった。入口のドアも閉まっていたが、ジョージはそれをコツコツと叩いてみた。眼鏡をかけたうつろな表情の若い男が、ドアを開けてジョージを見つめた。

「失礼だが、そのう、ぼくの従妹がいま中に入るのを見かけたんだけど……」

若い男は黙って後ろへ退き、ジョージは中に入っていった。

「やあ、スーザン」

荷箱の上に立って物差しで何かを計っていたスーザンは、ちょっと驚いたように後ろを振り返った。

「あら、ジョージ。どこから現われたの？」

「きみの後ろ姿を見かけたんだ。たしかにきみにちがいないと思った」

「そう、目がいいわねえ。それともわたしの後ろ姿そんなに独特なのかしら？」

「少なくともきみの顔よりはね。ひげをつけて、頬になにか入れて膨らまして、髪の形をちょっと変えたら、面と向かったってきみだとわかんないだろうがね、しかし、後ろを見せるときにゃ気をつけなきゃ駄目だぜ」

「憶えとくわ。ついでに、あとで書きつけるまで、二メートル二十五センチって憶えといてよ」

「二メートル二十五センチ、オーケー。なんだい？　本棚かい？」

「いいえ、作業スペースのサイズ。二メートル六十六センチとそれから……ええと、三十×七……」

眼鏡をかけた若い男はさっきからもじもじしていたが、申しわけなさそうに咳払いをした。

「失礼ですけど、バンクスさん、しばらくここにいらっしゃるんでしたら……」

「ええ、そうしたいんですが——鍵置いといてくださったら、後で戸締まりして帰りに事務所にお返ししますわ。それでいいかしら？」

「ええ、それで結構です。じつは今朝は忙しくて手が足りませんもんですから、失礼させて……」

スーザンは相手が話し終わらないうちに承知したという顔をして、仕事を続けた。若い男は外に飛び出していった。

「あの人、行っちゃってせいせいしたわ。不動産屋ってうるさくってね。こっちが計算したいときにしゃべりまくってばかりいて」

「空家の殺人！　通行人に大変なスリルを提供することだろうな。ガラス越しに見える若い美女の死体、みんなびっくり仰天して金魚みたいに目の玉が飛び出ることだろう」

「あんたがわたしを殺す理由なんかないわよ」

「ところがだね、きみを殺せば、きみのもらう財産の四分の一がこっちに転げ込むよ。金の好きな人間なら、これだけで充分理由になるね」

スーザンは寸法を計っていた手を休めて、ジョージの顔を見つめた。彼女の目が少し見開かれた。

「ジョージ、あなた人間が変わったみたいだわ。まるで昔とちがうわ」

「変わった？　どんなふうに？」

「雑誌か新聞の広告みたいに。アッピントンの健康塩。この二枚の写真は同一人物です。

使用前と使用後」

彼女は別の荷箱に坐って煙草に火をつけた。

「あなた、リチャード伯父さんのお金、ずいぶん欲しかったんでしょうね。よっぽど困ってたとみえるわ」

「いまどき金がいらないって人間いるかい？」

ジョージの話しぶりはいたって軽快だった。

「なにか、八方ふさがりになってたんじゃないの？」

「きみの知ったこっちゃないよ、スーザン」

「そりゃそうだけど、ちょっとした好奇心」

「きみ、この店を商売用に借りるのかい？」

「家を丸ごと買うの」

「所有権いっさいかい？」

「ええ。二階と三階はアパート式。一つは空いてて、店に付いてんだけど、もう一つには人が入ってるわ。あたし、立退き料払ってこの人たちにも出て行ってもらうつもり」

「金があるっていいことだな、スーザン。そうじゃないかい？」

ジョージの声にはちょっと意地の悪い調子があったが、スーザンはただ深く息を吸って、さりげなく話を続けた。

「わたしの場合、ほんとうにすてきだと思うわ。お祈りしたかいがあったのね、きっと」

「お祈りで年寄りの親戚が殺せるのかい？」

スーザンはジョージの言葉を無視した。

「この場所まったく理想的なのよ。まず第一に、建物がとても立派な時代物でしょ。二階の住居のほうをなにかとても変わった趣向に改造するの。すてきな装飾付きの天井でね、部屋の形も悪くないし。下のこの部分ね、めちゃくちゃに使われてたらしいけど、これは徹底的にモダンなものにするわ」

「なんの商売だい？　服飾関係？」

「いいえ。美容術。ハーブ入りの化粧品。美顔クリーム！」

「いい商売かい？」

「昔からいい商売よ。儲けも悪くないわ。いつの時代だって、いい儲けになる商売よ。ちょっと他所《よそ》にない個性を店に出しさえすればね」

ジョージは自分の従妹をつくづく眺めた。はっきりした顔の線、豊かな唇、明るい輝かしい顔色。それらが一緒になって、独特の、活き活きした表情をしている。そこには漠然とはしているが素質が、成功の素質が、ありありと現われていた。

「そうだね、きみはなにかを持ってるよ、スーザン。たしかに投資しただけは、いやそれ以上、取り返せるね。計画もいいし、場所もいい」

「そうよ、地理的にもおあつらえむきだわ。大通りからちょっと入ったところだし、それに店の前に車を停めることもできるし」

ジョージはもう一度うなずいた。

「そうだね、スーザン。きみはきっと成功するよ。この計画、ずっと前から考えてたのかい？」

「もう一年以上」

「どうして伯父貴と相談しなかったんだい？　伯父さん、きみになら金出したと思うけどな」

「相談したわよ」

「したのにダメだったのかい？　おかしいな。伯父貴の気性、きみとそっくりだってことぐらい、気がつきそうなもんだがなあ」

スーザンはなんとも返事をしなかった。そのとき、ジョージの心の中にもう一人の人間の姿がさっと浮かんできた。やせた、神経質で猜疑的な目を持った若い男の姿が。

「あの、あの、なんて名だっけな、そうだ、グレッグ、グレッグはきみがこの商売を始めたらどうなるんだい？　丸薬だの粉薬だのとはもちろん縁を切るだろうが……」

「もちろんよ。店の裏に研究所を建てて、そこで特製の美顔クリームと化粧品を作るの」

ジョージはこみ上げてくる笑いを押さえつけた。彼はこう言いたかった。「そうかい。赤ん坊には赤ん坊用の遊び場を作るってわけだね」しかし、彼は腹の中で思っただけで口には出さなかった。従兄妹同士の気やすさで少々意地悪なことも平気で言えたが、夫に対するスーザンの気持ちだけは気をつけて取り扱わなければ、という思いが彼の心の隅のどこかに存在していたからである。この問題にはなにかしら爆発しかねない危険性が潜んでいる。彼は葬式のときにも考えたが、もう一度、グレゴリーのことを考えてみた。変な奴だ、なにかしら変なところがある。見かけはいたって平凡だが、それでいてなんとなく得体の知れないところがある……。

彼はスーザンをもう一度眺めた――相変わらず平然と、いかにも勝ち誇ったような面持ちをしている。

「きみはほんとうにアバネシー家の気概を持っているんだな、いま残っている血筋の中でこの気概を持っているのはきみだけだ。リチャード伯父にしてみれば、きみが女に生まれたってのはまったく残念至極だったにちがいないね。きみが男の子だったら、伯父貴はいっさいがっさいをきみに残しただろうな」

スーザンは落ち着き払って、「ええ、そうしたでしょうね」と言った。

それからちょっとためらうと、話を続けた。

「伯父さんはグレッグが気に入らなかったのよ、あなたが知ってるかどうか……」

「ああ、彼のミステイク」と言って、ジョージは眉を上げた。

「ええ」

「まあ、いいさ。とにかく万事うまくいってるんだから。全部計画どおりに」

こう言ったとたんジョージは、この言葉が誰よりもスーザンの身にぴったり当てはまるのに気がついた。驚くと同時に、ジョージはほんの瞬間、なんとなく不安な気持ちになった。

正直なところ、彼はこんなに冷淡なほどしっかりした女性は、心から好きにはなれなかった。

ジョージは話題を変えた。

「それはそうと、ヘレンから手紙受け取った？　エンダビーのことで」

「ええ、受け取ったわ、今朝。あなたも？」

「うん。きみどうするつもりだい？」

「グレッグとわたし、来週の週末に出かけようと思ってるの。もちろんほかの人たちの都合が良ければよ。なんだかヘレンの話じゃ、みんな一緒がいいらしいから」

ジョージは高らかに笑った。

「でなきゃ、誰かさんが誰かさんより上等な家具を持ってくかもしれないからね」

スーザンも笑った。

「心配しなくても、ちゃんとした見積価格がついてるわよ。でも、遺産物件の評価は市場価格よりもずっと安いし、それに、先祖の記念品ってものも持っておきたいから、あたしぜひ行ってみるわ。この店にね、何か典型的なヴィクトリア朝時代のもので、ちょっとばからしいけど魅力的って感じの物を一つ二つ置いてみたいの。あの時代のものがいままた流行りかけてんのよ。応接間に緑色の孔雀石のテーブルがあったわねえ。あれなんか、店に置いとけば、あのまわりにおもしろい配色をつくれるんじゃないかと思うわ。それからハチドリの剝製をいくつか入れたガラスのケースかなにか。それとも蠟製の造花でできてる冠みたいなものもあるでしょう？　まあ、あんなふうなものをよ。店の雰囲気を出すのに、ちょっと効果的じゃないかしら？」

「きみの判断にお任せするよ」

「とにかくあなたも行くんでしょう?」

「ああ、行くよ。ただフェア・プレイを見るためにね」

スーザンは笑った。

「大変な家族争議でも起こると思ってるの?」

「ひょっとしたらロザムンドも、きみの欲しい孔雀石のテーブルを欲しがるかもしれないぜ。舞台の装置にはおあつらえむきだからね」

スーザンは今度は笑わないで、顔をしかめていた。

「最近、ロザムンドに会った?」

「葬式のあと、みんなで三等車に乗って帰ってきて以来、眉目《みめ》うるわしき、ロザムンドにはお目にかかってないね」

「わたしね、あのあと、一、二度会ったんだけど……彼女、ちょっと、変よ」

「どうした? 物を考える癖でもついたとか?」

「そうじゃないの。なんとなく……そのう……悩んでることがあるらしいの」

「お金が山ほど入ってくるから、とんでもない芝居を舞台にかける、その芝居でマイクルがみんなの物笑いの種になる、それで心配してるんだな」

「それはちょっと言いすぎよ。お芝居はたしかにあんまりいただけない代物だけど、でも、成功するかもしれないわ。マイクルはあれで達者な俳優だし、フットライトを浴びると人がちがったみたいだから。ロザムンドのように綺麗なだけの大根役者とはちがうわよ」

「あ、あ、う、る、わ、し、の、大、根、ロ、ザ、ム、ン、ド、よ、」

「そうは言うけどね、ロザムンドって人、みんなの考えてるほどばかじゃないわよ。ときどきすごく鋭いことを言うわ。彼女にどうして気がつくのかしら、と思うようなことをずばりと言ってのけるのよ。こっちがまごまごするときがあるわ」

「ちょうどコーラ叔母さんみたいだね」

「ええ……」

ふと、気まずさが二人の間に漂った。コーラ・ランスケネの名前が出てきたせいであろう。

ジョージはすぐにわざとらしい平静さを装って言った。

「叔母さんの話で思い出したけど、一緒に暮らしてた家政婦、どうしてる？　われわれのほうでなんとかしなきゃならないと思うんだが……」

「なんとかするって？　どういう意味？」

「その、なんだね、われわれ一家が責任を負うべきだと思うんだよ。コーラはわれわれの叔母さんだろ？　その叔母さんが死んで、あの女《ひと》なかなかほかの仕事が見つからないんじゃないかと思うんだ」

「あんたが？　そう思ったの？」

「うん。人間ってね、みんな自分が可愛いよ。もちろんギルクリストって女性が実際に手斧持って誰でも追っかけまわすなんて考えられないけどさ。それでも世間の人は心の奥で、ひょっとしたらって思いがあるだろう？　迷信家が多いからね」

「ジョージ、あんたがそういうこと一人で考えつくなんて不思議ね。世間の人がそんなふうに考えるなんて、あんたにどうしてわかるの？」

ジョージは皮肉っぽく言った。

「おれが法律家だってこと、きみ忘れてるんだね。人間の常軌を逸した、理屈で割り切れない半面は、これでも結構見てきたつもりさ。とにかくおれの言わんとするところはさ、彼女のために、なにかしてやらなきゃならないんじゃないか、毎月少しずつでも金をやるとか、彼女に、できればどこかの事務所に仕事を見つけてやるとか、とにかく彼女をこのままおっぽり出さずにおくべきだと思うんだ」

「それなら心配いらないわよ」スーザンの声は平然とした皮肉な響きを含んでいた。

「あたしがちゃんと片づけておいたから。彼女、いまティモシー伯父さんとこに行ってるの」

ジョージは目を見張った。

「ほんとうかい？　スーザン、だけど大丈夫かい？」

「いまのところ……それが一番いい方法だと考えたのよ」

ジョージはスーザンをもの珍しげに眺めた。

「きみって、自分自身に絶対的な確信を持ってる女だね。自分がなにをしてるかよく承知して、後悔など決して……」

スーザンは気軽な調子で答えた。

「時間の無駄よ――後悔するなんて……」

第十七章

マイクルはテーブル越しに手紙をロザムンドへ投げ返した。

「で、どうなんだい？」

「もちろん、あたしたち出かけるわよ。あんたそう思わない？」

マイクルはおもむろに言った。

「そうだな、行ってもいいけど……」

「宝石があるかもしれないわ……もちろん、あの家にあるものって、みんなゾッとするようなものばかりだけど、鳥の剥製だとか、蠟製の造花だとか……ああたまらない」

「うん、ちょっとした霊廟といったところだね。じつのところ、一、二枚あの家をスケッチしておきたいんだ――とくに応接間をね。たとえば暖炉だとか、変な恰好した寝椅子だとか、今度の『準男爵の巡幸』に持ってこいのセットだと思うな。もちろんあの芝居が再上演になったら、だけど」

彼は起き上がって腕時計を見た。

「それで思い出したけど、ぼく、ローゼンハイムに会いに出かけなきゃあ。今晩、遅くなるかもしれないからね。オスカーと一緒に夕食して契約権の問題を相談することになってるんだ。アメリカ側の申し出とうまく合致するかどうかね」

「あら、オスカーさんと。ずいぶん久しぶりね。彼きっと喜ぶわ。よろしく言っといてね」

マイクルはきっとなって彼女を見つめた。彼の顔から微笑が消え失せ、隙のない肉食獣のような表情が現われた。

「それどういう意味だい？　久しぶりだって？　なんだかぼくが、何カ月も彼に会ってないみたいじゃないか」

「だって会ってないんでしょう？」ロザムンドが呟いた。

「会ってるよ。一週間前に昼食を一緒にしたばかりじゃないか」

「まあおかしいわね。じゃきっと忘れたのよ。昨日あの人から電話がかかってきて、『ティリー西を眺める』の初日以来、あなたには全然会っていないって言ってたわ」

「あの老いぼれ、少しぼけてんだな」

マイクルは笑った。ロザムンドはその青い目を大きく見開き、なんの感動も見せないでじっと彼を見つめた。

「あんた、あたしをよっぽどまぬけだと思ってんのね、ミック?」

マイクルはあわてた。

「きみ。そんなこと、思うわけないじゃないか」

「いいえ、そう思ってるわ。でもね、あたし完全な阿呆ではないわよ。あの日だって、あなたがオスカーのところへ行ったなんて、嘘八百。あなたがどこに行ったかちゃんと知ってるわ」

「ロザムンド、きみの言うこと、ぼくにはわかんな……」

「よくわかってるはずよ。あなたがあの日どこへ行ったか、あたし、ちゃんと存じ上げてると言ってるのよ」

マイクルはその魅惑的な顔を曇らせて彼の妻を見つめた。彼女も静かに平然と見返した。

そのときマイクルの心の中をかすめたのは、真に虚ろな凝視はひどく人の心を混乱させるものだ、ということだった。

「きみはいったいなにを言おうとしているんだ?」われながらまずい言い方だ、とマイクルは思った。

「あたしにいろんな嘘をついたってだめってことよ」

「いいかい、ロザムンド……」彼は怒鳴りだそうとしたが、ロザムンドの穏やかな声にぎくりとして、口をつぐんだ。

「あたしたち、今度の契約権を手に入れて、芝居を舞台にかけたいんじゃない？　そうでしょう？」

「もちろんさ、あれはぼくが夢にまで見ていた役じゃないか？」

「そうよ、あたしの言ってること、それなのよ」

「それだから、どうだって言うんだ？」

「つまり、それだけの値打ちはあるけど、ずいぶんお金のかかる仕事でしょう？　だからあんまり危いまねはしないほうがいいというのよ」

彼はロザムンドの顔をじっと眺めて、それからゆっくりと言った。

「金はきみの金だ。もし危いと思うなら……」

「あたしたちのお金よ。そこんとこが大切な点だと思うわ」彼女は力を込めて言った。

「ねえ、きみ、アイリーンの役ね、少し書き替えてもいいと思うんだけど……」

ロザムンドは微笑《わら》っていた。

「あたし、ほんとう言うと、出ないほうがいいと思うわ」

「おや、おや」マイクルは呆気にとられた。「きみ、どうしたっていうんだい？」

「なんでもないわ」

「なんでもあるよ。この頃のきみはいつもとちがうよ。ひどく気難しいし、神経質だし。なにか心配事でもあるのかい？」

「なんでもないのよ、ただあんたに……慎重にして欲しいと思ってるだけよ、ミック」

「何に気をつけるんだい？　ぼくはいつも慎重だけどなあ」

「いいえ、あんたが慎重だとは思わないわ。あんたはいつでもうまく切り抜けられると思ってるわ。誰でもあんたの言葉を信用してると思ってるのよ。あの日オスカーに会ったなんて、ばかみたいな言い訳だわ」

マイクルは怒ったように顔を赤らめた。

「それじゃ、きみはどうなんだ？　ジェーンと買物に行ったなんて。嘘っぱちじゃないか？　ジェーンはもう何週間も前にアメリカに行ってるよ」

「ええ、あれもばかみたいな言い訳ね。ほんとうはあたし散歩に出かけたの。リージェント・パークに……」

マイクルは不思議そうに彼女を眺めた。

「リージェント・パーク？　きみはいままでに一度だってリージェント・パークなんか

に行ったことないじゃないか？　いったいどうしたって言うんだ？　ボーイフレンドでもできたのかい？　そんならそうだと言ってくれよ、ロザムンド。きみ、この頃すごく変だよ。どうしたんだい？」

「いろんなこと考えてるの……どうしたらいいだろうかって……」

マイクルはごく自然な態度で、急いでテーブルをまわって彼女の傍に寄り添うと、熱っぽい声で訴えた。

「ロザムンド、ぼくがきみを心から愛してること、きみも充分知ってるじゃないか！」

マイクルは彼女をしっかり抱き締めた。彼女も彼の抱擁にしっかりと応じたかに思えた。しかしお互いが離れるや、マイクルは再び、彼女の美しい目に妙な抜け目のなさを見出して不愉快な感に打たれた。

「ぼくがなにをしたにしろ、きみはいつも許してくれる、ね、そうだろう？」

ロザムンドはぼんやりした表情で答えた。

「そうね、でも問題はそんなことじゃないわ。すべてが変わったのよ。あたしたち、よく考えて計画を立てなきゃいけないわ」

「考えて計画を立てる？　なんの計画？」

「物事はやってしまったからって、それで終わるもんじゃないわ。いわば、そこんとこからまた始まるのよ。次になにをしたらいいか、なにが重要でなにが重要でないかを整理してみなくてはね」

「ロザムンド……」

彼女は戸惑ったような顔をし、マイクルにはなにも見えない空間を凝視したまま、じっと坐っていた。

三度も名前を呼ばれて、ロザムンドはやっと夢からさめたようだった。

「あなたなんて言ったの？」

「いったいなにを考えてるんだと聞いたんだ」

「あ、そう？　あのね、あそこに行こうかしらって考えてたの、ほら、なんとか言うとこ……リチェット・セント・メアリー。そして、ミスなんとか言ってたっけ……コーラ叔母さんと一緒にいた人……あの人に会ってこようかと……」

「いったいなんのために？」

「なんのためって。彼女、もうじきどこかへ行っちゃうでしょう？　親類か誰かのところに。彼女が行ってしまう前に、つかまえて尋ねなきゃならないことがあるの」

「なにを尋ねるんだ？」

「誰がコーラ叔母さんを殺したか」

マイクルは目を大きく見開いた。

「彼女がそれを知ってるときみは思ってるのか？」

ロザムンドはぼんやりと答えた。

「ええ、そうだろうと……彼女あそこに住んでたんでしょう？」

「しかし、知ってたら警察に話しただろうに」

「いいえ、そんなふうな知り方じゃないわよ。あたしの知っているというのは、彼女がなにかに感づいてやしないだろうかってこと。つまりリチャード伯父さんの話から察して……伯父さんがコーラ叔母さんのところを訪ねたって、スーザンが言ってたでしょ」

「だが、家政婦が伯父さんの話を聞いてたはずがないじゃないか」

「もちろん聞いてたわよ」ロザムンドはまるで、聞き分けのない子供と言い争いをしているような調子だった。

「そんなばかな。リチャード・アバネシーともあろう人が、外部の人間に自分の身内の誰かを疑ってるなんて話す道理がない」

「もちろん、直接にじゃないわ。家政婦はドア越しに聞いてたのよ」

「立ち聞きしてたって言うのかい？」

「ええ、きっとそうしてるわ。あんな小さな田舎の家で、女二人っきりで暮らしていて、毎日することとっていえばお皿を洗ったり、猫の世話したりするのが関の山。だから、彼女きっと立ち聞きしたり、人の手紙を読んだりしてたはずよ。誰だってそんな境遇に置かれたらそうするわよ」

マイクルは少しうろたえたような目つきで彼女を見ると、「きみもそうするのかい?」とぶっきらぼうに尋ねた。

「あたしだったら、あんな田舎の家政婦なんかにゃならないわ」ロザムンドはブルッと身を震わせて、「そんなまねするなら死んだほうがましよ」と答えた。

「いや、ぼくのいう意味は……きみも人の手紙読んだり……そんなことするのかい?」

ロザムンドは平然と言ってのけた。

「なにか知りたいときは、するわ。誰だってするでしょうよ。そうじゃないかしら?」

彼を見上げたロザムンドの目は澄んでいた。

「ただ知りたいだけよ。べつに知ったからって、どうするわけでもないんだけど、とにかく知りたいのね。ミス・ギルクリストもきっとそんなふうだと思うわ。あたしの考えじゃ、彼女きっと知ってる……」

マイクルはこわばった声で尋ねた。

「ロザムンド、誰がコーラを殺したと思う? それからリチャード・アバネシーも?」

彼女の澄みきった青い目が、再び彼の目とぶつかった。

「マイクル……わかりきったこと言わないでよ。誰が殺したかぐらい、あなただってちゃんと知ってるじゃないの。だけど、そんなこと口にしないほうがみんなのためなのよ。だからあたしたちも黙ってたほうがね……」

第十八章

書斎の暖炉の傍らに席を占めたエルキュール・ポアロは、そこに集まった人たちを一人一人ゆっくりと眺めていった。

彼の視線はまず、きちんと背を伸ばして坐っているスーザンの上に。生き生きと活気に溢れたスーザン。

次に、スーザンのそばに坐っている彼女の夫グレゴリー。うつろな表情で、輪にした紐をなんとなく指でもてあそんでいる。

それからジョージ・クロスフィールド。愛想がよく、至極ご満悦の様子。傍らのロザムンドに大西洋周遊船に乗っていたトランプ賭博師の話をしていた。

ロザムンドはほとんど機械的に、「まあ、驚くわねえ、でも、どうやって？」などと相槌を打っているが、話には全然興味を持っていないらしい。

次が、マイクル・シェーン。野性的な容貌と、ひどく人目を惹く魅力を持った、個性的な男。

ヘレンは、落ちついて少しよそよそしい態度。

次にティモシー。一番上等の肘掛け椅子に、豪華なクッションを背中に当ててゆったりともたれかかっている。

その側に、たくましく、しっかり者のモードが、献身的に付き添っている。

最後に、ポアロは、親類たちの一団から少し離れた所で、やや申しわけなさそうに小さくなって坐っている姿に目を移した。ちょっと〝ドレッシー〟すぎるブラウスを着たミス・ギルクリスト。やがて彼女はなにか言い訳をこしらえて、この親類の集まりから席をはずして自分の部屋へ上がっていくにちがいない、とポアロは考えた。ミス・ギルクリストは自分の立場をよくわきまえている苦労人だ。

エルキュール・ポアロは夕食後のコーヒーをすすりながら、目をなかば閉じて、想いにふけっていた。

家族を全部この場所に集めたいと望んだのは彼である。そしていま、家族たちは望みどおりに集まった。さて自分がこれからすることは？　ポアロは急に倦怠感を覚えて、仕事を続けるのがいやになった。どうしてこんな気持ちになったんだろう？　彼はいぶかった。ヘレン・アバネシーの影響だろうか？　彼女には無抵抗の抵抗といった性格があって、これが案外に強力である。表面的にはいかにもやさしく、無関心を装いながらも、知らず知らずのうちにこのヘレンは、自分の気持ちをポアロに押しつけてしまったのだろうか？　彼女はリチャードの死の真相をあばき出すことには反対していた。それはポアロも知っている。彼女はリチャードの死にまつわる噂をうやむやのうちに葬ってしまいたいと望んでいた。ポアロはべつに彼女のこの気持ちに驚きはしなかった。ポアロが驚いたのは、自分自身が無意識のうちに彼女と同じような気持ちになっていることである。

　家族の一人一人に対するエントウイッスル氏の描写は、まことに的確をきわめたものだと彼は思った。エントウイッスル氏は自分の法律家としての経験と知識をもって、遺憾なく彼らを説明してくれたが、ポアロはなんとかして自分自身の目でこの人たちを眺めて見ようと望んだのである。もしこの人たちに親しく接したなら、たとえ殺人の方法と時はわからなくとも、犯人の目星はつくだろうと考えていた。（方法と時というものには、ポアロ自身あまり関心を持っていなかった。殺人が可能だったということがわかりさえすれば、それで充分だったのである）犯人の目星がつくといったが、なぜかというと、エルキュール・ポアロは、これまでの長い間の経験で、ちょうど、いろんな絵に接している人が真の芸術家を見分けることができるように、彼もアマチュア犯罪者（必要とあらば人殺しもやりかねない）のタイプはすぐに見当がつくだろうと信じていたからである。

しかし、今度の場合、問題はそう簡単にはいかなかった。

ここにいる人たちのほとんどすべてが、確実性こそ少ないが、事情と場合によっては殺人者たり得る素質を持った人間ばかりであるからだ。

ジョージは窮鼠猫を嚙む式に人殺しをするだろう。スーザンは自分の計画を進めるためなら平然と効率的に。グレゴリーは罰せられることを切望する、例の奇妙な病的な性質を持っている。マイクルは野心家であると同時に、たいていの殺人犯人の持つあの自信満々たる虚栄心を持っている。ロザムンドは見たところあまりに、あまりに単純ゆえ、裏でなにをするかわからない。ティモシーは兄を憎み兄を嫉妬し、兄の金が与える権力にあこがれていた。モードは、ティモシーを自分の子供のように愛している。したがって子供のためならどんな無慈悲なことでもやりかねない。ミス・ギルクリストにしても、あの上品な喫茶室〈柳荘〉が自分の手に帰って来るんだったら人殺しぐらい……。

そしてヘレンは？　ポアロはヘレンが殺人などする光景を想像することはできなかった。ヘレンはあまりに、あまりに礼儀正しく、洗練されている。暴力などとははるかにかけ離れた存在である。それに彼女も、彼女の夫も、リチャード・アバネシーをあんなにも愛していたではないか?

　ポアロはふっと溜息をついた。この事件には真実に到達する近道がない。少し時間はかかるが安全で確実性のある方法をとるより仕方がない。会話をすることだ。いろんな話をすることだ。そうしているうちに、たとえ嘘の話ばかりをしていても、あるいはほんとうの話ばかりをしていても、遅かれ早かれ人間は自分自身の本来の姿を現わすに違いない。

　ポアロは最初ヘレンによってみんなに紹介された。その際、家族の人たちの間には当然のこととして、さも迷惑そうな感情が醸し出された。身内の人間ばかりの集まりに――見知らぬ外国人！　彼はまず、この感情を取り払うことから始めなくてはならなかった。彼はあらゆる場合に応じて、その目を使い、耳を働かせた。公然とあるいはドア越しにものを見、話を聞いた。財産分与の際には必ず起きる例の親近感、反目、その他の不注意な言葉などを認め、あるいは耳にした。ときには誰かれとなく、差し向かいで巧みに話をし、ときにはテラスを歩きまわった。そして自分の推理と観察を進めた。あるときは、ミス・ギルクリストをつかまえて、彼女の喫茶室の消え去った素晴らしさについて、ブリオッシュやチョコレート・エクレアの正しい作り方について語り、さらに裏庭に出て、ハーブをいかにして料理の味付けに利用すべきかを論じた。またあるときは、ティモシーの相手をして彼の健康について、ペイントの匂いが彼の健康にいかに有害であるかについて、長々と小一時間も話を傾聴しさえした。

ペイント？　ポアロは眉をしかめた。ペイントの話はたしかにどこかで誰かがしていたのを憶えているが、誰だったか……エントウイッスル氏だったか？

ペイントといえば、油絵の話もやはり話題にのぼった。ピエール・ランスケネの油絵。コーラ・ランスケネの油絵。これはミス・ギルクリストが夢中になって誉めそやしていた。しかし、スーザンは軽蔑するように言下に切り捨てた。「まるで絵葉書だわ」彼女は言った。「ほんとよ。たしかに絵葉書を模写したんだわ」

ミス・ギルクリストはこれに対して大いに抗議した。「コーラ様は決してそんなことをなさる人じゃありません。いつでも実景を写生なすった方です」

ミス・ギルクリストが部屋を出て行くと、スーザンはポアロに向かって言った。「コーラ叔母さんがいんちきをしてたのは確かよ。請け合うわ。ただ、そう言ったらあの年寄りのギルクリストさんががっかりするとかわいそうだから……」

「どうしてそうだとわかります？」

ポアロはスーザンの自信たっぷりな強いあごの線を眺めて、「この女《ひと》はいつでも自信を持っている。ひょっとしたら、自信を持ちすぎるときもあるんじゃないかな……」と考えた。

スーザンは話を続けた。

「あなただからお話しするけど、ギルクリストさんに言っちゃ駄目よ。コーラの絵の中にポルフレクサンの風景画があるの。入江があって、灯台があって、波止場があって、まあ素人画家が喜んで描きそうな風景なの。でもこの波止場ね、戦争中に爆弾で吹っ飛ばされていまはないのよ。コーラ叔母さんがこれスケッチしたのはほんの二、三年前でしょう？　だから実景から描いたはずないのよ、ね？　でも、あそこで売ってる絵葉書には昔あったように波止場が残ってるのよ。現に、コーラ叔母さんの寝室の引出しの中にも一枚あったわ。だから、叔母さんは現場で〝ラフ・スケッチ〟をして、あとで自分の家で、そっと、絵葉書を見て仕上げたんだと思うわ。ごまかしって、変なところで尻尾が出ちゃう、おもしろいと思わない？」

「そうですね。おっしゃるとおり、おもしろいですね」彼はちょっと口をつぐんで、それからもう充分にきっかけができた、と考えた。

「ところで、あなたは私を憶えてないと思いますが、私はあなたの顔憶えていますよ、マダム。あなたに会ったのはこれがはじめてではありません」

スーザンは驚いてポアロを見つめた。ポアロはさも嬉しそうにうなずいた。

「そうです、そうです。私、自動車の中にいました。コートやマフラーにくるまって、窓からあなたを見ました。あなたはガレージの修理工と話してました。あなたが私に気がつかなかったのは当然です。自動車の中で、ぶくぶく着込んだ年寄りの外国人ですから。しかし、私はあなたに気がつきました、あなたは若く、チャーミングです。太陽の光の中に立っていました。ですから、私がここへ来たとき思いましたね。おや！《ティエン》 なんという偶然でしょう、と」

「ガレージ？　どこ？　それいつ？」

「さあ、少し前……一週間……いえもう少し」

ポアロは〈キングズ・アームズ〉のガレージをよく憶えてはいたが、わざととぼけて言った。「どこだったたか、いま思い出すことできません。私はイギリス中あちこち旅行していますから」

「あなたの避難民たちのために適当な家を探しまわってらしたんでしょう？」

「ええ。いろんな条件がありますからね。値段……環境……改造の適不適」

「この家もあちこち改造しなきゃならないんでしょう？　変なところに仕切りがたくさんあるし……」

「寝室のほうはね。そうする必要がありますね。しかし一階の部屋は触らないつもりです」話を続ける前にここでちょっと言葉を切った。「この古いお屋敷が、他人の手に移ることで、あなたを悲しませたのではないでしょうか？」

「まあ、とんでもない」スーザンは愉快そうだった。「とてもよい考えだと思うわ。いまどき誰がこんなところに住みたいなんて思うかしら？　第一、わたしこの家に感傷的な気持ちはまったくもってないの。わたし、ここに住んだこともないんですもの。父も母もずっとロンドンに住んでいたし、たまにクリスマスに来るくらいだったわ。正直なところ、この家、何だかゾッとするといつも思ってたの。富を祀《まつ》った下品なお寺って感じだわ」

「祭壇もこの頃変わりましたからね。アパート式な建て方で大きなビルディングの中に入って、間接照明で、お金のかかった簡素さ。しかしそれでも富は自らの聖堂を持つものですよ、マダム。聞くところによりますと、失礼ですけど、あなたもそういう大建築を計画していらっしゃるそうで？　なんでもとても豪華版で、金に糸目をつけない……」

スーザンは笑った。

「さあ、大寺院とは言えませんけど……ただの仕事場ですわ」

「まあ、どんな名で呼んでもかまいませんが……お金はずいぶんかかるでしょう？　そうではありませんか？」

「ええ、近頃、物価がすごく高いですからねえ。でも初期の投資は、決してあとで無駄にはならないと思いますわ」

「あなたの計画、少し話してくださいませんか？　若いお美しい女の方で、あなたのように実際的でしっかりした人を見ると、私なんかびっくりしますよ。私の若い頃には、ずっと昔のことですけど、美しい女性は、快楽と、化粧品と、衣装のことしか考えませんでした」

「いまでも女は自分の顔形のことは大いに気にしていますわ。そのために、わたしはここへ来たんですから……」

「そのため？」

彼女はその計画を話して聞かせた。あらゆる細かい点を話しているうちに、知らず知らず彼女に関する意外な新事実も明らかになっていった。ポアロは彼女の事業家としての洞察力、計画の大胆さ、細部にわたる理解力に舌を巻いた。ただ、大胆な計画を立てる人間にありがちな無鉄砲さがないでもないが……。

彼女の顔を見つめたまま、ポアロは言った。

「そうですね、あなたは必ず成功しますね。どんどん先へ進みます。大勢の人たちのように貧困の制限を受けないのは、じつに幸運ですね。いまじゃ資本がなかったら、ある程度以上は先に進めませんからね。あなたのような創造的な考えを持っていて、それを実行に移す手段がなかった場合、とても我慢ができないでしょうね」

「そう、わたしならたぶん我慢できなかったでしょう。でもそれならそれで、なんとかしてお金を作っただろうと思いますわ。誰かに投資させるかどうかして」

「そうですね。あなたの伯父さんは金持ちでしたね。伯父さんが生きていらっしゃれば、きっとあなたに投資したでしょう」

「いいえ、そんなことはなかったと思います。リチャード伯父さんは、こと女に関する限り、少し旧弊な人でしたから。あたしが男だったら、きっと伯父さん……」ちらっと憤りの感情が彼女の顔を横切った。「伯父さんにはわたし、腹を立ててました」

「ああ、そうですか……わかります——」

「年寄りって若い者の行く道を阻むべきじゃないと思うわ。わたし——あらごめんなさい！」

エルキュール・ポアロは別に気にもしないでにこりと笑うと、口髭をひねった。

「私も年寄りです。しかし、私は若い人の邪魔はしません。私の死ぬのを待ってる者もおりません」

「まあ、なんて恐ろしいことを」

「しかし、あなたは現実主義者です、マダム。まあ、世の中にはたくさんの若い者がいますね、あるいは中年が。この人たちが辛抱強く、さもなければしびれを切らして誰かの死を待っているとします。その人が死ねば、金でなくとも、なんらかのチャンスが彼らに与えられる、こう仮定した場合……」

「チャンス！」スーザンが深く息を吸って、言った。「チャンスこそわたしたちの求めるものですわ」

彼女の肩越しに向こうのほうを眺めていたポアロは、朗らかな調子で言った。

「ほら、ご主人がお出でになった。ご主人にも私たちの議論に加わってもらいましょうか……バンクスさん。私はいま奥さんとチャンスというものについてお話ししていたんですが。チャンスこそ黄金──チャンスは両手でしっかりとつかむもの。実際、どこまで進められるものでしょう？　あなたのご意見をお聞きしたいですね、バンクスさん」

しかしポアロは〝チャンス〟どころか、なんの話題についても、グレゴリー・バンクスから聞き出せなかった。バンクスは不思議なつかみにくい性格の持主である。彼自身の意志によるものかどうかわからないが、グレッグは差し向かいの話も、静かな議論もあまり好まない様子だった。グレゴリーと話すこと、これは完全な失敗に終わった。

ポアロはモード・アバネシーとも話をする機会を見つけた。彼女もやはりペイントの匂いについて話し、ティモシーがエンダビーに来れてどんなによかったか、ヘレンがミス・ギルクリストまで呼んでくれてどんなに助かったかなど話して聞かせた。

「ミス・ギルクリストはとても役に立つ人でしてね。ティモシーったら、よく何か軽いものを食べたいと申すことがあるんですね。そんなとき、よそ様の使用人にあんまりお願いするわけにはまいりませんでしょう？　配膳室の近くの小さいお部屋にガスコンロがございましてね。そこでミス・ギルクリストが簡単なものを作って温めてくれるんですの。それに何かを取りに行ったりする仕事も喜んでしてくれるんでほんとうに助かりますわ。階段を一日に何十回と上り下りしても、ちっともいやな顔しないんです。いま考えてみると、あの人が、家に一人ぽっちでいるのはいやだとかなんとか大騒ぎしたのが、かえって神の摂理だったのだと思いますわ。もちろんそのときは、わたしもちょっと腹が立ちましたけど」

「大騒ぎしたとおっしゃると？」ポアロは興味を持って尋ねた。

モードはミス・ギルクリストがどうしてそんな興奮状態になったか、詳しく説明した。

「ではミス・ギルクリストは恐がっていたんですね？　そして、なぜ恐がったのかははっきりわからないというのですね？　おもしろいですね」

「私はきっと遅延性ショックじゃないかと言ったんですが……」

「そうかもしれません」

「戦争中でしたが、一度、爆弾が家から一マイルぐらいのところに落ちましてね、そのときティモシーが……」

ポアロはティモシー云々の話を上の空で聞いていたが、いきなり、「その日なにか特別なことが起こりましたか？」と尋ねた。

「どの日のことでございますか？」モードが少しまごついて聞き返した。

「ミス・ギルクリストが興奮した日です」

「ああ、あの日ですか？　べつになにも。彼女の恐怖心はリチェット・セント・メアリーを離れてからだんだん昂じてきたと言ってますけど。でも、あちらにいた頃はそれほどでもなかったらしいんです」

それじゃ毒入りのウェディング・ケーキを食べた結果に違いない、とポアロは思った。あれ以来、ミス・ギルクリストが恐怖心を抱くようになったとしてもべつに驚くことではないが、しかし、ティモシー夫婦の住む平和なスタンフィールド・グレンジの村に移り住んでからも、この恐怖心が残っていたばかりか、だんだん大きくなっているとしたら、なぜだろう？　ティモシーのような、あまりに多くを要求する、憂鬱症患者の世話をしていたせいだろうか。それなら、かえって神経衰弱から来る恐怖心など看病の疲れに吸収されてしまうだろうに。

きっとあの家にある何かが彼女に恐怖心を抱かせたに違いない。そうだとしたら、いったいなにがあったんだろう？　彼女自身それを知っているだろうか？

ポアロは夕食前にちょっとだけミス・ギルクリストと二人きりになったので、外国人らしい大げさな好奇心をひけらかして、この問題に触れてみた。

「家族の人たちの前であの殺人事件を持ち出すのは、私にはとてもできませんが、しかしとても興味をそそられるですね。誰だってそうじゃないかと思います。あんな極悪な犯罪、感性豊かな芸術家が淋しい一軒家で襲われる。家族の人には大変なショックですね。しかし、あなたにとっては、もっとはげしいショックだったと思います。ティモシー・アバネシーの奥さんの話では、あなたはそのとき家にいたそうですね？」

「ええ、おりました。でもムッシュー・ポンタリエ、ほんとに悪いんですけど、わたくし、そのことについてあまりお話ししたくないんですの……」

「ええ、わかります。あなたの気持ち、よく理解できます」

こう言って、ポアロは待ち構えた。すると、予期したとおり、ミス・ギルクリストはすぐにこの事件について話しはじめた。

彼女の話には別に目新しいものは何一つなかったが、それでもときどき同情や驚きの声を上げながら熱心に聞いているふりをしたので、ミス・ギルクリストは夢中になってしゃべり続けた。

事件に関する自分の考えのみならず、医者の言ったことやエントウイッスル氏の親切だったことまで持ち出して、やっと話の種がつきた頃、ポアロはおもむろに次の話題に移っていった。

「あの家に一人で残らなかったのは、賢明だったと思いますね」

「とてもわたくしにはできなかったんです、ムッシュー・ポンタリエ。どうしてもできなかったんです」

「ええ、その気持ちよくわかります。ティモシー夫婦がこちらに来る間、あの家に一人残るのが恐ろしいこともよくわかります」

ミス・ギルクリストはちょっと良心が咎めるような顔つきをした。

「あのこと、わたくし、とても恥ずかしいと思ってますわ。ほんとにばかでしたわ。一種の恐慌《パニック》に襲われたんじゃないかと思います、どうしてだかよくわかりませんけど」

「もちろん理由はありますよ。あなたは、あの卑劣な毒殺行為を逃れたばかりだったんでしょう？」

ミス・ギルクリストはここで溜息をついて、なんだかまったくわけがわからない。どうしてわたくしを毒殺する必要があったんでしょう、と述べた。

「理由は明らかですよ。この犯人、この暗殺者は、警察の知りたいことを何かあなたが知っていると考えたからですよ」

「でもわたくしが何を知ってるというんでしょう？　どうせ恐い浮浪人か、半分精神異常な人にちがいないでしょうに……」

「浮浪人でしょうか？　私にはそうは思われないのですが……」

「どうかムッシュー・ポンタリエ、お願いですから、そんなことおっしゃらないでください。わたくし、そんなこと信じたくありませんわ」ミス・ギルクリストは突然ひどく取り乱したようだった。

「何を信じたくないんですか？」

「そのう、犯人が……でなくて……あのうほかの人だってこと……」

彼女は落ちつきを失って、沈黙した。

「それでも、あなたはそう信じてます」ポアロはきびしく追及した。

「うそです、そんなこと信じません」

「しかし、私は、あなたはそう信じてると思います。だからこそ、あなたは恐がってるんです。いまでも恐怖を感じているんでしょう？」

「いいえ、ここに来てからは全然。たくさんの方がいらっしゃるし、とても気持ちのよい家庭的な雰囲気ですし。ここではまったく問題はないと思いますわ」

「考えますに――こんな余計なことばかりお聞きして申しわけありません。私は年寄りですし、興味を覚えた事柄についてはあれこれと考える癖がありますので、つい。私は、スタンフィールド・グレンジのティモシーさんの家、何かがあったと思うのです。その何かが、あなたの頭に恐怖心を呼び起こしたんだと思います。この頃は医者も私たちの潜在意識に起こることを認めていますから」

「ええ、それはわたくしも存じておりますわ」

「ですから、私思いますに、あなたの潜在意識にある恐怖心は、なにか小さな具体的な出来事、全然関係のない外部的な出来事かもしれませんが、それによって、ある焦点に導き出された、と思います」

ミス・ギルクリストは身を乗り出すようにして熱心に話を聞いていた。

「ええ、あなたのおっしゃるとおりだと思いますわ」

「じゃその無関係な出来事とはなんだったと思いますか？」

ミス・ギルクリストはちょっと思案したかと思うと、突然こう言った。

「ムッシュー・ポンタリエ、よく考えてみますと、それは修道女だったと思いますわ」

ちょうどそのとき、スーザンと夫が、続いてヘレンが入ってきたので、ポアロはこの話をここで打ち切らざるを得なかった。

「修道女！　さてと、どこで修道女のことを聞いたんだったか」ポアロは考えた。

彼はこの晩の食卓の話題を、なんとかして修道女のほうに導いてみようと心に決めた。

第十九章

親戚一同は、UNARCOの代表ムッシュー・ポンタリエに対して礼儀正しく振る舞った。それに彼の代表する組織を頭文字だけで表わしたのは彼にとって非常に都合が良かった。UNARCOという言葉をみんな無条件で受け容れたからである。いや、この架空の機関についてみんなは、すっかり心得ているがごとき振りさえした！　自分の無知を認めるのは人間として最も恥ずべきことだと思っているらしい。例外はロザムンドだけだった。彼女は、いぶかしげに彼に尋ねた。「それなんなの？　聞いたこともないわ」幸いなことに、そのときそばには誰もいなかった。ポアロは、このような世界的に有名な機関を知らないなんて、無知の骨頂だとロザムンドが感じるように説明した。ところがロザムンドは恥ずかし気もなく、「そう？　また避難民が現われてきたの？　避難民にはあきあきしちゃったわ」と言ってのけた。もちろん他の人もロザムンドと同じような気持ちだったが、そこまであからさまに口には出せなかったのである。ロザムンドだけは思ったとおりをずけずけ述べ立てた。

ムッシュー・ポンタリエはみなから迷惑千万な人間であると同時に、〝あってなきがごとき〟存在として受け容れられてしまった。彼はそのまま、一個の舶来の〝置物〟となってしまったのだ。みなの考えでは、この週末だけでもヘレンはなんとかしてこの人間を追い出しておくべきだったというのであるが、しかし彼が現在こうして家の中にいる限り、どうにもしかたがない、できるだけ親切にしてやっておこうという気持ちに落ち着いていた。幸いにして、この奇妙な小柄な外国人は、あまり英語が堪能ではないらしい。こっちでなにか言ってもなにを言われたのか充分理解できないことがよくあった。とくにみんながいっせいに口を開くと、もうまったく途方に暮れてしまうようだった。彼は難民問題と戦後の社会情勢だけにしか興味がないらしく、ボキャブラリーもこの方面のものだけに限られていた。普通の他愛ないおしゃべりにはよく面食らってぽかんとしていた。いずれにしろ、ポアロはみんなに忘れられた形で部屋の一隅に坐りこんで、コーヒーを飲みながら、ちょうど一群の小鳥たちがさえずっては出たり入ったりしているのをじっと見守っている猫のように、人々の様子をうかがっていた。この猫はまだ小鳥に跳びつくだけの用意ができていなかった。

まる一日、家の中を歩きまわっていろいろと品物を物色したあげく、リチャード・アバネシーの遺産相続人たちは、いよいよその希望を述べ、必要とあらば一戦を交えることも辞さないというときがやって来た。

口論はまずスポード焼きのディナー・デザート用のセットをめぐって始まった。いま現にみんながデザートを食べているこのセットの皿を眺めながら、ティモシーが少しものうげな声で話しはじめた。

「私ももう、たいして先の長い人間じゃないし、私たち夫婦の間には子供もいない。だから、無用の長物をいろいろ背負い込んでもなんの役にも立たないが、まあ老後のなぐさめとして、この古いデザート・セットをもらっておこうと思っている。これは私が子供の頃から使ってた品物だから、いまじゃもちろん流行おくれだ。だいたいデザート・セットなんてものは、近頃あんまり値打ちもないそうだな。しかし私はこれで満足するつもりだ。欲は言わない。ああ、それと、あの、〈白の間〉にあるブール細工の飾り戸棚をもらっていくかな」

「叔父さん、一足おそかったな」ジョージがのんきでさりげない調子で口をはさんだ。「このスポード焼きのデザート・セットは、ぼくが今朝ヘレンに契約済みのマークつけといてくれって頼んだから……」

ティモシーは顔を紫色にして怒り出した。

「契約済み？　契約済み？　そりゃどういう意味だい？　なんにもまだ決まっちゃいないじゃないか？　第一、お前にデザート・セットなんか、なんの役に立つんだ。結婚もしてないくせに……」

「ところが、じつはね、ぼくはスポードの蒐集をしてるんです。このデザート・セットなんか、スポードとしちゃ逸品だからね。だけど、叔父さん、ブールの飾り棚だったら大丈夫だよ。あんなのもらってくれと言われたって欲しくもない」

ティモシーは飾り戸棚のほうは聞き流した。

「おいおい、ジョージ。お前のその態度はなんだ？　私はお前よりずっと歳が上だ、それにリチャードの兄弟で残っているのは私一人だし。その私に向かって……。デザート・セットは私が持っていく」

「それじゃ叔父さん、ドレスデンのデザート・セットを持ってったらどう？　あれだって品物は立派だし、思い出だってふんだんにあるでしょう？　いずれにしても、スポードはぼくのもんですね。早いものが勝つと」

「ばかな！　そんな無茶なことがあるか！」ティモシーは口から泡を飛ばして怒った。

モードが横からきつい声でたしなめた。

「ジョージ、叔父さんの気持ちを損ねるもんじゃありませんよ。身体にとても障るんですからね。叔父さんがスポードが欲しいと言えば、スポードは叔父さんのものですよ。一番最初に叔父さんが選んで、それから若い人たち。叔父さんはリチャードの弟でしょう。あなたはほんの甥に過ぎないんですからね」

「それからな、お前にはっきり言っとくがね」ティモシーは憤怒に煮えくり返るといった面持ちだった。「もし、リチャードがまともな遺言状を書いていれば、この邸の品物は全部私に委されるはずだったんだ。それが当たり前の行き方だ。そうならなかったところをみると、私は、なにか小細工があったんだと思う。あるとも、もう一度言ってもいい。なにかよこしまな小細工があったんだ」

ティモシーは、甥を睨みつけた。

「とんでもない遺言状だ。非常識きわまる……」

彼は椅子にもたれ、胸に手を当ててうなった。

「身体にとってもこたえる。少しブ、ブランデーをくれ……」

ミス・ギルクリストが大急ぎでブランデーを取りに行き、小さなグラスに入れた気付け薬と一緒に持って戻ってきた。

「さ、アバネシー様、あんまり興奮なさらないように。お休みになったほうがよろしいんじゃございませんか？」

「ばかなこと言うな」ティモシーはブランデーをぐっと飲みほした。「こうなっちゃ休めるもんか、私は、私の所有財産をあくまで守り通すつもりだ」

モードがまた口を出した。

「ほんとに、ジョージ、あんたもあきれた人ね。叔父さんの言うこと、ちゃんと道理にかなってるわよ。叔父さんの希望がなによりも一番先よ。だからスポード焼きが欲しくても、叔父さんにどうぞと言うのが当たり前じゃないの？」

「いずれにしてもあんまりパッとした品物じゃないわよ」スーザンが口を入れた。

「スーザン、お前は黙ってろ」ティモシーが怒鳴りつけた。

スーザンのそばに坐っていた痩せた若い男が頭を上げ、いつもの調子より少し甲高い声でティモシーに言い放った。

「ぼくの妻にそんなものの言い方はしないでください！」

そう言いながら彼はなかば腰を上げた。

スーザンがすばやくたしなめた。「いいのよ、グレッグ。あたし気にしてないから」

「いや、ぼくが気にするよ」

ヘレンが割り込んできた。「ジョージ、あんた、叔父さんに花を持たせるものよ。あんたが紳士だったら、そのほうが……」

「花を持たせるとはなんだ、花を……」ティモシーがまたもや怒鳴りだした。

しかし、ジョージはヘレンに軽く会釈して言った。「あなたの仰せは我が家の掟です、ヘレン伯母様。ぼくは謹んでぼくの要求を撤回します」

「いずれにしても、あんた、ほんとうに欲しかったわけじゃないんでしょう？　正直なところ」

彼はヘレンの方に向き直ると、ニヤリと笑った。「伯母さんにあっちゃ敵わないや、なにもかもお見通しなんだから。悪い癖ですよ、伯母さんたら、見なくってもいいことまで見抜いちゃうんだから……。いや、ティモシー叔父さん、ご心配ご無用、スポードはあなたのものです。ちょっと悪ふざけだったかな」

「ふざけてたんですって！」モードが腹を立てた。「まあ、叔父さんが心臓麻痺にでもなったらどうするつもりだったの？」

ジョージは愉快そうにそれに答えた。「それも心配無用ですよ、叔母さん。ティモシー叔父さんはたぶん、われわれの誰よりも長生きするにちがいありませんよ。昔からきしむ戸は長持ちすると言われてますからね」

ティモシーはその目に強い憎しみの色をこめて身を乗り出した。

「リチャードがお前に愛想つかしたのも無理はない！」

「なんだって?」ジョージの顔からいままでの朗らかさが消え失せた。「モーティマーが死んだあとで、お前はモーティマーの後釜に坐りこもうと思って、ここにやって来ただろ? リチャードがお前を相続人にしてくれるものと思い込んで。ところがそうはいかない。

リチャードはすぐにお前の正体を見破った。お前に金を委せたら、その金がどこに行くか、ちゃーんと知ってたんだ。リチャードが、あれだけの金をお前に遺していったことすら、不思議なくらいだ。ああ、お前の金がどうなってるか、ちゃんと知ってたのさ。競馬だ、ギャンブルだ、モンテカルロだ、カジノだ。いやもっと悪いところにも足を運んでいたんだろう。お前がまともな人間じゃないってことはリチャードもちゃんと見抜いてたんだぞ」

ジョージは怒りに鼻の両側を白くさせながらも、わざと落ち着き払って言い放った。

「いくら叔父さんだって、いい加減言葉に気をつけたほうがいいよ!」

ティモシーはさらにゆっくりした調子で応じた。

「私は身体が悪くて葬式に来られなかったが、モードの話によると、コーラがなにか言ったそうだな。コーラはどうせばかな女だ……しかし、あの言葉は嘘八百だとは言いきれないところがある。もしそうだとしたら、私がまっさきに疑うのは……」

「ティモシー！」モードが立ち上がった。頑とした、冷静な、力強い態度だった。「あなたは今晩とてもお疲れになってらっしゃるわ。少しは自分の身体のこともお考えにならなくちゃ。また病気になられたら、こちらがたまりませんわ。さ、わたしと一緒にまいりましょう。鎮静剤を飲んで、すぐベッドにお入りになるといいわ。ヘレン、わたしたち、スポードのデザート・セットとブールの飾り戸棚をリチャードの思い出としてもらっていくわ。べつに異議はないでしょう？」

彼女はぐるりと一座の人々を眺めまわした。誰も一言も言わなかった。やがて彼女はティモシーを自分の腕で支えると、ドアの傍らでうろうろしているミス・ギルクリストを払いのけるようにして退場していった。

二人が出ていって最初に沈黙を破ったのは、ジョージであった。

「恐るべき女性《ファアム・フオルミダブル》！　モード叔母さんにぴったりの形容だね。さすがのぼくも彼女の凱旋の行進を邪魔する勇気はないね」

ミス・ギルクリストはおずおずと腰をおろすと、「でも奥様はいつもとても親切な方ですわ」と呟いた。しかしこの言葉はなんの反響もなくすぐ消え去った。

突然、マイクル・シェーンが笑い出した。

「じつに愉快だよ、まるで『ボイジー家の遺産相続』の舞台をそのまま現実にもってきたみたいだ。ところで、ロザムンドとぼくは応接間にある孔雀石のテーブルが欲しいんだけど……」

「あら、だめよ。あれ、あたしが目をつけてんのよ！」スーザンが叫んだ。

「ほらまた始まった」ジョージが目を天井に向けて呟いた。

「べつに喧嘩するほどのことないわよ」スーザンが言った。「あたしがあのテーブルを欲しがる理由はね、今度新しく始める美容院のためなの。ちょっと色彩的な効果を上げるためにね。あの上に蠟製の造花の大きな束をのっけるの。とても素敵だと思うわ。蠟製の造花なんかどこにでもあるけど、緑色の孔雀石のテーブルってちょっと珍しい品物だし……」

「だからこそ、あたしたちもあれが欲しいのよ」ロザムンドが口を出した。「今度の新しいお芝居の小道具に使いたいのよ。あんたの言うように、色彩的な効果を上げるためにね。時代にもマッチしてるし、蠟製の造花かハチドリの剝製をのせれば完璧よ」

「ええ、あなたの言うこと、よくわかるわ。でもね、あたしの場合とあなたの場合を較べたときにね、あなたは舞台の上で使うんでしょう？　それだったら、ペンキを塗ったって充分孔雀石に見えるわ。わたしのほうはサロンに置くんだから、本物でなきゃあ具合が悪いのよ」

「まあまあご婦人方」ジョージが仲に入って、「お互いに恨みっこなしの勝負ってことにしちゃあどうだい？　コインを投げるか、それともトランプで決めるか？　問題が時代物のテーブルだから、テーブルの上の一勝負ってのがおあつらえむきじゃないか？」

スーザンは愛想よく微笑《わら》った。

「明日、ロザムンドと二人でよく相談するわ」

彼女は、例のごとく自信たっぷりだった。ジョージは、なにを思いついたかスーザンの顔とロザムンドの顔をしげしげ見較べていた。ロザムンドはぼんやりした、どこか遠いところでも見ているような顔をしていた。

「ヘレン伯母さん？　あなたどっちに賭けますか？　チャンスは五分五分ですね。スーザンには決断力があるし、ロザムンドは驚くほどひたむきだから……」

「ハチドリでなくて、中国製の大きな花瓶がいいかもしれないわ」ロザムンドが言った。「あの花瓶だったらとてもいい電気スタンドになるわ、金色のシェードをかぶせて……」

ミス・ギルクリストがなんとなくみんなをなだめるような調子で言った。

「このお邸、ほんとに素晴らしいものばかりですわ。あの緑のテーブル、あなたの新しいお店にとてもよく似合うでしょうね？　バンクスさん。あんな見事なテーブル見たこともございませんわ、きっと値打ちのあるもんでございましょうねえ?」

「もちろん、テーブルの値段はわたしのもらう遺産から差し引かれることになるのよ」

スーザンが言う。

「ごめんなさい。わたくし! べつに! そんな意味で……」ミス・ギルクリストがおどおどした調子で言いつくろった。

「あるいはその値段は、われわれのもらう遺産から差し引かれるかもしれんよ」マイクルがわざわざ指摘するように言った。「蠟製の造花も一緒にね」

「あのテーブルと造花、ほんとうにぴったりですわね。とても芸術的で、やさしくって、綺麗で……」ミス・ギルクリストはこう呟いたが、誰も彼女の言葉には注意も払わなかった。

グレッグがまたもや例の甲高い神経質な声で口を聞いた。「あのテーブル、スーザンが欲しがってるんだ」

ちょっと一座の間に白けた気分が漂った。まるで、グレッグの言葉で歌のキーが外れたような感じだった。

ヘレンがあわてて口を出した。

「それでジョージ、あんたはいったいなにが欲しいの? スポードのデザート・セットはべつとして――」

ジョージはにやりと笑った。緊張した空気がゆるんだ。

「年寄りのティモシーをからかうのはまあ悪趣味だったけど、彼、あんまり強情だからな。長い間、自分の勝手ばかり通してるもんだから、強情が病的になってるんだ」

「病人には調子を合わさなければだめなんですよ、クロスフィールドさん」ミス・ギルクリストが言う。

「病人だって？　いまいましい、年寄りの憂鬱病さ」とジョージ。

「そのとおりよ」スーザンが同意した。「あの人の身体にはなんの異常もありゃしないのよ。あたしはそう思うわ。あんたどう思う、ロザムンド？」

「え？　なに？」

「ティモシー伯父さん、ほんとうの病気だと思う？」

「いいえ、いいえ、病気なんかじゃないわ」ロザムンドはまだぼんやりしていた。それであわてて詫びるように言った。「ごめんなさい、あたしほかのこと考えてたもんだから。あのテーブルにはどういう照明を当てたらいいか一生懸命考えてたの」

「お聞きのとおり」ジョージが言った。「ひとつことしか考えない女。マイクル、きみの奥さんは危険なひとだよ。きみ知ってたかい？」

「ああ、知ってるよ」マイクルはうるさそうに答えた。

ジョージは浮き浮きとした調子で続けた。

「テーブル争奪戦。明日いよいよ試合開始。礼儀正しく争うこと。ただし、断固たる決意を持って臨むべし。みんな、どちらの側につくか決めとかなきゃあ。ぼくはロザムンドの肩を持つなあ。見かけは触れなば落ちん風情だが、ほんとうはそうじゃない。旦那さんたちはそれぞれ自分の奥さんの味方をするとして、ミス・ギルクリストは？　言うまでもなくスーザン側ですか？」

「まあ、クロスフィールドさん、そんなことわたくしが！」

ジョージは彼女の動揺には目もくれなかった。

「ヘレン伯母さんは？　伯母さんはキャスティングボートを握ってるんですよ……あ、忘れてた！　ムッシュー・ポンタリエ？」

「なんですか《パルドン》？」エルキュール・ポアロはぽかんとした顔つきだった。

ジョージは事情を説明してやろうかと思ったが、思い直した。この爺さん、いままでみんなが話してたこと、一言も理解してやしないんだ。

「いやちょっとした身内でふざけてるだけで……」

「はい、よくわかります」ポアロは愛想よく笑った。

「そうすると、ヘレン伯母さんがやっぱり決定的な一票を握ってるんだ。どっちの側につきます？　伯母さん？」

ヘレンは苦笑していた。

「わたし、自分で欲しいと言い出すかもしれないわよ、ジョージ」

彼女はわざと話をそらして、外国人の客のほうに向き直った。

「ムッシュー・ポンタリエ、こういうくだらない話ばかりで退屈でしょう？」

「いいえ、決して。このような家族の間に入れていただいて光栄に思っています」ポアロは頭を下げた。「私の言いたいことは……私の意味するところをうまく言えませんが……この家が他人の手に渡るのは残念ですということ。みなさん、大変悲しいことでしょう」

「まあ、わたしたち、ちっとも残念だなんて思ってませんわ」スーザンが力を込めて言った。

「あなたは大変やさしい方です、マダム。迫害の犠牲者である老人たちにとって、この家はほんとに完全です。なんという安息でしょう。なんという平和でしょう。もしいやな気持ちになられたとき、このことをよく憶えておいてください、老人の安息所になったことを。ここに学校を造る噂があったことも聞きました、普通の学校でない、修道院、宗教家の経営する学校。修道女の経営する学校。たぶん、みなさんそちらのほうが良かったのではないですか？」

「いや、べつに……」ジョージが答えた。

「〝メリー聖心〟経営の学校とか。幸い、私のほうには、匿名の寄付者がたくさんおりますから、少し高い金額を申し出ることができました」彼はミス・ギルクリストに面と向かって、尋ねた。「あなたは修道女がお嫌いでしたね？」

ミス・ギルクリストは顔を赤らめて、当惑している様子だった。

「あら、ポンタリエさん、そんなふうにお取りにならないで……。べつに、その……個人的な感情じゃないんですの。しかし、あんなふうに世の中からまったく隔絶してしまうって気持ちはわかりませんわ。必要ないんじゃないかと思います。ほとんど利己主義ともいえますわ。もちろん子供たちを教育したり、貧しい人たちを助けたりする修道女たちは別ですけど。そういう人たちはたしかに犠牲的で、献身的な人たちだと思います」

「わたしは、修道女になりたいって気持ち、どうしても理解できないわ」スーザンが言う。

「修道女の恰好ってとてもすてきよ」とロザムンド。「覚えてる？　去年『奇蹟』を再演した時、ソニア・ウエルスの修道女、そりゃ言葉に出せないほど魅惑的だったわ」

ジョージが口を入れた。

「ぼくにわかんないのはね、全知全能の神を喜ばすのに、なぜ中世風な服装をしなきゃならないかってことだ。修道女の服装って、なんていったって中世風なんだよね。あんなに扱いにくくて非健康的で、非実用的なもの――まったく徹底してるよ」

「それに、あの服装だとみんな同じ人に見えてしまって」とミス・ギルクリストが言った。「いま考えるとばかげてますけど、アバネシー様の家におりましたとき、尼さんが寄付を集めに来たのを見て、わたくし、そりゃドキッとしましたわ。リチェット・セント・メアリーでコーラ様の検屍審問の日に来た修道女と同じに見えたんですもの。なんだか、わたくしのあとを追っかけまわしてるような気がしましてね」

「修道女はいつでも二人一組で寄付金集めをしてるとばっかり思ってたけど。探偵小説で、このことを決め手としてるのを読んだことがあるな」とジョージ。

ミス・ギルクリストはこれに答えて言った。

「そのときは一人だけでしたわ、きっと経費を節約してたんじゃないかしら？　いずれにしても、よく考えたら同じ修道女じゃないんです。一人のほうは聖……バーナバスのオルガンのための寄付だったし、もう一人のほうは全然違った名目、なにか子供に関係のある寄付でしたから」

「しかし、どちらも同じような身体つき、顔つきだったでしょう?」エルキュール・ポアロが尋ねた。彼はこの問題に興味を覚えたらしい。ミス・ギルクリストは彼のほうに向き直った。

「ええ、きっとそのせいだったと思いますわ……上唇が……まるで口ひげでも生やしているような感じで。ええ、そのことがわたくしの恐怖心をひき起こしたんじゃないかと思うんですの。当時わたくし、神経がとても高ぶっておりましたし、それに戦争中に第五列の男たちがパラシュートで上陸して修道女に化けたというような話も聞いておりましたものですから。もちろん、みんな気のせいですわ、あとで考えてみますと」

「変装するんだったら、修道女ってもってこいね。足を隠すから」スーザンが考え深そうに言った。

ジョージがそのあとを次いだ。

「人間って、めったに相手をよく見ることがないんだよ。だから、法廷なんかで証人の証言が一人一人ちがってくるんだ。驚くべきちがいなんだ。同一人物でありながら、背が高かった、いや低かった。やせ型だ、いや肥ってた。色白だ、色黒だ。黒っぽい服を着てた、明るい色の服だったって、まるで反対の陳述なんだ。目撃者が大勢いたら、たいていそのうちの一人は信頼できるのがいるんだけど、どの一人かってことが、また問題になってくるんだね」

スーザンがまた口を入れた。

「それから、おかしいことっていえばね、たまに、鏡なんかに不意に自分の姿が映るでしょう、そんなとき、誰の姿かわからないことがあるわよ。漠然と見たような人だなあと思うだけなの。〝あの人、誰かあたしのよく知ってる人だわ〟って考えてるうちに、なあんだ、自分かってことになるのよ」

ジョージがこれに応じた。

「しかしね、鏡に映った姿でなくて、自分本来の姿を見たら、もっと判別がつかなくなるぜ」

「どうして?」ロザムンドがけげんそうに尋ねた。

「なぜってね、誰も自分自身の姿を見たことないだろう? わかる? つまりね、他人の目に映る自分ってものを眺めた人はいないだろう? 自分を見るときはいつでも鏡を通してだからね。目に映るものは事実とは逆なんだよ」

「逆だと、違って見えるの?」

「もちろん」スーザンがすばやく答えた。「違ってこなきゃうそだわ。人間の顔ってね、右側と左側が完全に同じじってことないのよ。眉毛の恰好は違ってるし、口だってゆがんでるし、鼻だってまっすぐな鼻なんか一つもないわ。鉛筆で見たらよくわかるわよ。誰か鉛筆持ってない?」

誰かが鉛筆を差し出した。みんなはその鉛筆を鼻の両側に当てて試験し、いろんな角度で変わってくる奇妙な顔を見て笑い興じた。

いたって明るいなごやかな空気になった。みんな上機嫌だった。連中はもはや財産分与のために集まったリチャード・アバネシーの遺産相続人ではなく、週末を田舎で楽しんでいる陽気な幸福な人たちであった。

ただ、ヘレン・アバネシーだけが、なにか考え込んだ様子で沈黙を続けていた。

エルキュール・ポアロは軽く溜息をつくと、おもむろに立ち上がって、主人役のヘレンに丁寧なお休みの挨拶を述べた。

「たぶんおやすみなさいでなくて、さよならかもしれません。私の汽車は明日の朝九時に出発します。とても早いです。ですからいま、みなさんの親切なもてなしに感謝します。家の受け渡しの日は、エントウイッスルさんと相談して決めます。もちろんあなたのほうの都合の良い日に」

「いつでも結構ですわ、ムッシュー・ポンタリエ。わたしの仕事はもうすっかり片づきましたから」

「それでは、あなたはキプロス島の別荘に戻られますか？」

「ええ」ヘレンは微笑に唇をほころばせた。

「嬉しそうですね、後悔はありませんか？」

「イギリスを離れることにですか？　それともこの家を離れることについて？」

「ここを離れることに……」

「いいえ、決して。過去にすがりついても無駄ですわ。過去は過去として葬り去るべきです」

「そうできればね……」ポアロは周囲の人たちに申しわけなさそうに微笑《わら》って、無邪気に目をしばたたかせた。

「ときどきは、過去から逃れられないことがあります。過去がどうしても忘却できないことがあります。過去があなたのすぐ肘のそばにいて、〝おれはまだ片づいてないよ〟と言います」

スーザンが曖昧な笑い声を立てた。

ポアロは、「これ真面目な話です」と言った。

マイクルが、「あなたのおっしゃる意味は、避難民がここに来ても、自分たちの過去の苦しみを絶対に忘れることはできないということですか？」と尋ねた。

「私は避難民のことを言ってるのではありません」

ロザムンドが横から、「この人、あたしたちのことを指して言ってんのよ、マイクル。リチャード伯父さんや、コーラ叔母さんや、手斧や、そういったもの全部……」と言って、ポアロのほうに向き直った。

「ね、そうでしょう？」

ポアロは無表情に彼女を眺めた。

「なぜそのように考えるんですか？　マダム」

「なぜって、それは、あなたが探偵だからよ。そうでしょう？　だからここに来たんでしょう？　ＮＡＲＣＯとかなんとか、完全なでたらめよ、ね？」

第二十章

1

その瞬間あたりの空気が異常な緊張を帯びた。ポアロは、ロザムンドの美しい、平然とした顔から少しも目を離さなかったが、この緊張をひしひしと感じた。

彼はちょっと頭を下げると、「あなたは偉大な洞察力をお持ちです、マダム」と言った。

「そうではないわ、レストランで一度、あなたがそうおっしゃってた。それを覚えていただけ」

「では、なぜいままで黙っていたのですか?」

「そのほうが、もっとおもしろいだろうと思ったからよ」

マイクルは自分の感情を抑えかねたような声で言った。

「ロザムンド！　きみという人は……」

ポアロはロザムンドからマイクルのほうに目を移した。マイクルはたしかに怒ってる。怒ってるだけじゃなく、何かを――懸念するような。

ポアロはそれから静かにみんなの顔を見まわした。スーザンの顔、怒りと用心深さ。グレゴリーの顔、死んだように殻を固く閉ざしている。ミス・ギルクリストの顔、口をあんぐり開けたばか面。ジョージの顔、油断も隙もない構え。ヘレンの顔、狼狽と不安……。

これらの表情は、このような情況の下には当然現われる普通の表情である。もうちょっと早く彼らの表情を見ておいたら――ロザムンドの口から〝探偵〟という言葉が出たその瞬間に彼らの表情を見ておいたら、どんなによかったろう。いまの表情はまったくべつの表情なんだから……。

ポアロはちょっと肩を張ると、みなに向かっていんぎんにお辞儀した。彼の英語からは外国人らしいアクセントがぐっと少なくなった。

「そうです。私はたしかに探偵です」

ジョージ・クロスフィールドは、鼻の横にまた白い筋を見せて怒った調子で尋ねた。

「誰があなたに頼んだんですか？」

「私は、リチャード・アバネシーの死について調査するようにとの依頼を受けたんです」

「誰から？」

「現在のところ、それはあなたに関係ありません。しかし、リチャード・アバネシーの死は、たしかに自然死であったと保証されたとしたら、それであなたも安心でしょう？」

「もちろん、伯父さんは病死ですよ。誰が病死でないなんて言いました？」

「コーラ・ランスケネが言いました。しかも彼女自身はもはやこの世におりません」

かすかな不安の波が、忌わしいそよ風のように部屋の中をざわめかせた。

「コーラ叔母さんは、ここで……この部屋でそう言ったんだわ」とスーザン。「でも、あたし叔母さんの言葉を本気には……」

「考えなかった？」ジョージ・クロスフィールドは彼女のほうに皮肉な一瞥を投げた。「いまさらそう言ったって始まらないだろう？　ムッシュー・ポンタリエをだまそうたって無駄だよ」

「ええ、そうよ、あたしたちみんな、そう思ったわ」ロザムンドはさらに、「第一、この人の名前、ポンタリエなんかじゃないわよ。エルキュールなんとかって名前……」と付け加えた。

「エルキュール・ポアロです、どうぞよろしく」

ポアロはもう一度お辞儀した。

今度は、驚きの声も、心配の空気も感じられなかった。連中にとってはポアロの名前はなんの意味もないようだった。ロザムンドが発した〝探偵〟という単語のほうがはるかに効果的だったのである。

「で、あなたがどういう結論を得られたか、お尋ねしてもいいですか？」ジョージが問いかけた。

ロザムンドが代わりに答えた。

「この人、あんたなんかに言いっこないわよ。言ったとしても、どうせ嘘に決まってるわ」

一座の内でロザムンドだけがいかにも楽しそうだった。エルキュール・ポアロは、彼女を不思議そうに眺めた。

2

エルキュール・ポアロはその晩よく眠れなかった。なにかしらひどく不安な気持ちだった。理由もなく頭が混乱していた。捕捉しがたい話の切れぎれ、人々の目の動き、ちょっとした態度。すべてがこの静かな夜の淋しさの中に浮かび上がっては消え失せ、消え失せては浮かび上がり、そこになにかしら重要な意味を持っているようでありながら、その意味がどうしてもつかめないのだった。ポアロは眠りの一歩手前にいて、それでいてなかなか寝つけなかった。うとうとしかけると、なにかが頭の中にひょいと浮かんできて、また目が覚めてしまうのだった。ペイント……ティモシーとペイント（ペンキ）……。オイル・ペイント（油絵）……油絵の匂い……なにかしらエントウイッスル氏に関係がある。ペイントとコーラ。コーラの油絵……絵葉書……コーラのインチキな油絵。……いや、エントウイッスル氏に後戻りだ。……なにかエントウイッスル氏の言っていた言葉の中に……それともランズコムだったかな？　修道女。リチャード・アバネシーの死んだ日にやって来た修道女。ひげの生えた修道女。ティモシーの家、スタンスフィールド・グレンジに来た修道女。リチェット・セント・メアリーに来た修道女。どうも修道女が多すぎる！　舞台の上の魅惑的なロザムンドの修道女。ロザムンド……彼を探偵だと看破したロザムンド……あのときロザムンドの顔をあっけに取られて見つめた人々の目、目、目。コーラがあの日、〝だって、リチャードは殺されたんでしょ？〟と宣言したときにも、この人たちは同じような目で見つめたにちがいない。あのときヘレン・アバネシーはなにかしら異常なものを感じたと言うが、いったいなにを感じたのだろう？　ヘレン・アバネシー……過去をあとにして……キプロス島に出かける……ポアロがなにか言ったとき、蠟製の造花を落としたヘレン……なにを言ったんだっけ？　あまりよく憶えてないが……。

そこで彼は眠りに落ちた。眠りに落ちてから夢を見た……。

彼は緑色の孔雀石のテーブルを見ていた。その上にガラス覆いのついた蠟製造花の台が置いてある——すべてのものに真っ赤などろっとした油絵具が塗りたくってあった。血の色をした絵具だった。ペイントの匂いがした。するとティモシーがうなっていた。「私は死ぬんだ、もう死ぬんだ……これが終わりだ」そばにモードが立っていた。背の高い頑丈なモードが、手に大きなナイフを持って……ティモシーの言葉を真似ていた。「そう、これが終わりよ……」終わり。終局。死の床。蠟燭。修道女が一人、祈りを捧げている。ああ、この修道女の顔さえ見れば……この修道女の顔を一目だけでも見ることができたら……、すべてがわかるんだが……

エルキュール・ポアロはそのとき目が覚めた。

とたんに……すべてがわかった！

そうだ。これで終わりだ……。

もちろん、まだまだすべきこと、調べるべきことはたくさんあるが。

彼はモザイクの小さな断片を一つ一つ整理しはじめた。

エントウイッスル氏、ペイントの匂い、ティモシーの家、そこにあるなにものか——ひょっとしたらそこにないかもしれないが……。蠟製の造花……ヘレン……粉々に割れたガラス……。

3

ヘレン・アバネシーは、自分の部屋で、ベッドに入る前に、一生懸命考えていた。

彼女は化粧台の前に坐って、鏡の中の自分の姿をぼんやりと眺めるでもなしに眺めていた。

無理に押しつけられて、エルキュール・ポアロをこの家に招じ入れた。それは彼女の望むところではなかった。しかし、エントウイッスル氏はついに彼女を説き伏せて承諾させてしまった。それがいま、なにもかもが明るみに出されてしまった。もうリチャード・アバネシーも墓の中で安眠することはできまい。すべてがあのコーラの短い言葉に始まったことだ……。

あの日、葬式のあとで……みんなどんな顔をしてコーラを眺めただろうか？　自分自身もどんな顔つきをしていただろうか？

ジョージがなにか言ってたっけ？　自分の顔を見ることがなんとかだって……。

ほかにもなにか言ってたが……。他人の目に映るとおりの自分自身を眺める――他人の目に映る自分。

鏡の中を見るともなしに見ていたヘレンの目は急に焦点を合わせて、自分の姿を見つめはじめた。しかしそれは彼女自身の姿ではない。他人の目に映る彼女の姿ではない。あの日のコーラの目に映った自分ではない。

ヘレンの右――いや左の眉は右よりも少し上がり気味に弧を描いている。口は？　いや、口の恰好は左右まったく対称的だ。もし自分自身にぱったり出会うことがあっても、この鏡の中の映像とたいして違っていそうもない。コーラほどじゃない。

コーラ――コーラの姿がはっきり浮かび上がってきた。コーラ、葬式の日のコーラ、首をちょっと片方にかしげて……例の質問を発して……ヘレンを眺めて……。

突然、ヘレンは両手で顔を蔽った。そして、独り言をつぶやいた。「まさか、そんなこと！……そんなことってあるはずないわ！」

4

エントウイッスルの姉は、電話のベルの音で、楽しい夢を破られてしまった。彼女はクイーン・メアリーとトランプ遊びをしている夢を見ていたのである。

彼女は、聞こえないふりをした。しかしベルはいつまでも鳴り続けた。眠そうに頭を持ち上げるとベッドの傍らにある時計を眺めた。七時五分前。こんな早い時間にいったい誰からかかってきたのだろうか？　どうせ間違い電話だろう。

電話はいらだたしく鳴り続けた。彼女は溜息をつくと、部屋着をひったくるように取り上げ、居間のほうへ突進した。

「ケンジントンの六七五四九八ですが……」彼女は受話器を取るなり無愛想な声で話しかけた。

「あのこちらは、アバネシーですが。レオ・アバネシー夫人ですが、エントウイッスルさんを呼んでいただけませんでしょうか？」

「おや、アバネシーさん、おはようございます」この〝おはようございます〟は非常に皮肉にひびいた。「わたし、エントウイッスルの姉でございますが、弟はまだ休んでおりますわ。あたくしも寝ていたところを……」

「ほんとに申し訳ございません」ヘレンはいやでも詫びざるを得なかった。「あの、急ぎの用事でぜひ弟さんに、いますぐ弟さんとお話しできませんでしょうか？」

「もう少しあとじゃ駄目なんですか？」

「いますぐでないと、ちょっと都合が悪いんですけど」

「わかりました」

ぷりぷりして弟の部屋をノックすると中に入っていった。

「また例のアバネシーの連中よ」吐き出すように彼女が言った。

「え？　アバネシーの連中？」

「レオ・アバネシー夫人だとさ、朝の七時前に電話かけるなんて！　まったく！」

「ミセス・レオが？　それは！　よっぽどなにか……私の部屋着は？　ああ、ありがとう」

彼はすぐに電話口に出た。

「エントウィッスルです。もしもし、ヘレン？」

「ええ、こんなに早くお電話して、まだお休みだったんでしょう？　ほんとにごめんなさい。でも、前に、わたしが思い出したらすぐ電話するようにっておっしゃったでしょう？　ほら、コーラが、リチャードが殺されたんだとかなんとか言ってわたしたちをびっくりさせたときに、わたし、変なものを感じたってこと」

「ああ！　それで思い出したんですか？」

ヘレンはちょっと困惑したような口ぶりだった。

「ええ、思い出したんですけど……それがどうしても腑に落ちないんです」

「腑に落ちる落ちないは私の判断に任せて。いったい、なんだったんですか？　その場にいた人の誰かが変だったわけですか？」

「そうです」

「じゃ、話してください」

「それが、とてもばかげてるんですの」ヘレンの声はいかにも気まり悪そうだった。

「でも、たしかなことはたしかなんです。わたし、昨晩、鏡で自分の姿を眺めていたら急に気がついたんですけど……アッ」

なにかに驚いたような軽い叫び声が聞こえると同時に、変な音が……なにかわからないが……鈍いドスンというような変な音が電話線を伝わって聞こえてきた……。

彼はしつこく叫び続けた。

「もしもし……もしもし、どうしたんですか？　ヘレン！　そこにいるんですか？　ヘレン……」

第二十一章

1

　エントウイッスル氏は何度も電話局に問い合わせたあげく、小一時間たってやっとエルキュール・ポアロを電話口まで呼び出すことができた。

「ああ、やっと！」エントウイッスル氏は激しく苛立っていた。「交換台でなかなかそちらが呼び出せなくって！」

「当たり前です。受話器がはずれてたんですから」ポアロの声には、電線を通じてもなお、厳しいひびきが感じられた。

「どうしたんです、いったい？」エントウイッスル氏が鋭く尋ねた。

「ええ、レオ・アバネシー夫人が書斎の電話のそばで倒れてました。二十分前にメイドが見つけたのです。意識不明で、重度の脳震盪です」

「頭をなぐられたというのかね？」

「そう思います。転んで大理石の扉止めで頭を打ったのかもしれませんが、私はそうは思いません。医者もそう思っていません」

「彼女はそのとき、私に電話をかけてたんだ。途中で急に通話が切れたのでどうしたのかと思って……」

「そうですか？　電話をかけていた相手はあなたでしたか？　なんて言ってました？」

「ずっと以前に、コーラ・ランスケネが兄さんは誰かに殺されたと言ったときに、ヘレンはなにかが変だという気持ちを感じたと言ってたから、私がその変な何かを思い出したら、すぐ電話してくれと頼んでおいたんだ。どうしても思い出せないと言うんで……

…」

「そしたら急に思い出した、そうなんですね？」

「そうです」

「それであなたに話すために電話をかけた？」

「そう」

「結構です、それで？」

「結構なんてもんじゃない、話しはじめたらすぐ邪魔が入ったんだ」彼はつっけんどんに答えた。

「彼女はどのくらい話してたんですか？」

「べつに意味のありそうなことはなにも……」

「失礼ですが、意味があるかないかは、私が判断します。彼女は正確には何と言いましたか？」

「まず、なぜ電話をかけたかを説明して、それからあのとき、異常なことだと感じたのがなんであったか、やっと思い出した、しかし思い出したけれど、どうしても腑に落ちないと言ってた。それで、ぼくが、あの日あそこに居合わせた人の誰かから受けた印象かと尋ねると、そうだと答えて、鏡を見ていたら急に思いついたんだと言うんだ」

「なるほど、それで？」

「それだけ」

「誰から受けた印象かというようなことは、ヒントもなにも……？」

「もし、そんなヒントがあったら、私がきみに黙ってるはずがないじゃないか？」エントウイッスル氏は少し苦々しい調子で答えた。

「いや、失礼。もちろんあなたは教えてくださったでしょう」

「彼女が意識を回復するのを待つほかないね」

ポアロは沈んだ声で言った。

「相当長い間、回復の見込みはないでしょう。あるいは永久に回復しないかも……」

「そんなに重態なんですか？」エントウイッスル氏の声が震えた。

「ええ、かなり重態です」

「そ、そりゃあひどい！　ポアロ」

「ええ、ひどいことです。ですから、私たちは待っている暇はないのです。つまり私たちは、非常に無慈悲な、あるいは非常におびえているか、いずれにしても同じことですが、そのような人間を相手にしなければならないからです」

「しかし、ポアロ、ヘレンのほうはどうする？　心配だね。エンダビーに置いといて安全だろうか？」

「いや、安全ではないでしょう。だから彼女はエンダビーにはいません。すでに救急車が来て、私立病院に連れて行きました。そこでは特別の看護婦が付き添って、誰も、親類だろうと誰だろうと、誰も面会できないようになっています」

エントウイッスル氏は溜息をついた。

「それを聞いて安心した。でなきゃ、どんな危険が待ち構えてるかわからないからな」

「彼女が危険にさらされていることはたしかです！」

エントウイッスル氏の声は深い感動を示していた。

「私は昔から、ヘレン・アバネシーを非常に尊敬してきました……。稀に見る優れた性格の持主だ。彼女はなにか、秘密というよりは、人に語りたがらないところがあるけど……」

「ほう、人に語りたがらない？」

「私はきっとそういうことじゃないかと考えてたんだが……」

「だからキプロス島に別荘を持って……。なるほど、これでいろんなことがわかってきました」

「私はきみにそういうふうに考えてもらいたくないんだが……」

「私に考えるなというのは無理です。ところで、一つあなたにしてもらいたいことがあります。ちょっと待って？」

しばらくして、またポアロの声が流れてきた。

「誰も聞いてないことをたしかめてきました。大丈夫です。あなたにしてもらいたいことは、ちょっと旅行をして欲しいんですが……」

「旅行？」エントウイッスル氏の声は少しがっかりしたひびきを帯びていた。「ああ、そう、エンダビーに来いと言うんだね？」

「いいえ、そうじゃありません。こちらは私に任せて……。あなたはそんなに遠くまで旅行しなくてもいいんです。あなたの旅行はロンドンの近く。ベリー・セント・エドモンドまで。（実際、イギリスの町は変な名前ばかりだ！）そこで自動車を借りて、フォースダイク・ハウスに行って欲しい。そこは精神病院です。行ったら、ドクター・ペンリスという人に会って、最近退院したある特別の患者のことを聞いてきてもらいたい」

「なんという患者だ？　いずれにしても、そんなことは……」

「患者の名前はグレゴリー・バンクス。どういう病状で治療を受けたか調べて欲しい」

「グレゴリー・バンクスは異常者だったのかい？」

「シーッ。気をつけてものを言ってください。ところで、私はまだ朝食を食べていない。あなたもまだでしょう？」

「まだです。あんまり心配してたもんだから……」

「そうでしょうね。じゃ、ゆっくり朝食をすませて少し休んでください。ベリー・セント・エドモンド行きの列車は十二時のがいい。もしほかにニュースがあったら、あなたの出発前に電話をかけます」

「きみも気をつけてくれ、ポアロ」エントウイッスル氏が心配そうにつけ加えた。

「ああ、もちろん、私は大理石の扉止めで頭をなぐられたくはありません。安心してください、大いに注意します。では……しばらくの間……さよなら」

ポアロは相手が受話器を置くカチャリという音を聞いて、そのあともう一度かすかなカチャリという音を聞くと、一人で、ニヤリとほくそ笑んだ。誰かが玄関脇の電話の受話器をおろしたのである。

彼はそちらに出て見たが、誰もいなかった。彼は忍び足で階段下の物置きへ行って、中をのぞいてみた。そのときランズコム老人が盆に、トーストと銀のコーヒー・ポットをのせて、使用人用ドアから現われた。彼は物置きの中から出てきたポアロを見て少し驚いた。

「朝食は食堂に用意してございます」

彼はランズコム老人の様子を観察した。老人は青白い顔をして、すっかりおびえていた。

「元気を出して」老人の肩を叩きながら、ポアロは声をかけた。「なにも心配することはないいよ。私の寝室までコーヒーを持ってきていただけませんかな？」

「かしこまりました。ジャネットにすぐ持たせてやります」

ランズコム老人は階段を上って行くポアロの背中を非難するような目で眺めた。ポアロは、三角や四角の模様のついた外国風の絹のガウンを身に着けていた。

ランズコムは心の内でいまいましげに、「外国人なんて！　この家に外国人はいるし、レオ様の奥様は脳震盪を起こされるし、いったいどうなってるんだ？　リチャード様がお亡くなりになって、まったく変わってしまった」とつぶやいた。

ジャネットがコーヒーを持ってきたころには、ポアロもすっかり服を着替えていた。彼は、ジャネットがヘレンの倒れているのを発見してどんなに強いショックを受けたかを大いに強調して、同情の言葉を述べたので、ジャネットは、進んで事件のてんまつを語って聞かせた。

「はい……ほんとに……あたし一生忘れられませんわ。だって、あたし、書斎のお掃除しようと思って、掃除機をもって中に入りましたら、レオの奥様が倒れていらっしゃるんでしょう？　あたし、奥様が亡くなられているのだと思いました。きっと電話のそばで立っていたときに、気を失われてたんじゃないかと思いますわ。朝あんなに早く起きておられたのも不思議ですわ。いままで奥様があんなに早く起きられるってこと、一度もございませんでしたもの」

「なるほどね。でほかには誰も起きていなかったんだろう？」ポアロがさりげなく聞いた。

「ええ、でも、ティモシーの奥様は起きていらっしゃいましたわ。あの奥様はいつも早起きでときどき朝食前に散歩にお出かけになるんです」

「あのくらいの歳の人は早起きなんだ」ポアロはうなずいた。「しかし若い連中は……そんなに早く起きないだろう?」

「ええ、あたしがお目覚めのお茶を持っていったら、みんなまだぐっすりお休みでした。それもいつもより遅かったんですよ。だってね、あたしすっかり気が転倒してましたし、お医者様に来てもらうように電話をかけたり、自分の気も静めるためにお茶を飲んだりしておりましたのでね」

ジャネットが出て行ったあとで、ポアロは彼女の言った言葉をもう一度考えてみた。モード・アバネシーは起き上がってそこらを歩きまわっていた。若い連中はまだ寝床の中にいた。しかし、それだからどうってことではない。ヘレンのドアが開閉する音を聞いて、彼女の後をつけて下に降りて行くぐらいは誰にだってできる。そのあとでぐっすり寝てたようなふりをすればいいだけだ。

「しかし、私の考えが正しければ」ポアロは心の中で思った。「私の考えが正しいってことはべつに不思議じゃないんだ、もう癖になっているんだから。で、もし、正しいとすれば、だ、いまさら、誰がここにいた、誰があそこにいた、なんて調べる必要はない。まず証拠物件を探し出す。探す場所はほぼ見当がついてる。それから、少し演説でもするかな。演説のあとは、ただのんびり坐ってなにが起こるか眺めていればいいんだ……」

ジャネットが部屋を出るとすぐに、ポアロはコーヒーをぐっと飲み干し、コートと帽子を身に着け、裏の階段をすばやくかけ降りると、横のドアから家の外に出た。彼は四分の一マイルばかり歩いて郵便局に行くと、長距離電話を申し込んだ、やがてポアロはもう一度エントウイッスル氏と話しはじめた。

「ええ、そうです。またポアロです。さっきあなたに頼んだお願いね、あれ、忘れて結構です。あれはでたらめの嘘です！　誰かが電話を盗み聞きしていました。今度はほんとうのお願いになりますね。やはり汽車に乗って——しかしベリー・セント・エドモンドでなく、ティモシー・アバネシーの家に行ってください」

「だが、ティモシーとモードはエンダビーにいるのだろう？」

「そのとおりです。だから、ティモシーの家には、ジョーンズという名前の女以外、誰もいません。この女は相当の給金を払う約束でやっと留守番を承知させたという女です。あなたにあの家からある物を持ち出してもらいたいのです」

「おお、ポアロ！　いくら老いぼれても、まだ空巣狙いにまでは落ちぶれないよ」

「いや空巣狙いにならなくてもよろしい。ミセス・ジョーンズはあなたを知ってるし、アバネシー夫妻に頼まれたからと言って、ある物を持ち出せばいいんです。そしてそれをロンドンに持って行く。彼女はあなたを決して疑わないでしょう」

「ああ、疑いはしないだろう。しかし、私はそんなことするの嫌だな。きみが自分で出かけていって、なにか知らないが、その欲しい物を取ってきたら？」

「それができないのです。私はひと目で外国人と見える怪しい人間、ミセス・ジョーンズはなかなか私の言うことを聞かないでしょう。あなたなら大丈夫」

「そう、それはわかる。しかし、あとでティモシーやモードに知れたとき、どう言ったらいいんだ？　彼らとはもう四十年のつきあいだからね」

「リチャード・アバネシーともやはり四十年ぐらいの知り合いでしょう？　それからコーラ・ランスケネも、小さな女の子だった頃から知ってる……」

「どうしてもそうしなくちゃならないのかい？　絶対に必要かね？」エントウイッスル氏は殉教者のような声を出して尋ねた。

「戦争中、ポスターに書いてありましたね、〝あなたの旅はどうしても必要ですか？〟って。そうです。あなたのこの旅はどうしても必要です。絶対必要です！」

「それでなにを取ってこいというんです？」

ポアロは品物の名を告げた。

「なんだって？　なぜそんなものが……わしにはわけがわからないね」

「あなたにはわけのわからないほうがいいです。そのほうは私の受け持ちです」

「それで、その品物をどうするんだ？」

「それをロンドンのエルム・パーク・ガーデンズの、ある家に持っていって欲しいのです。いま住所を言いますから、鉛筆あります？　書いてください」

エントウイッスル氏はそれを書きつけると、やっぱり殉教者的な声で再び尋ねた。

「きみは自分が何をやっているのか、ちゃんとわかっているんだろうね？　ポアロ」

彼の声はまだ半信半疑のひびきを持っていたが、ポアロの答えは確信に満ちていた。

「もちろんです。事件はほとんど終わりに近づいています」

エントウイッスル氏は溜息をついた。

「ヘレンがなにを言おうとしていたか、なんとしても知りたいもんだなあ。そうすれば……」

「そんなこと、心配する必要ありません。私はちゃんと知っています」

「知ってる？　しかし、ポアロ……」

「あとで説明してあげます。しかしこれだけ言っておきましょう。私はヘレンが鏡を眺めていたときに、なにを見たかよくわかってます」

2

その日の朝食はなんとなく落ち着きがなかった。ロザムンドもティモシーも現われなかったが、ほかの連中は出てきて、いつもより小さい声で話をし、いつもより少ししか食べなかった。

最初に元気を回復したのはジョージ、移り気で楽天的なジョージであった。

「ヘレン伯母さん、大丈夫だと思うね。医者って、とかく難しい顔をしたがるもんだよ。いずれにしても、脳震盪なんてたいしたことないさ。二日ぐらいで完全に治っちまうさ」

ミス・ギルクリストが打ちとけた調子で話しはじめた。

「戦争中、脳震盪を起こしたある婦人を知ってますけど。ちょうどV兵器が飛んできた頃ですわ。トテナム・コート・ロードを歩いてたとき、煉瓦かなにかが頭に当たったんです。なのにそのとき、なにも感じなかったんですって。そのまま平気で歩き続けて、十二時間ぐらい後にリヴァプール行きの列車の中で突然倒れたんだそうですが、あとで聞いてみたら、駅に行ったことも列車に乗ったことも、全然覚えてないんですって。病院の中で気がついたときは、なにがなんだかさっぱりわからなかったと言ってましたわ。病院には三週間も入ってましたの」

スーザンが口を出した。

「腑に落ちないのはね、ヘレンが、なんのためにあんなに朝早く電話をかけてたかってこと。第一、誰に電話をかけていたかってことよ」

モードがはっきりした調子で言った。

「病気だったのよ。急に気分が悪くなって、医者にでも電話しようと思って降りてきたのよ。そのとき、めまいか何か感じて倒れた、そうよりほかに考えようがないわ」

「扉止めで頭を打つなんて、よっぽど運が悪かったんだね」マイクルが言った。「ちょっと横にそれてパイル地の絨毯の上にでも倒れれば、絨毯が厚いからなんともなかったんだろうにね」

ドアが開いてロザムンドが額にしわを寄せて入って来た。

「蠟製の造花、どうしても見つからないわ。ほら、伯父さんのお葬式の日に孔雀石のテーブルの上にのっていた造花の置物よ」ロザムンドはスーザンのほうをとがめるように見た。「あんた持ってったんじゃない？」

「いやだわ、わたしそんなことしないわよ。第一、ヘレンが頭打って病院に入ったというのに、あんたまだ孔雀石のテーブルのこと考えてんの？」

「考えたっていいじゃないの？　脳震盪だったら、誰がなにしてるかなんてわかりゃしないわ。だからあたしがあのテーブルのこと考えたって、あの人にとっちゃどうってことないわよ。いまのところヘレン伯母さんのためにあたしたちどうしようもないじゃないの？　それにね、マイクルもあたしも、明日の昼までにはロンドンに帰らなきゃならないし。『男爵の歴程』の初日のことで、ジャッキー・リゴと打ち合わせすることになってるのよ。だから、テーブルの話もはっきり決めとかなきゃだめだし、その前にもう一度蠟製の造花も見ておきたかったのよ。あのテーブルの上にはいま、中国の花瓶が置いてあるわ。悪かないけど、それほど時代的じゃないしね。いったいどこにやったんでしょう？　ランズコムに聞いたら知ってるかもしれないわねえ？」

ちょうどそのときランズコム老人が、朝食が済んだかどうか見に入ってきた。

「みんな朝食済んだよ、ランズコム」ジョージは席を立ってこう言うと、「遠来の客はどうしてるかね？」と尋ねた。

「二階でコーヒーとトーストを召し上がっておられます」

「ＮＡＲＣＯのお朝食か《プティ・デジュネ》」

「ランズコム！　応接間の緑色のテーブルの上にあった造花、どこにあるか知らない？」とロザムンドが尋ねた。

「レオの奥様がちょっと粗相をなさって、新しいガラスカヴァーを作らせるとかおっしゃってましたが、まだお作りになってないんじゃないですか？」

「じゃ、いまどこにあるのよ？」

「階段の後ろの物置きじゃありませんか？　直し物はたいていあそこにしまうことになってますから。行って見てまいりましょうか？」

「いいわ、あたし自分で見てくるから。マイクル、お願いだから一緒に来てよ。あそこ暗いし、ヘレン伯母さんにあんなことあった以上、あたし暗いところに一人で行きたくないわ」

　みんなが、おやっといった様子を見せた。モードが例の太い声で詰問した。

「ロザムンド、あなたのいまの言葉どういう意味？」

「どういう意味って、伯母さん、誰かにガツンとやられたんでしょう？　そうじゃない？」

　グレゴリー・バンクスが、はっきりと告げた。

「ヘレンは病気で急にめまいがして倒れたんだよ」

ロザムンドは笑った。

「伯母さんがそう言ったの？　ばかなこと言わないでよ、グレッグ。もちろんなぐられたに決まってるわよ」

今度はジョージがロザムンドをたしなめた。

「ロザムンド、そんなこと言うべきじゃないね」

「ばかばかしい」とロザムンド。「やられたに決まってるわ。条件がそろってるじゃないの？　家の中では探偵がうろついて手がかりを探してるし、リチャード伯父さんは毒を盛られるし、コーラ叔母さんは手斧で殺されるし、ミス・ギルクリストはウェディング・ケーキで殺されかかったし。だからヘレン伯母さん鈍器でガツンとやられたのよ。見ててごらんなさい、あたしたちみんな片っ端から殺されていくわ。一番最後に残ったのがほしよ。つまり殺人犯人なのよ。でもあたしはごめんよ、殺されたくはございませんよ、だ」

「きみのような麗わしのロザムンドを殺す理由がいったいどこにあるもんか」ジョージが軽い調子で言った。

ロザムンドは目を大きく見開いた。

「あるわ。それはね、あたしが〝知りすぎた女〟だからよ」

「なにを知ってるの？」モード・アバネシーとグレゴリー・バンクスがほとんど同時に口を開いた。

ロザムンドは例のうつろで無邪気な微笑を浮かべていた。

「みなさん、さぞかしお知りになりたいことでしょうね？」と愉快そうに言い放つと、「さあ、いらっしゃい、マイクル！」と夫を促した。

第二十二章

1

午前十一時、エルキュール・ポアロは家の人たちに書斎に集まってもらった。みんな集まってきた。ポアロは半円形に席を取った人々の顔を見まわした。

「昨晩、シェーン夫人がみなさんに、私が私立探偵であることを発表されてしまいました。私としては、もう少しこのカムフラージュを続けておきたかったんですが。しかし、今日はもう構いません。どうせ事件が解決したら、話すつもりでおりました。これから私が話すことをよく聴いてください。

私は私なりに一応名の知れた人間でした。非常に有名だったと言ってもいいでしょう。事実、私の才能は無類のものであります！」

ジョージ・クロスフィールドがニヤリと笑って言った。

「そうでしょうとも、それでこそムッシュー・ポンじゃなかった、ムッシュー・ポアロ、だったね？　しかし、あなたの名前を一度も聞いたことがないというのはちょっと不思議だな？」

「不思議ではありません」ポアロは厳しい声で応じた。「悲しむべきことです。今日《こんにち》ではもはや、ちゃんとした教育がありません。残念です。経済学以外はなにも勉強していないようですね、それから知能検査の受け方ぐらい。しかし話を元に戻します。私とエントウイッスル氏は多年の友情を続けた……」

「ははあ、彼が影の人だったのか？」

「ええ、どうぞお好きなように考えてください、クロスフィールドさん。エントウイッスル氏は古い友人であるリチャード・アバネシー氏の死去について非常に心を痛めました。とくにアバネシー氏の妹、ランスケネ夫人が葬式の日に口走った言葉に不安の気持ちを抱かれました。まさにこの部屋で発言された言葉です」

「愚にもつかない言葉ですわ。いかにもコーラらしい……」モードが言った。「エントウイッスル氏もあんな言葉にまどわされるなんて、少し大人げないと思いますわ」

ポアロはさらに続けた。

「エントウイッスル氏は、その、なんて言いますか、ほとんど時を同じくして起きた事件、つまりランスケネ夫人の死によって、いっそう心配しはじめました。彼はただひとつのことを明らかにしたいと考えたのです。それは、この二つの死が偶然の一致であったということをたしかめたいということです。言い換えれば、リチャード・アバネシーの死が自然死であったということを確信したいと思ったのです。そのために私に必要な調査をするよう依頼されたわけです」

一座はシーンとなった。

「私は調査しました……」

ポアロはまた言葉を切った。誰一人話すものもいなかった。

ポアロは頭をぐっと後ろにそらせた。

「さて、皆さんはきっとお喜びになると思いますが、私の調査の結果、リチャード・アバネシー氏が病死以外の原因で死んだと信ずる理由は絶対にないという結論に達しました。彼が殺されたと考える理由はなにひとつないのであります」彼は微笑した。彼は両手を勝ち誇ったように前に拡げた。

「よいニュースではありませんか？」

ところが、誰もそれをよいニュースだと受け取った人間はいないようだった。みんながポアロの顔を見つめていたが、その目の中にはいまなお疑惑の念が隠されていた。ただ一人の例外を除いて。

それはティモシー・アバネシーであった。彼は、いかにも我が意を得たりと、頭を上下に振ってうなずいていた。

「もちろん、リチャードが殺されたりしてたまるもんか。ちょっとの間でもこんなことを考えていた奴の気が知れん。コーラが例の茶目っ気を出したに過ぎないんだ。みんなを驚かしてやろうってわけで。あいつ流の冗談なんだ。正直なところあいつ、私の実の妹にはちがいないが、少し頭がおかしかった……可哀そうな奴だ。いや、あんたはなんという名前か忘れたが、あんたはとにかく正しい結論に達するだけの分別がおありなさる。だがな、エントウイッスルがあんたに頼んで、家の中を嗅ぎまわらせたのは、じつに卑劣きわまる。あんたの調査料をわれわれの財産から差し引こうなんて考えたら大間違いだ、私ははっきりあんたに言うが、エントウイッスルには断じてそんなことはさせないつもりだ。じつにずうずうしい。それに差し出がましいやつだ。あいつはどんな資格があって他所《よそ》の家をかきまわしてもいいと主張するつもりなんだろう！　家の者が変な疑いの気持ちを持ってなけりゃ、それでいいじゃないか？」

「でも伯父さん、家の者が疑いの気持ちを持ってたんじゃないの？」ロザムンドが口を入れた。

「え？　なんだと？」

ティモシーは突き出た眉毛の下から、不快げにロザムンドを睨みつけた。

「あたしたちみんな疑いの気持ちを持ってたわ。じゃあ、今朝のヘレン伯母さんのことはどうなの？」とロザムンドが言うと、モードがこれを鋭くたしなめた。

「ヘレンはね、そろそろ卒中などで倒れる歳なのよ。それ以外になんの意味もありゃしないわ」

「あ、そう？　またまた偶然の一致が起こったというだけなのね？」

ロザムンドはこう言って、それからポアロのほうに向き直った。

「ねえ、ちょっと。偶然の一致が多すぎやしないこと？」

「偶然の一致というものはよく起こるもので……」

ポアロの言葉に我が意を得たりとモードが言った。

「ロザムンド、ばかなことを言わないでよ。ヘレンはね、急に病気になって、降りて来て、お医者に電話して、それから……」

しかしロザムンドも負けてはいなかった。

「でも、医者なんかに電話しやしなかったわ。あたし医者に聞いたんだから……」

スーザンが鋭く尋ねた。

「じゃ、誰に電話をかけたの？」

「知らないわ」ロザムンドの顔に苛立ちの影がさっと横切った。そして、「でもあたし、きっと突き止めるわよ」と自信ありげに付け加えた。

2

エルキュール・ポアロは、ヴィクトリア朝風のあずま屋に坐っていた。そしてポケットから大きな時計を取り出すと、それをテーブルの上に置いた。

彼はみんなに十二時の列車で発つと言っておいた。まだ出発まで三十分ある。その三十分の間に誰かが決心して彼のところに来るにちがいない。それもひょっとしたら、一人じゃないかもしれない。

そのあずま屋は母屋のどの窓からもよく見える位置にあった。だから必ず誰かが現われるだろう？

もし現われなかったら、人間の性質というものに対する彼の知識が不充分なのだ。彼の仮説が正しくないのだ。

彼は待った。彼の頭の上では蜘蛛が巣を張って、やはり蠅の飛んで来るのを待っていた。

まず誰よりも先にミス・ギルクリストがやって来た。彼女はかなり取り乱し気味で、その言葉もつじつまが合わなかった。

「あのう、ポンタリエさん。ごめんなさい、もう一つのお名前どうしても憶えられませんの。わたくし、どうしてもあなたにお話しすべきだと決心しましたの。もちろん、そうするのはとてもいやなことなんですけど。でも、レオの奥様にあんな災難が振りかかった以上、わたくし、あなたにお話しするのが義務だと考えたんですの。シェーン夫人のおっしゃること、あのう……正しいと思いますわ……偶発事故じゃない……もちろん卒中なんかじゃございませんわ——ティモシーの奥様はそうおっしゃってますけど。だって、わたくしの夫も卒中で……様子がヘレン様のと全然違っておりましたもの。お医者様も、はっきり脳震盪だとおっしゃってましたし……」

彼女は言葉を切って、一息つくと、ポアロを訴えるような目で眺めた。

「それで?」ポアロはやさしく促した。「なにか私にお話しになりたいことが?」

「ええ、でもさっきも申しましたように、とてもいやなんですけど。なぜってあの方、わたくしにそれは親切にしてくれましたし、ティモシーさんの家に仕事を見つけてくださったり。ほんとにご親切にいろいろしていただいたものですから……。なんだかとても恩知らずみたいで。それにコーラ様のマスクラットの毛皮の上衣までくださったんですの。とても立派でわたくしにぴったりなんです。だって毛皮って、少し大きすぎてもちっともかまわないように作ってあるんですのよ。ですから、アメジストのブローチお返ししようと思って、そう申し上げたんですけど、あの方、全然受けつけにならないんです……」

「あの方って、バンクス夫人のことですか？」

ポアロは辛抱強く、それでもやさしく尋ねた。

「ええ。じつは……」ミス・ギルクリストは、両手の指をからませながら、きまり悪そうにうつむいていたが、やがて顔を上げるとあえぐように言った。

「わたくし、聞いてしまったんですの！」

「あなたのおっしゃる意味は、話が耳に入ったという……」

「いいえ」ミス・ギルクリストは、いかにも断乎とした決心からというふうに首を振った。「わたくし、ほんとうのことを申し上げますわ。それにあなたはイギリスの方じゃございませんし、その点、楽な気持ちで……」

エルキュール・ポアロはべつに反感も覚えないで彼女の気持ちを理解した。

「外国人なら、ドア越しに立ち聞きしたり、ひとの手紙を開いたり、それを読んだりするのは普通だとおっしゃるんですね？」

「あら、わたくし、人の手紙を開いたりなど決していたしませんわ。でもあの日、立ち聞きはしました。つまり、リチャード・アバネシー様がコーラ様にお会いにいらした日なんですけど。わたくし、リチャード様が何十年ぶりで突然お出でになったと聞いて、とても好奇心に駆られたんですの。あのう……あんなふうに自分の生活ってものもなし、友だちもいないって境遇におりますと……そのう……なんとなく興味を抱いて……おわかりになりますかしら……そのう、他人と一緒に生活しておりますと……」

「ええ、それはごく当たり前のことですね」

「ええ、わたくしも、そう思いますわ、もちろん、よいことじゃございませんけど。でも結局、わたくし、あの方のおっしゃるのを立ち聞きしたんですの」

「というのは？ リチャード・アバネシーがコーラに話す言葉をあなたが聞いたというわけですね？」

「ええ、リチャード様はこんなふうにおっしゃいました。〝ティモシーに話してもなんにもなりゃしない。ティモシーはどんな話も鼻の先でフンフンと軽くあしらってしまうんだから。真面目に耳を貸すような人間じゃない。だけど、お前なら、おれの話を聞いてくれるだろうと思って。そしたら、おれの胸のうちがさっぱりするだろうと思ったんだ。兄弟で残ってるのはおれたち三人だけだからなあ。お前はわざとばかなふりをして喜んでいたが、常識だけは充分に持っている女だ。だから、もしお前がおれのような立場にあったとしたら、お前ならどうする？〟

　コーラ様がどうお答えになったかよく聞き取れませんでしたが、警察って言葉がちょっと聞こえましたわ。そうしたらリチャード様はとても大きな声で、〝おれにはそんな真似はできない。おれの実の姪のことに関する以上はとても……〟それからわたくし、台所で何かが吹きこぼれる音がしましたので、大急ぎでその場を離れましたの。そのあとまた戻って来ますと、リチャード様は〝たとえおれが不自然な死に方をしても、できるだけ警察沙汰にはしてくれるな。わかるかい？　しかし心配する必要はないよ。そうとわかっている以上、おれもちゃんと用心はするから〟とこう言って、それから新しい遺言状を作ったこと、それでコーラ様の面倒はこの遺言状で充分みるということなどおっしゃってました。それから、コーラ様がご主人と幸福だったらしいと言って、そうするとおれがあのときお前たちの結婚に反対したのは間違いだった、などとおっしゃってました」

　ミス・ギルクリストはそこで言葉を切った。

ポアロは「なるほど……なるほど……」と相槌を打った。

「でもわたくし、こんな話、したくなかったんでございます。コーラ様だって、あの世でわたくしがこんな話をするの、きっと不愉快に思われるでしょうが……でもいまとなりますと……そのう……レオの奥様が今朝みたいな災難にあわれ、おまけにあなたまでが、あれは偶発事故だと平気なお顔をされると、どうしても黙っておれなくて……。ポンタリエさん、あれは決して偶発事故なんかじゃございませんわ」

ポアロは微笑した。

「いや、実際あれは偶発事故じゃありません。……ミス・ギルクリスト、どうもありがとう、わざわざ来ていただいて。大変参考になりました」

3

ポアロはミス・ギルクリストを追い払うのにちょっと手間がかかった。彼は彼女のあとに必ず誰か来るという自信を持っていたので、なんとかしてミス・ギルクリストを追い返そうと非常にあせっていたのである。

彼の予感は当たった。ミス・ギルクリストがその場を立ち去るか去らないうちに、グレゴリー・バンクスが芝生を大またで横切ってあずま屋の中にせかせかと飛び込んできた。顔は蒼ざめ、額には玉の汗が浮いていた。ただ目だけは妙に興奮の色を見せていた。

「ああ、やっとのことで。あのばか女、いつになったら出て行くかといらいらして待ってたんだ。あなたが今朝言ったこと、みんな間違ってるよ。なにもかも間違ってる。リチャード・アバネシーはほんとうは殺されたんだ、ぼくが殺したんだ」

エルキュール・ポアロはこのすっかり興奮した若い男を、上から下までしげしげと眺めた。ポアロは少しも驚いている様子ではなかった。

「そう、あなたが殺したんですか？　どんな方法で？」

グレゴリー・バンクスは微笑を浮かべた。

「ぼくには、造作ない仕事だった。それはあなたにだってすぐわかるはずだ。ぼくは手に入れようと思えば、十五でも二十でもいろんな毒薬を手に入れられる。だがどうやって毒を与えるか、これには頭をひねったけど、結局すばらしい考えを思いついたね。そのアイデアの見事な点は、つまり毒殺時にぼくは現場からずっと離れたところにいるというところだ」

「巧妙ですな」

「まあね」グレゴリーはいかにも謙遜したように目を伏せた。しかし嬉しそうだった。

「ああ、自分ながら、こう言っちゃなんだけど、巧妙なやり方だと思ったね」

ポアロはいかにも興味ありげに尋ねた。

「なぜ彼を殺したんですか？　あなたの奥さんに入ってくる金を目当てに？」

「違う、もちろんそうじゃない」グレッグは急に目を怒らせた。「ぼくは金なんかに目をくれるような人間じゃないんだ。金のためにスーザンと結婚したんじゃないんだ！」

「金のための結婚じゃないんですか？」

「あいつはぼくが金のために結婚したんだと思ってた」グレッグは憎々しげに言った。「リチャード・アバネシーの奴。あいつはスーザンが好きで、スーザンにすっかりまいってた。スーザンをアバネシー家の模範的な人間だと誇りに思ってたんだ。その模範的な人間が自分以下の人間と結婚したと考えたんだ。ぼくをくだらない人間だと思い込んで、ぼくを軽蔑したんだ。もちろんぼくは上流の人間のような言葉遣いはできない、ぼくの服装だって、あいつに言わせればなってない。しかしあいつはただの俗物だ、唾棄すべき俗物だ、上流気取りが！」

「私はそう思いません。人の話を総合するとリチャードは俗物ではなかった」ポアロは穏やかに反駁した。

「いや、あいつは俗物だったよ」グレゴリーはヒステリックにわめいた。「奴はぼくのことを、てんで問題にしてないんだ。ぼくを鼻の先でせせら笑ってた。表面は礼儀正しく振る舞ってたけど、心の中じゃ、ぼくにこれっぽちの好意も持っていないのがぼくにはよくわかった」

「それはありえます」

「ぼくをそんなふうに扱う奴はただじゃおかない。前にもそんなことをした奴がいる。ぼくの勤めてた店にいつも薬の調合を頼みに来る女だったが、ぼくにじつに無礼な言葉を吐いた。ぼくがその女をどうしたか知ってるか？」

「ええ、知っています」ポアロが答えた。

グレゴリーはびっくりした様子だった。

「え、そう？　あなた知ってたのか？」

「ええ」

「あいつ、もうちょっとで死ぬところだった」彼は満足そうに話していた。「これだけでも、ぼくをばかにするとどういうことになるかわかるだろう？　リチャード・アバネシーもぼくを軽蔑した。あげくの果てに死んでしまった」

「完璧な殺人ですね」ポアロは心から祝うような口吻《くちぶり》だった。そして、こう尋ねた。

「しかしなぜ私のところにきて、白状してしまうんですか？」

「なぜかって？　あなたはあの事件が片づいたとか言っただろう？　リチャードは殺されたんじゃないと言ったろう？　だからぼくは、あなたは自分で考えてるほど利口じゃないってこと言いたかったんだ。それに……それに……」

「それに、なんですか？」

グレッグは急にがっくりとベンチの上に坐りこんだ。彼の顔つきが変わった。なにか恍惚としたものに変わっていた。

「ぼくのやったことは、悪いことです。……間違ってます。ぼくは罰を受けるべきです。……あそこに帰るべきです……罰を受ける場所に……罪を償うために……ええ、償うために。報いを受けて、悔い改めるために……」

彼の顔は輝くような恍惚感に陶然と酔いしれていた。ポアロはしばらく彼の様子をもの珍しげに観察していたが、やがてこう尋ねた。

「あなたはそんなに奥さんから離れたいんですか？」

グレゴリーの顔が変わった。

「スーザンから？　スーザンはすばらしい女だ。すばらしい！」

「そうです。スーザンはすばらしい人です。すばらしいということは大きな重荷です。

スーザンは心からあなたを愛してます。これもまた重荷です。ね？」

グレゴリーは坐ったままじっと前方を見つめていた。やがて、子供のような態度で言った。

「スーザンはどうしてぼくをほっといてくれないんだろう？」

突然、グレゴリーは飛び上がった。

「スーザンがこっちに来る、芝生を通って。ぼくは行かなくちゃ。ぼくの言ったこと、あなたからスーザンに話しておいてください。ぼくが警察に行ったと伝えておいてください。ぼく、自首します」

4

スーザンが息を切らして駆け込んできた。

「グレッグはどこ？　たしかにここにいたのを見たんだけど……」

「ええ、ここにおりました」ポアロは話をする前に、ちょっとためらった。「リチャード・アバネシーを毒殺したのは自分だと報告に来ました」

「まあ、あきれかえってものも言えないわ。あなた、もちろん、信じやしなかったでしょうね？」

「どうして信じちゃいけないのですか？」

「だって、リチャード伯父さんが死んだとき、あの人、この家に全然近寄りもしなかったんですもの」

「そうかもしれませんね。しかし、コーラ・ランスケネが死んだときはどこにいらっしゃいました？」

「ロンドンに。わたしたち二人ともロンドンにいましたわ」

エルキュール・ポアロは首を振った。

「いえ、いえ、そうは言わせません。たとえば、あなた。あなたはあの日、車を出して、お昼からずっと家を留守にしてました。あなたがどこに出かけてたかよく知っています。あなたは、リチェット・セント・メアリーに行きました」

「とんでもない！」

ポアロは笑った。

「マダム、私がここであなたに会ったとき、はじめてじゃないと申し上げたでしょう？コーラ・ランスケネの検屍審問のとき、あなたは〈キングズ・アームズ〉のガレージにいらっしゃいました。あなたがあそこの修理工と話していたとき、そばの車に乗っていた年寄りの外国人が私だったのです。あなたは私に気がつかなかったが、私はあなたをよく憶えています」

「あなたの、おっしゃることよくわからないわ。だってそれは検屍審問の日でしょう？」

「ええ、そうです。あのとき、修理工があなたに言った言葉、憶えてますか？　彼はあなたが被害者の親類かとききました。あなたは姪だと答えましたね」

「あの男、好奇心で尋ねたのよ。あの連中ときたら、みんな血の匂いの好きな野次馬ばっかりだわ」

「しかし、あの男はそのあとで、〝前にどこかで見たような気がする〟って言ったでしょう？　前にどこで見たんでしょう？　彼があなたを前に見たってことと、あなたがランスケネ夫人の姪であるということと、心の中で結びついていた以上、それはリチェット・セント・メアリーにほかならないのです。彼はあなたをコーラの家の近くで見たのでしょうか？　いつ見たのでしょうか？　調査してみる必要がありますね。調査してみたところ、あなたがリチェット・セント・メアリーに、コーラ・ランスケネの死んだ午後に、たしかにいたということがわかりました。あなたは検屍審問の日の朝に車を停車していた同じ石切り場に車を停めておきました。車を見た人がいますし、ナンバーもわかっています。いまごろはその車が誰のものか、モートン警部にもわかっているでしょう」

スーザンは彼を見つめた。彼女の息遣いが速くなった、しかし狼狽の様子は少しもなかった。

「ムッシュー・ポアロ、あなたの話はでたらめですわ。おかげで、あなたに話そうと思ってたことをうっかり忘れるところだったわ。あたしはあなたが一人でいるところをつかまえて……」

「殺人を犯したのはグレッグでなくて、あなただってことを告白するつもりだったんですか？」

「違うわ。あなたはわたしをよっぽどばかだと思ってらっしゃるのね。それにあの日、グレゴリーは決してロンドンを離れなかったと、さっきあなたに言ったばかりじゃありませんか」

「その事実は、あなた自身が家を留守にしていたから、証明できませんね。なぜリチェット・セント・メアリーに出かけたんですか？」

スーザンは深く息を吸った。

「しかたないわ、こうなったら。はっきり言うわ。コーラが葬式のときに言った言葉がとても気にかかっていたの。あれ以来ずっとそのことを考え続けて……。それで、あたし車で出かけて、叔母さんに直接聞いてみようと思ったのよ。グレッグはそんなこと考えるだけばからしいって言うんで、あたし、どこに行くとも言わないで出かけてったの。三時頃、叔母さんの家に着いて、ドアをノックしたりベルを鳴らしたりしたけど、誰も返事しないんで、どこかに出かけたんだろうと思ったの。それだけの話よ。家の裏のほうにまわったらきっと、ガラス窓の割れてるのに気がついたと思うけど、あたし、何が起こったかも全然気がつかないで、そのままロンドンに帰っちゃったわけよ」

ポアロは、わかったともわからなかったともいえないような顔つきをしていた。

「あなたのご主人はなぜご自分に罪があると考えるのでしょうか？」

「なぜって、そのう……」あとの言葉はスーザンの舌の先で消え失せてしまった。ポアロはすぐにその意味を理解した。

「あなたのおっしゃりたいのは、〝グレッグは頭が少し変で、なんでも冗談にまぎらせて話してしまうから〟と言うんでしょう。しかしその冗談があんまり真実に近すぎるんじゃないでしょうか？」

「グレッグの頭は大丈夫よ、大丈夫なのよ」

「私はグレッグの過去について少し知っています。グレッグはあなたに会う前に、フォースダイク・ハウスという精神病院に何カ月か入ってました」

「でも、ほんとうの患者としてでなく、入院希望患者としてですわ」

「それは事実です。彼が異常者でないことは私も認めます。でも、かなり錯乱しているのもたしかです。罰を求めたがるという偏執性があります。子供の頃からの性癖じゃないですか？」

「ムッシュー・ポアロ、グレッグはいままでチャンスらしいものに一度も恵まれなかった人間です。だからこそ、わたし、リチャード伯父のお金がとても欲しかったんです。リチャード伯父さんは、まったく実務的な人間で、わたしの気持ちを理解してくれないんです。グレッグが独立してなにかやりたがっているのをわたしは充分知っていました。なに者かになりたいんです。薬屋の店員みたいに人の言いなりになってるんでなく、他の人とは違った、なに者かになりたがっていたんです。でも、もう大丈夫ですわ。自分の研究所を持って、自分の製法を作り出すことができるんですから」

「なるほど、なるほど、彼に根城を与えるわけですね。なぜなら、あなたは彼を愛してるから。安全や幸福以上に彼を愛してるんですね。しかし、受け取ることができない人間に与えることは不可能ですよ。なにもかも解決したと思っても、なお、彼は自分の望まない地位にいるわけですからね」

「その地位とは？」

「スーザンの夫であること」

「まあ、ひどい。ずいぶんなことおっしゃるのね！」

「ことグレゴリーに関すると、あなたは無節操ですね。あなたは伯父さんの金が欲しかった……あなた自身のためでなく……あなたの夫のために。その金を得るためにはないい、いい、をしても、というくらい欲しかったのですか？」

スーザンは、憤怒のあまり顔を真っ赤にして、きびすを返すと走るようにあずま屋を出て行った。

5

「せっかくお近づきになれたんだから、お別れの挨拶ぐらいしておこうと思って……」

マイクル・シェーンが気軽な調子で話しかけた。

彼はこう言いながらも気持ちよく微笑した。その微笑は、じつに人を恍惚《うっとり》させるほどの微笑であった。

ポアロはこの男の持つ強い魅力を充分に意識せざるを得なかった。

ポアロはしばらく黙ってマイクル・シェーンを観察した。誰よりもこの男が一番不可解な人間だ。なぜかというと、この男は自分の見せたい半面だけしか見せないからである。

ポアロも気軽に話しはじめた。

「あなたの奥さんは非常に変わった人ですね」

マイクルはちょっと眉を吊り上げた。

「そう思いますか？　彼女が非常に美人であるのはぼくも認めます。しかし、頭のほうはどうも……」

「彼女は決して非常に賢い女になろうとは思ってませんね。しかし、自分がなにを欲しているかよく知ってますよ」ポアロは溜息ついた。「そういう人は非常に少ないです」

マイクルは再び微笑んだ。

「ああ！　孔雀石のテーブルのことですか？」

「たぶんね」ポアロはちょっと間を置いてから言った。「それから、そのテーブルの上にあったものも」

「蠟製の造花のこと？」

「そう蠟製の造花」

マイクルはちょっと額にしわを寄せた。

「あなたのおっしゃること、いつもよくわからないんですが、ムッシュー・ポアロ」ここでまた微笑した。「われわれがとにかくあのいやな空気から出られたことについて、ぼくは大いに感謝してます。われわれの内の誰かが、あの哀れな年とったリチャード伯父さんを殺したんだとお互いを疑ぐる気持ちは、実際、不愉快ですからね。いや不愉快以上でした」

「あなたは伯父さんに会うと、そんなふうに感じていたのですか？　哀れな年とったリチャード伯父さん、っていうふうに？」

「もちろん、まったくもうろくしたところはありませんでしたし……」

「充分に活動力もあった」

「ええ、もちろん」

「事実、鋭い頭の持主で……」

「たしかに」

「人の性格を判断することにも相当に鋭い……」

マイクルの微笑は相変わらずだった。

「その点、ぼくは賛成しかねますね。ぼくのことをよく思ってなかったらしいから……」

「たぶん、あなたを、少し不誠実なタイプだと思ったんでしょう？」ポアロはそれとなく言った。

マイクルは笑っていった。

「いやに時代遅れな考えじゃないですか！」

「でも事実でしょう？　そうじゃありませんか？」

「どういう意味です、それ？」

ポアロは両手の指先を合わせて、「ちょっと調査をしたんですが……」と呟いた。

「あなたが？」

「私だけじゃありません」

マイクル・シェーンはすばやく探るような一瞥を投げた。彼の反応は非常にすばやい。決してばかな男じゃないと、ポアロは思った。

「ということは、警察が乗り出したんですか？」

「ええ、コーラ・ランスケネの殺人事件に普通の殺人だと考えられない点があったらしくてね」

「それで、警察はぼくのことを調べたんですか？」

ポアロはすました顔で言った。

「コーラ・ランスケネが殺された日の親戚一同の行動を調べてるわけで……」

「それはやっかいなことになったなあ」マイクルは例の魅力的な、打ち解けた、困った表情で嘆声を洩らした。

「そんなにやっかいなんですか？　シェーンさん」

「ええ、想像以上ですよ。じつはあの日ロザムンドには、オスカー・ルイスという男と昼食を一緒にしたと言っておいたんですよ」

「ところが実際はそうじゃなかった？」

「実際は車で、ソレル・ディントンという女のところへ行ったんです。彼女は相当名の知れた女優ですが。この前の芝居で彼女と一緒に舞台に出てたんです。だから、すごくまずいんです。警察が関わっていること自体、べつに構わないのですが、ロザムンドが受け容れてくれるかどうか？」

「ああ！」ポアロは分別のある態度を見せた。「その女の方との友情問題で少しごたごたがあったわけですね」

「ええ、正直なところ、もう絶対に彼女に会わないとロザムンドに約束したんです」

「それはまずかったですね。……で、ここだけの話ですが、その女の人と恋愛関係でも？」

「まあ、そのう、よくあることなんですよ。ぼくのほうじゃ別にその女に夢中ってわけじゃない……」

「しかし彼女のほうは夢中なんですね？」

「そうですね……少しうるさくてね。女ってのはうるさく付きまといたがるんで。しかし、いずれにしても警察のほうは納得してくれるでしょう」

「あなたはそう思いますか？」

「だって、コーラの家から何十マイルって離れたところで女と遊んでたのに、手斧を持ってコーラのところに行ける道理がないじゃありませんか？　ソレル・ディントンの家はケント州なんです」

「なるほど……なるほど……。で、そのミス・ディントンは、あなたのために証言するでしょうか？」

「たぶんいやがるでしょうけど、でも、殺人事件なんだから、しかたないでしょう」

「たとえ、あなたがその女の人と遊んでいなかったとしても、彼女は証言するでしょうね」

「それはどういう意味ですか？」マイクルの顔は急に夕立雲のように暗くなった。

「その女の人はあなたが好きですね。女というものは、好きな人のためなら、ほんとうのことにでも、うそのことにでも誓言するものですから」

「あなたはぼくを信用しないってわけですか？」

「私があなたを信用するしないは問題じゃありません。あなたが信用させなきゃならない相手は私じゃないんです」

「じゃ誰ですか？」

「モートン警部。いまちょうど横のドアからテラスに出てきますよ」

マイクル・シェーンはくるりと後ろを振り向いた。

第二十三章

1

二人の男が並んでテラスを歩いていた。その一人、モートン警部が口を開いた。

「あなたがこちらに来ていらっしゃると聞いたもんですから……。マッチフィールドからパーウェル警視と一緒にまいりました。ドクター・ララバイがレオ・アバネシー夫人の件で警察に電話をかけてきたので、ちょっと取り調べをしようというわけなんです。医者は負傷の原因について不審を抱いています」

「それであなたは」ポアロはモートン警部に尋ねた。「バークシャー州からわざわざ出てきたんですか？」

「私も少し取り調べをしたいと思って――ところがその相手が、なんだかうまい具合にここに集まってる様子でしてね」と一息つくと、思案するように続けた。「あなたの細工でしょう？」

「ええ、私の細工です」

「その結果、レオ・アバネシー夫人がなぐられたってわけですね」

「彼女のことで私を責めることはできませんよ――彼女が私のところに来ていさえすればね。そうしないで、ロンドンの法律家の方へ電話したりするものだから……」

「それで彼にこれこれしかじかと申し述べてる最中に、ボカンと！」

「そう、その最中に……おっしゃるとおり……ボカン！」

「それで、彼女はどの程度のことを相手に伝えることができたんですか？」

「それが、ほんのわずか……。つまり、彼女が鏡の中の自分の姿を眺めていたところまで」

「ああ、なるほど」モートン警部は哲学者めいたくちぶりで、「女なら鏡を見るでしょうな」と言った。それからするどくポアロの顔を見つめると、「鏡の話、あなたにはなにか意味があるんでしょう？」と促した。

「ああ、彼女がなにを話そうとしていたか、私は知ってるつもりです」

「なかなか鋭敏ですね？　もちろんあなたの鋭敏さは定評のあるところですが。で、何を話そうとしていたのですか？」

「失礼ですが、あなたはリチャード・アバネシーの死について取り調べをしているのですか？」

「表向きは、そうじゃありません。しかし、実際は、もし、それがランスケネ夫人の殺人と関係があれば……」

「関係はあります、たしかに。しかし、あなたにお願いしたいことがあります。もう二、三時間ください。それまでには私の推測が――わかりますか、推測ですよ――その推測が正しいかどうかわかります。もし正しければ……」

「正しければ？」

「あなたに具体的な証拠物件をお渡しできるでしょう」

「証拠物件さえあれば……」モートン警部は力をこめて言った。それから、ポアロを横目で見た。「なにか隠してますな？　なにか……」

「なんにも。まったくなんにも。私の推測した一片の証拠物件も実際は存在していないかもしれません。この証拠物件の存在も人々の会話の切れ端から推理したもので」ポアロはほんとうに自信なげな調子で、「ひょっとしたら私が間違っているかもしれません」と言った。

モートン警部は微笑《わら》った。

「しかし、そんなことは、あなたにはめったにないことで」

「めったにありませんね。ただ、そういう場合もあったことだけは私も認めざるを得ません」

「それを聞いて安心しました。絶対に間違いがないってことは、およそ退屈でしょうからね」

「いや私には退屈じゃありません」ポアロが断言すると、モートン警部は笑った。「で、私に訊問を少し待ってくれと言うんですね？」

「いや、いや、それはちっともかまいません。計画どおりやってください。あなたは実際に犯人逮捕に来たんじゃないでしょうね？」

モートン警部は首を振った。

「まだ、そこまではいってません。情況証拠さえ不充分です。検事の意向も聞かなきゃならないし、まだまだ逮捕まで道は遠いです。ただ、問題の日の各自の行動について質問するだけです。とくにある人間については慎重に」

「なるほど。ミセス・バンクスですね？」

「恐れ入りました。ご明察です。あの日、彼女はわれわれの村にいたんです。彼女の車が石切り場に置いてあった……」

「実際に運転しているところを見た目撃者はいないでしょう？」

「いません」

警部はさらにつけ加えた。

「彼女があの村に行ったことを一言も言わなかったのは、彼女にとって不利ですよ。充分満足のいくような説明をしないことには……」

「彼女ならうまく説明しますよ」ポアロが皮肉な調子で言った。

「そうですね。頭のいい女らしい。少しよすぎるくらいかな」

「よすぎるのはあまり賢いことではありません。そのために世の中の殺人者たちは捕まってしまうんです。ジョージ・クロスフィールドのほうは？　なにか新しい情報がありますか？」

「べつに決定的なものはありません。彼はごくありふれたタイプで、あんなタイプの人間はこの頃、汽車やバスや自転車で田舎をうろうろしてますからね。こういう人間がいつ、どこを歩いてたか、それが水曜日だったか、木曜日だったか、一週間以上も経つとはっきり憶えてる者はいないんです」

彼は息をついで、さらに続けた。「ところで奇妙な情報が一つあるんですよ。ある修道院長の話なんですけどね。そこの修道女が二人、寄付を集めに家々を回っていたそうです。それで、ランスケネ夫人が殺される前の日にね、彼女の家に行ったそうです。しかし、ノックしてもベルを鳴らしても誰も返事をしない。それは当たり前ですがね、夫人はアバネシーの葬式に行って留守だったし、ミス・ギルクリストは一日休暇をもらってボーンマスへ遠出していて留守なんですからね。ところが修道女の話じゃ、家の中に誰かいたと言うんです。溜息ともうめき声ともつかない声を聞いたと言うんですね。私は一日間違えてその明くる日じゃないかと聞いたんだけど、修道院長は絶対間違いないと言うんです。ちゃんとなにかの帳面につけてあるからとね。そうすると、この家の女が二人とも留守した隙に、誰かが家探しでもしていたんじゃないかと思うんです。ところが探すものが見つからないんで明くる日またやって来たと考えられないこともない。私は、溜息だとか、ましてうめき声だとかには、あんまり信用はおいていないんです。たとえ修道女だって暗示にかかりやすいし、殺人のあった家ではなんとなくうめき声なんかを想像するもんですしね。しかし、要は、この日いるべき人間じゃない人間がこの家にいたってていうことです。そうすると、それはいったい誰だろう？　アバネシーの連中はみんな葬式に参列してたんですからね」

ポアロはそこであんまり関係のない質問をした。

「その修道女ですが。また何日かして、この家を訪ねて行きませんでしたか？」

「じつのところ、あとでまた行ったそうです。一週間後、つまり、検屍審問の日にね」

「それでよくわかった。万事思ったとおりです」

モートン警部はポアロの顔を見つめた。

「なんでまた、急に修道女なんかに関心を持つんですか？」

「いや、私の注意を否でも応でも惹くようになっていたんです。あなた、気がつかなかったですか？　毒入りのウェディング・ケーキがあの家に送られた日に、修道女が同じ家に来ていたという事実に？」

「まさかあなたは？　そりゃあんまり荒唐無稽な考えですよ」

「私の考えは決して荒唐無稽ではありません」エルキュール・ポアロはこう強く言い放った。「それでは、モートン警部、ごゆっくりレオ・アバネシー夫人の事件について捜査訊問してください。私は故リチャード・アバネシー氏の姪御さんを探しに行きますから」

「ミセス・バンクスに会ったら注意して話をしてくださいね」

「私の会うのはミセス・バンクスじゃありません。もう一人の姪です」

2

ロザムンドは庭のベンチに腰かけて、小川の流れを見つめていた。小川はやがて小さな滝になって、シャクナゲの茂みの中に流れ込んでいた。

ポアロは、彼女の傍らに腰をおろすと、声をかけた。「憂いのオフェリアを邪魔したくないですが……。なにか芝居の役のことでも考えているのですか?」

「あたしシェイクスピアは一度もやったことなくて」とロザムンドは答えた。「あ、そうそう、代役で一度だけ。『ベニスの商人』のジェシカになったことあるわ。いやな役だったわ」

「しかし哀感が漂いますね。〝甘き調べ聞くもわが心楽しからず〟大きな重荷を背負った哀れなジェシカ。人に憎まれ、人に蔑まれるユダヤ人を父とした娘。恋人のところに父の金貨を持って逃げて行ったとき、彼女は自らに対してどんな疑問を抱いたでしょう? 金を持ったジェシカが一人のジェシカであれば、金を持たないジェシカもやっぱりジェシカだった」

「あなた、もう行っちゃったんだとばかり思ってたわ」ロザムンドは少しとがめるような口吻《くちぶり》でこう言うと、腕時計を眺めた。「もう十二時過ぎたわよ」

「乗り遅れたんです」

「どうして?」

「何か理由があって乗らなかったと思いますか?」

「ええ、そうだと思うわ。あなたもともと時間をきちんと守る人でしょう? ほんとうに汽車に乗る気なら、ちゃんと乗れたと思うわ」

「あなたはすばらしい判断力を持っていますね。私はあの小さなあずま屋に坐って、あなたの来られるのを待っていました」

ロザムンドは彼をじっと見つめた。

「どうしてあなたのところに行かなきゃならないの? あなた、書斎で一応みんなに別れの挨拶をしたでしょう?」

「まあ、そうです。しかし、あなたは私になにも……なにも言いたいことはないのですか?」

「ないわ」ロザムンドは首を振った。「あたし、考えなきゃならないことがたくさんあるの。とても大切なこと」

「なるほど」

「あたし、あんまりものを考えたことないの。時間の無駄だと思ってたわ。でも、いま考えることがとても大切なのよ。人間は自分の望むとおりに人生の計画を立てなきゃならないと思うわ」

「それで、ここで考えてたわけ？」

「まあ、そうね。あることについてどうしたらいいか、決心を固めてたの」

「あなたのご主人のこと？」

「ある意味ではね」

ポアロはしばらく待ってみてから、言った。

「モートン警部がさっき来ましてね」彼はロザムンドの質問を予期しながらさらに続けた。「モートン警部はランスケネ夫人の殺人事件を担当している警官でしてね。彼女が殺された日、みんながなにをしていたか陳述を取りに来たそうです」

「わかるわ、アリバイね」ロザムンドは愉快そうに言った。

彼女の美しい顔はいたずらっぽい喜びに緊張が緩んだ。

「マイクルはずいぶん困るだろうな。彼があの日、あの女のところに行ったのを、あたしが全然知らないと思ってんのよ」

「あなたはどうして知っているのですか？」

「彼がね、オスカーと一緒に昼食に行くといったときね、その言い方ですぐわかったのよ。そんなとき、彼、不自然なくらいさりげない調子でものを言うの。それに鼻がほんのちょっとピクピクッと動くのよ。うそを言うときにはいつでもそうなの」

「あなたと結婚していなくて、ほんとうによかったと思いますよ」

「そのあとで、あたし、もちろん、オスカーにも電話してみたのよ。男っていつもあんなばかげたうそつくのね？」

「彼は夫としてはあまり忠実ではないのですね？」ポアロは思い切って言ってみた。

「そうね。忠実じゃないわ」

「しかし、あなたは構わないのですか？」

「そうねえ、ある意味じゃおもしろいわ。というのはね、ほかの女がみんなで盗み取ろうとするような男を夫に持っているってこと。誰も欲しがらないような男と結婚するなんて、まっぴらだわ、スーザンみたいに。グレッグときたら、ほんとになよなよして軟弱な男だわ！」

ポアロは彼女を仔細に観察した。

「しかし、仮に、ほかの女があなたの夫を盗むのに成功したら？」

「そんなことないわよ」ロザムンドはこう言ってさらにつけ足した。「少なくともいまのところはね」

「という意味は……」

「リチャード伯父さんのお金があるからよ。マイクルはああいう女たちにある意味で夢中になるけど——つまり、ソレル・ディントンなんか、もう少しで彼を釣針に引っかけるところだったけど——若いつばめにするつもりでね——でも、マイクルはいつでも、舞台のほうが大切なの。これからは、マイクルも、どっかでさっそうと昼食したり、自分の好きな芝居を演《だ》したり——演技だけでなく、プロデュースのほうだってやれるでしょう？　とても野心家なのよ、俳優としても立派よ。あたしなんかと大違いよ。もちろん、あたしだってお芝居に出るの好きだわ、でも完全な大根よ。顔や姿がいいだけ。だから、あたしもうマイクルのことなんか心配しちゃいないわ。だってね、あれ、あたしのお金なんだから」

彼女の目は平然とポアロの凝視を受け止めた。彼は考えた。リチャード・アバネシーの姪が揃いも揃って、愛情に応えることのできない男を心から愛するようになったのは、じつに奇妙なめぐり合わせだ。しかも、ロザムンドは極めて美しい女だ。スーザンだって、チャーミングで性的魅力も多分にある。そのスーザンは、グレゴリーが彼女を愛しているという幻想を必要とし、それに食い下がっている。ロザムンドは、はっきりした目を持っていて幻想などは無用で、自分がなにを望んでいるかよくわかっている。

「要するにね」ロザムンドは続けた。「要するにね、いまあたし、大きな決心をしなきゃならないの。将来のことについてね。マイクルはまだ知らないのよ」彼女は顔に大きな微笑を浮かべた。「彼は、あの日あたしが買物してなかったのを見つけ出して、リージェント・パークのことをとっても気にしてるの」

「リージェント・パークのことって？」ポアロは不審そうに尋ねた。

「あの日ね、あたし、ハーレイ・ストリート（専門医が軒並に開業している街）に行って、それから近くのリージェント・パーク（ロンドン動物園のある公園）に行ったの。ちょっと散歩して考えごとしたかったから。マイクルにしてみれば、もしリージェント・パークに行ったのがほんとうなら、誰か男の人と一緒に行ったんだろうと思ったわけなの」

ロザムンドは艶然と笑って、つけ加えた。

「マイクルはそれが気に入らないのよ」

「しかし、なぜあなたがリージェント・パークに行ってはいけないんですか？」

「ただ、散歩するためにっていう意味？」

「ええ、前に散歩したことはないのですか？」

「一度もないわ。リージェント・パークになんかわざわざ出かけて見に行くものがある？」

ポアロはしばらく彼女を眺めていた。

「あなたが見るものはありませんね」

ポアロはさらに続けて言った。

「それから、マダム、緑の孔雀石のテーブルはスーザンに譲るべきですね」

ロザムンドの目は大きく見開かれた。

「あら、なぜ？　あたしほんとうに欲しいのよ」

「ええ、そりゃわかりますよ。しかしあなたは、ご主人を手もとに引きつけておける。しかしスーザンは、かわいそうに、夫を失うんですから」

「失うって？　グレッグが誰かほかの女と一緒に行っちゃうの？　まさか？　そんなこと信じられないわ。グレッグみたいな骨なしのグニャグニャが？」

「不倫だけが夫婦離別の原因じゃありませんよ、マダム」

「じゃあ、でも、まさか？」ロザムンドはポアロを見つめた。「あなたは、まさか、グレッグがリチャード伯父さんに毒を盛って、コーラ叔母さんを殺して、ヘレン伯母さんの頭をぶんなぐったなんて、考えてはいないわよね？　そんなことばかげてるわ。あたしだって、それ以上のこと知ってるわよ」

「じゃ誰がやったんです？」

「もちろん、ジョージよ。ジョージ、あれで相当の悪党よ。なにか通貨詐欺に関係してたんだって。モンテカルロにいた友だちに聞いたわ。あたしリチャード伯父さんがどこかでそれを聞き出して、遺言を書き直そうとしてたんだと思うわ」

ロザムンドはいかにも満足げにつけ加えた、

「ジョージだってこと、あたしはじめっから知ってたわ」

第二十四章

1

電報が届いたのはその晩の六時頃だった。電話でなく、直接配達してくれと頼んであったので、エルキュール・ポアロが正面玄関のあたりをしばらくうろうろしていたとき、ちょうどいい具合にこの電報が配達されたのである。電報は配達夫の手からランズコムに、それからポアロの手にと、その場で渡された。

いつもなら丁寧に封を切るポアロも、このときばかりはいきなり引き裂いて開封した。中には三つの言葉と発信人の名前があるきりだった。

しかしポアロは大きな安堵の溜息を洩らした。

それから、彼は、ポケットから一ポンド札を出すと、それをあっけにとられている配達夫にチップとして与えた。

彼はランズコム老人を顧みて、「ときには倹約などしておれない場合があるんです」と呟いた。

「さようでございましょうね」と老人はおとなしく相槌を打った。

「モートン警部はどこにいます？」

「警察の方のお一人はお帰りになりましたが、もう一人は書斎におられると思います」といかにも警官の名前なんか汚らわしくて覚えられるものかといった口吻《くちぶり》で答えた。

「それはちょうどいい、いますぐ会うことにしよう」と言うと、またもやランズコム老人の肩を叩いて言った。

「さあ、元気を出しなさい。いよいよ時が到来せりだ！」

出発のことばかり考えていたランズコム老人は、到来と聞いてちょっとけげんそうな顔をした。

「それじゃ九時半の汽車でお発ちにならないんですか？」

「希望は失わないことだね」ポアロは老人に答えた。

ポアロは立ち去りかけたが、くるりと後ろを向くとランズコム老人に尋ねた。

「ランスケネ夫人が葬式の日にここに来たとき、最初にあなたに言った言葉を憶えていますか？」

「はっきり覚えております」ランズコム老人は目を輝かした。「ミス・コーラは……失礼、ミセス・ランスケネのことなんですが、いつもミス・コーラとしてしか考えられないもんで……」

「当然のことです」

「ミス・コーラはこうおっしゃいました。〝おや、ランズコム、ほんとうに久しぶりね。私たちの小屋にメレンゲのお菓子を持って来てくれたの、ずいぶん昔だったわねえ〟子供たちはみんな自分の小屋を持っていたんでございます。外庭の柵のそばに。夏、ディナーパーティなどございますと、私はちっちゃいお子さんたちによくメレンゲ・ケーキなどをお持ちしてさしあげたんでございます。ミス・コーラは食べることとなると、それは夢中になられる方でございまして」

「そうだろう。思ったとおりだ。あの人らしいところだね」

ポアロは書斎でモートン警部を見かけると、だまって電報を手渡した。

モートン警部はあっけにとられて電報を読んだ。

「私にはこの電文の意味がまったくわかりません」

「あなたにすべてをお話しする時が来ました」

モートン警部はニヤリと笑った。

「まるで、ヴィクトリア時代のメロドラマに出てくる娘さんみたいにもったいつけますね。まあ、いずれにしても、そろそろ何かあっていい頃です。私のほうも、これ以上は引っぱっておけない状況です。例のバンクスがリチャード・アバネシーを毒殺したのは自分だと頑張って、どんな方法で殺したかわからないだろうって、いばってるんだから始末に悪い。私にどうも理解できないのは、殺人事件があると必ず誰かが出てきて、おれがやったんだとわめきたてることです。どういうわけでしょうね？　私にはまったく理解できない」

「バンクスのことは、自分に責任を持つことが難しくて、シェルターが必要だという気持ちでしょう。言い換えれば、フォースダイク精神病院」

「ブロードムーア刑務所のほうに行きそうですがね」

「彼にとっては、それでもいいんでしょう」

「ポアロさん。彼がやったと思いますか？　ギルクリスト女史が私のところに来て、あなたにも話したという話をしたけど、リチャード・アバネシーが姪について話していたということもバンクスの陳述とぴったり合うし、もし夫のほうがやったとすれば、スーザンのほうも関係があるわけですがね。だが、どういうわけかあの女《こ》が罪悪を犯すというのは私の頭にぴったり来ないんですよ。しかし、夫をかばうためなら、どんなことでもやりかねないでしょう」

「まあ、とにかく、全部お話ししますよ」

「ええ、すべて話してください！　あんまりじらさないで……」

2

エルキュール・ポアロはいま一度、みんなを一室に集めた。今度は広い応接間のほうだった。

彼に向けられた人々の顔には、緊張というよりはむしろ面白半分の気持ちが現われていた。モートン警部とパーウェル警視の出現によって、訊問、陳述といった警察の仕事が始まり、結果、私立探偵ポアロの影がうすくなり、どちらかといえば滑稽な存在に近い趣きを呈していた。

ティモシーは妻のモードに小声で、それでも聞こえよがしに、「あのチビのいんちき山師め！　エントウイッスルも相当ぼけてきたんだろう！　呆れてものも言えない」とポアロを腐したが、どうやらみんなの気持ちもこれに近かったようである。

エルキュール・ポアロが大向こうをうならせるような舞台効果を上げたかったら、よっぽど一生懸命やらないと観客がついてきそうもない雰囲気だった。

彼は少し大げさな身ぶりで始めた。

「これで二度目ですが、私はここでみなさんに私の出発を発表します。今朝発表したときは十二時の汽車でしたが、今度は九時半です。夕食後すぐに出かけます。なぜ帰るかと言いますと、ここではもう私のすることがなにもないからです」

「ないことははじめっからわかっとる」ティモシーがまた誰に言うともなく言った。

「なにもあるはずがないじゃないか？　ずうずうしい連中ばかりだ」

「私はもともと、ある謎を解くためにここにやって来ました。この謎はうまく解けました。ではまず、エントウイッスル氏が私の前に呈出したいろいろな点を一つ一つ検討してみましょう。

第一に、リチャード・アバネシー氏が突然死去される。第二に、彼の葬式のあとで妹のコーラ・ランスケネが〝だって、リチャードは殺されたんでしょう？〟と発言する。第三に、ランスケネ夫人が殺される。問題は、この三つの事柄が関連性を持ったものであるかどうかということです。では、次になにが起こったかみてみましょう。ランスケネ夫人の家政婦、ミス・ギルクリストが砒素入りのウェディング・ケーキを食べて具合が悪くなる。これが四番目の事件で、やっぱり関連性を持っているかどうかということになります。

さて、今朝も申しましたとおり、私はいろいろ調査した結果、アバネシー氏が毒殺されたと信ずる事実はなにも……なにひとつ……発見できませんでした。同時に、彼が毒殺されなかったと決定的に証明するものも見つかりませんでした。しかし事態が進むにつれて、事はだいぶ容易になってきます。コーラ・ランスケネが例の思いがけない言葉を発したことは疑いのない事実です。これはみんなが認めるところです。それからその翌日ランスケネ夫人が殺されました。これも疑いない事実です。手斧が使われたんですから。では四つ目の事件を調べてみましょう。土地の郵便配達夫の話によると、このウェディング・ケーキは自分が配達したものではないと言うのです。これは誓言はできないが、十中八、九間違いないそうです。そうするとこの小包は、直接誰かの手によって(もちろん未知の人間を除外するわけにはいきませんが)、届けられたことになります。そこで、実際現場にいた人、この小包を人の知らないうちにドアの中に置くことのできた人間に特別に注目する必要があります。これは誰かと言いますと、まず勿論、ミス・ギルクリスト本人。それから検屍審問に出るためにこの家に来ていたスーザン・バンクス。エントウイッスル氏。ええ、もちろんエントウイッスル氏も考慮に入れなければなりません。彼はコーラが例の言葉を発したときにも居合わせていたのですから！　そのほかにもう二人います。一人は美術評論家ガスリーと称する人物。もう一人は、これは一人か二人かわかりませんが、その日の朝、寄付金集めに来た修道女。

さて、私は郵便配達夫の記憶が正しいものという仮定のもとに推理を始めることにしました。したがっていま申し上げた数人の人を慎重に調べる必要が出てきます。まず、ミス・ギルクリスト。ミス・ギルクリストはリチャード・アバネシー氏の死によってなんら利益も得ないばかりでなく、ランスケネ夫人の死によっても、ほんのわずかしか利益を得ません。じつのところ、ランスケネ夫人の死によって、かえって仕事を失い、新しい就職口を探すのに骨が折れるという事情です。また砒素の中毒によって入院して苦しんだのはこのミス・ギルクリスト自身です。

次にスーザン・バンクス。スーザン・バンクスはリチャード・アバネシー氏の死によって、利益を得ました。ランスケネ夫人の死によっても、少しばかりだが、やはり利益を得ている。しかし後者の場合は、利益より身の安全のほうが動機になる可能性が大きいですが……。それから、コーラ・ランスケネとリチャード・アバネシーの間でスーザンの話が出たのをミス・ギルクリストが立ち聞きしたと信じて、ミス・ギルクリストを抹殺しようと決心したかもしれない。彼女自身、ウェディング・ケーキを食べるのを拒絶したこと、その晩ミス・ギルクリストの具合が悪くなったとき、医者は明日でいいだろうと言ったこと、このような事実がスーザンにとっては不利なものとなります。

次にエントウイッスル氏。彼はどちらの死によっても利益を得ません。しかし、アバネシー氏の事業および委託管理財産にはかなりの支配権を持っていますから、そこにリチャードの死を望む理由がないともいえません。しかしながら、ここで疑問となるのは、もしエントウイッスル氏が犯罪に関わっているとしたら、なぜ私に事件の調査を依頼したか？　ということです。

これには私も一言付け加えることができます。殺人者が自分の能力以上の自信を持つのはいまに始まったことではありません。

次に、いわゆる部外者二人に触れてみましょう。ガスリー氏と修道女。もしガスリー氏がほんとうに美術批評家のガスリー氏であれば、彼に対する嫌疑はなくなります。それから、もし修道女がほんとうの修道女ならば、これも同じ論法で片づけられます。ですから問題は、これらの人が本物であったか？　それとも他の人が仮装したものであったか？　ということになります。

それに、この事件には不思議な主題《モチーフ》……とでも言いましょうか、事件の始めから終わりまで修道女というモチーフが貫いております、ティモシー・アバネシー氏の家に来た修道女。これをミス・ギルクリストは、リチェット・セント・メアリーに来た修道女と同じだと信じています。またリチャード・アバネシー氏の亡くなる前日にここに来た修道女……」

「犯人は修道女だ！」ジョージ・クロスフィールドが呟いた。「三対一で賭けてもいい！」

ポアロはさらに続けた。

「そこでここに、あるパターンができあがります。アバネシー氏の死、コーラ・ランスケネの殺人。毒入りのウェディング・ケーキ。〝修道女〟のモチーフ。

このほか、さらに私の注目を惹いた他の事柄をいくつかご紹介しましょう。美術批評家の訪問。油絵の匂い。ポルフレクサン波止場の絵葉書。そして最後に孔雀石のテーブルの上にあった蠟製の造花の束。

こういったものをいろいろ考えているうちに、私はついに真相をつきとめることができました。……私はいまからみなさんにその真相を発表します。

まず事件のはじめの部分。これは今朝、みなさんに話しました。リチャード・アバネシーが急に亡くなった。……しかし、この死は、もし妹のコーラが葬式のときにああいう言葉を口にしなかったら、なんら殺人の疑いを持つ理由のない死だったのであります。

つまり、リチャード・アバネシーの殺人云々という事件はすべてコーラの口から出た言葉だけを根拠としているのであります。この言葉の結果として、みなさんは例外なくこの殺人があったものと信じたのです。それも言葉自身のゆえではなく、コーラ・ランスケネの性格のゆえに信じたのです。なぜかと言いますと、コーラ・ランスケネは具合の悪い瞬間に真実をしゃべってしまうという性癖があることがよく知られていたからであります。ですからリチャード殺人事件なるものは、コーラの言ったことだけでなく、コーラ自身が基となっていると言えるのであります。

そこで私は自分に向かって次のように質問してみました。

〝みんなはコーラ・ランスケネのことをどの程度知っていたのだろうか？〟と」

ポアロはちょっとのあいだ口を閉じた。するとスーザンがすかさず訊いてきた。

「それ、どういう意味？」

ポアロはかまわずに続けた。

「みなさんはコーラをどの程度知っていたか？——よく知っている者は誰もいなかった。これが答えです。若い人たちは彼女に会ったことがまったくありません。会っていてもほんの子供のときにちょっとだけ。実際にコーラを知ってた人は、その日三人だけしかいなかった。執事のランズコム。この人は相当の歳で目もだいぶ弱くなっている。ティモシー・アバネシー夫人。彼女もご自身の結婚式の頃二、三度会ったきり。一番よく知っているレオ・アバネシー夫人も二十年以上コーラに会っていませんでした。

そこで私はこう思いました。仮に葬式の日にここに来たのがコーラ・ランスケネでなかったとしたら、どうだろう？」

「コーラ叔母さんが……実際はコーラ叔母さんじゃなかったとおっしゃるの？」スーザンがとても信じられないといった顔つきで詰問した。「じゃ、殺されたのはコーラ叔母さんじゃなくて、誰かほかの人だったってわけ？」

「いや、いや、殺されたのはコーラ・ランスケネです。しかし、兄の葬式に出席したのはコーラ・ランスケネじゃなかったという意味です。あの日にやって来た女はただひとつの目的……つまりリチャードが急に死んだという事実を利用するために来たのです。言い換えれば、リチャードが殺されたという信念を親戚の人たちの心に植えつけるために。この点、彼女はこの上なく成功したというわけです」

「まあ、阿呆らしい。いったい、なんのために？　わざわざそんなことをする理由がないじゃないの？」モードが高飛車に口を出した。

「なぜ、というんですか？　つまり、もう一つの殺人から人の注意を逸らすためです。コーラ・ランスケネの殺人から。もしコーラが、リチャードは殺されたんだと言って、その翌日に彼女自身が殺されたら、二つの死はいやでも原因と結果として結びつけられるでしょう？　しかし、コーラが殺されて、家が壊され、うわべだけの泥棒の形跡が警察の首をひねらせたら、警察はどこに目を向けるでしょう？　その家に直接関係のある者。すなわち、彼女と一緒に住んでいる人間に嫌疑の目が向けられるに違いありません」

　ミス・ギルクリストがいかにも朗らかな調子で異議を申し立てた。

「まあ驚いた！　いくらなんでも、ポンタリエさん、たかがアメジストのブローチと一文の値打ちもないスケッチ二、三枚のために、わたくしが殺人を犯すと思ってらっしゃるの？」

「いや、もう少し値打ちがありますよ、ギルクリストさん。あなたのもらったスケッチの中にポルフレクサン波止場の絵があります。ミセス・バンクスはこの絵が絵葉書の模写だということを見抜かれました。絵葉書にはいまだに古い桟橋が残っています。しかし、ランスケネ夫人はいつも実景を写生した人です。そこで私はエントウイッスル氏の言葉を思い出しました。エントウイッスル氏は、最初にあなたを訪ねたときに家の中で油絵具の匂いがぷんぷんしていたと私に話しました。ギルクリストさん、あなたは絵が描けますね？　お父さんは絵描きだったし、あなたも相当に絵の知識がある。仮にコーラが競売で安く手に入れた絵が値打ちのあるものだったとしますね、彼女にはそれがわからない。あなたにはすぐにわかった。あなたはコーラの友だちで有名な美術評論家が近いうちに訪ねてくることを知っていた。ちょうどそのときコーラの兄さんがぽっくり亡くなられた。……そこである一つの計画があなたの頭に浮かんだわけですね。彼女のお茶の中に鎮静剤を入れる。いたって易しいことです。そうすると彼女は葬式の日、一日中意識不明で眠ってる。その間にあなたはエンダビーでコーラの役を演じる。彼女の話を通じてあなたはエンダビーのことをよく知っていた。人間は年をとるに従って、子供のときのことをよくしゃべる。コーラもそうでしたね。あなたはまず皮切りにランズコム老人にメレンゲ菓子と小屋の話をして、彼をすっかり納得させてしまう。あなたはエンダビーに関するあなたの知識を最大限に利用する、いろんな思い出を語ったり、いろんな物を見つけて嘆声を発したり。親類の人たちは誰一人としてあなたがコーラであることを疑わない。もちろんあなたは彼女の服を着て、それも少し余分に着て太って見せる。コーラはつけ前髪だから顔を似せるのもそれほど難しくもない。いずれにしても二十年この方、コーラを見た人は一人もいないんですから。二十年経てば、たいていの人はすっかり変わってしまうもので、〝彼女とは気がつかなかった!〟と言うのが普通ですからね。しかし人間の癖というものはよく覚えている。コーラも非常に特徴のある癖を持っていました。あなたはそれを鏡の前で一生懸命練習しましたね。

ところが、この練習が、あなたの最初の間違い《ミステイク》でした。思いがけないでしょう？　あなたは鏡の映像が実際とは逆だということを忘れたんです。鏡の中であなたはコーラの、小鳥のようにちょっと首をかしげる癖を完全に身に着けたと思ったが、実際は反対側に首をかしげていた。つまり、コーラがいつも右側に首をかしげてたとすると、あなたはそれを鏡の中に再現するために実際は左にかしげていたわけです。

これがヘレン・アバネシーを不思議がらせ、心配させたのです。あなたが例の有名な発言をしたとき、ヘレンはなにかが間違っていると感じたのですが、それはこれだったんです。先日の晩ロザムンド・シェーンが思いがけないことを言ったとき、私はこのことにハッと気がつきました。誰でも聞き手は必然的に話し手の顔を注目します。したがって、レオ・アバネシー夫人が〝なんだか変だ〟と感じたのは、とりもなおさず、コーラ・ランスケネが変だったわけです。この前の晩、鏡の映像の話だとか〝自分自身を見る〟話をしたあとで、レオ夫人は部屋の鏡の前で一人で試験してみたにちがいないと思うんです。彼女自身の顔はとりわけ非対称というわけじゃありません。だからコーラが右側に首をかしげる癖のあるのを思いついて、自分でも右側に首をかしげたんじゃないかと思います。そしたら鏡の映像がなんだか変だ、そこでハッと思ったんですね、葬式のときのことがはっきりわかった。しかしそれにしても不思議だ、と彼女は思いますね。コーラは反対側に首をかしげる癖を身に着けたのかな？　そんなことはありそうにもない。そうするとコーラはコーラじゃなかった。これもわけがわからない。それでもとにかく、エントウイッスル氏にこの発見について話しておこうと思った。翌朝早起きして歩きまわっている人間が、彼女を見て、彼女のあとについて下に降りていった。それから、彼女がなにを言い出すか心配のあまり、ドア止めの大理石で彼女の頭をなぐった」

　ポアロは一息ついて、さらにつけ加えた。

「ギルクリストさん、ついでに話しておきますが、レオ・アバネシー夫人の脳震盪はたいしたことはありませんでした。もうすぐご自分でお話しされると思います」

　ミス・ギルクリストは、「わたくし、決してそんなことをした覚えございませんわ。みんなうそです。意地悪なうそです」と言った。

　そのときマイクル・シェーンが突然、「じゃ、あの日のコーラはあなただったのか？」と叫んだ。マイクルはじっとミス・ギルクリストの顔を観察していたのである。「もっと早く気がつくべきだった。なんとなくどこかで見た人だなあと漠然と感じてたんだが……もちろんあんまり気をつけて見なかったから……」

「ええそうでしょうとも、付き添い家政婦など誰も見向きもしませんわ。人夫みたいなもんですもの。ただ毎日あくせくと働く人間、単なる家事労働者！ 使用人ですもの。でもいいわ、さあ、ポアロさん、あなたの荒唐無稽な馬鹿話をお続けになって」ミス・ギルクリストの声は少し震えていた。

「葬式の日に投げた殺人云々の暗示は、もちろん、序の口でした。まだほかにもいろいろ用意してましたね。リチャードとコーラの間の会話を立ち聞きしたことを、いつでも認める用意ができていた。リチャードが実際にコーラに言ったことは、あまり先が長くないというようなことでしょう？ あとでリチャードがコーラに出した手紙には、このことを書いたにちがいないんです。〝修道女〟もあなたの暗示の一つです。検屍審問のときに家に来た修道女のことで思いついて、修道女に〝追いかけまわされている〟というような話をでっち上げた。ティモシー夫人が電話でレオ・アバネシー夫人と話してるときに心配のあまり立ち聞きしながら、とっさに作り上げた言い訳がまた修道女でした。それと、自分でもエンダビーに行って様子をうかがいたいという気持ちがあったから、あんな騒ぎをしたんでしょう。自分自身に毒を盛る、実際に相当量の砒素を盛るが、致死量までは至らない、これは古い手ですよ。このためにモートン警部のあなたに対する嫌疑がもう一度よみがえったともいえるでしょう」

「だけど例の絵は？」ロザムンドが尋ねた。「どんな絵だったの？」

ポアロはおもむろに電報を広げた。

「今朝、私はエントウイッスル氏（責任感の強い人ですね）に電話をかけて、スタンスフィールド・グレンジに行くようにお願いしました。そこでティモシー・アバネシー氏の代理人として（ここでポアロはティモシーにぐっと目を据えた）ミス・ギルクリストの部屋を調べてもらい、絵を額縁に入れて、ミス・ギルクリストを驚かしてあげるんだという口実で、ポルフレクサンの波止場の絵を手に入れました。エントウイッスル氏はこの絵をロンドンに持って行ってガスリー氏に見せました。ガスリー氏には私が電報で事前に知らせておきました。簡単に上塗りされていたポルフレクサン波止場の絵を拭き取ると、下からオリジナルの絵が現われたんです」

ポアロはそこで電報を読みあげた。

「タシカニ、フェルメール。ガスリー」

突然、ミス・ギルクリストが、なにかに弾かれたようにしゃべり出した。

「やっぱりフェルメールだったんだわ。わたしちゃんと知ってたんだけど、コーラは気づきもしなかった！　やれ、レンブラントだ、やれイタリア・プリミティブの画家だとか大きな口ばかり。フェルメールが自分の鼻の下にぶらさがってても気がつかないんですもの。朝から晩まで芸術、芸術と御《ご》託《たく》ばかり並べて芸術のゲの字も知りゃしない。あんな徹底的なばかは二人といやしないわ。なにかというとこの――このエンダビーのことばかりだらだら話して。子供のときなにして遊んだの、リチャードだ、ティモシーだ、ローラだと、みんなのことを吹聴して。いつもお金がふんだんにあった！　なんでも最高級品ばかりだった！　毎日、同じことを繰り返し繰り返し話して、それにいちいち相槌を打って〝あらそうでしたの？　コーラ様〟〝まあ、ほんとうに、コーラ様〟といかにも興味を持っているふりをしながら。こんな退屈なことって、あきあきしたわよ。ええ、もう、いやで、いやで、毎日が……そしたら、フェルメールが！　わたくし、新聞で、フェルメールが五千ポンドで売れたって記事を読んだことがあったし！」

「あなたは……たかが五千ポンドのために……あんなむごいことを……？」スーザンはとても信じられないといった顔つきで叫んだ。

「五千ポンドあったら」ポアロ氏が答えた。「五千ポンドあったら、店を借りて喫茶室が開けます」

ミス・ギルクリストはポアロのほうを振り返った。

「少なくともあなたはわたくしの気持ちをわかってくれていますわ。わたくしに残された、たった一度のチャンスだったんです。どうしてもまとまった資金が欲しかったんです」彼女の声は、自分の持つ夢の力に震え、夢の魅惑に憑《つ》かれたようであった。

「わたくし、今度の店は〈椰子の木〉と呼ぶつもりでしたの。メニュー立てを小さなラクダの形に作って。ときどき輸出品の不合格品で、とても良い食器が手に入ることありますの。この頃よく見かける趣味の悪い白色の実用本位の茶碗類でなくて。どこか良い場所を見つけて、上品で行儀のいいお客さんばかりしか来ない場所で。ライの町なんかどうかと思いましたわ。それともチチェスターにしようかしらと思ったり……。わたくし、きっと評判になると思ってましたの」彼女はちょっと息をついでから、夢見るようにしゃべり続けた。「樫の木のテーブル……小さな籐製の椅子。それに赤と白のストライプのクッションをのせて……」

しばしの間、この実存しない喫茶室は、エンダビーのがっちりしたヴィクトリア朝風の応接間より、はるかに現実に近いもののように思われた。

夢を破ったのはモートン警部であった。

ミス・ギルクリストは、物静かに品の良い態度で警部のほうを向いた。

「ええ、結構でございますわ。ただいますぐ。いえ、もう決してお手数はかけませんわ。〈椰子の木〉が持てないんでしたら、わたくし、もうどうなりましてもちっともかまわない……」

彼女は素直にモートン警部と一緒に部屋を出て行った。スーザンが震え声でつぶやいた。

「あたし、あんなに淑女のような殺人者って想像したこともないわ。恐ろしいわ……」

第二十五章

「それにしてもあたしにわからないのは、蠟製の造花のことだわ」とロザムンドが言った。

彼女はポアロを大きななじるような青い目で見つめた。

ここはロンドンにあるヘレンのアパートである。ヘレン自身はソファの上に横になり、ポアロとロザムンドを相手にお茶を飲んでいた。

「あの造花が事件となんの関係があるのか、孔雀石のテーブルもどんな関係があるのか全然わからないわ」

「孔雀石のテーブルは、べつに関係ありません。しかし蠟製の造花はミス・ギルクリストの第二のミステイクです。彼女は蠟製の造花が孔雀石のテーブルにぴったり合うと言ったでしょう？　しかしですね。彼女はこの造花とテーブルを一緒に見たことはないはずです。なぜって、彼女がティモシー夫婦と一緒に来る前に、造花の覆いが壊れて、片づけられてしまってたんですから。ですから、コーラ・ランスケネとしてエンダビーにいたときにしか見られなかったわけです」

「彼女もずいぶんうっかりしてたのね？」とロザムンド。

ポアロは彼女のほうに向けて人差し指を動かした。

「マダム、おしゃべりの危険というのがこれなんです。私の信念として、もしある人を長い間しゃべらせておけば、たとえ話題がどんなものであろうと必ず、遅かれ早かれ正体を現わすというわけです。現にミス・ギルクリストがそうでした」

「あたしも用心しなきゃ！」ロザムンドは考え深そうに呟くと、やがて目をキラキラ輝かせた。「あなた知ってた？　あたし赤ん坊が生まれるのよ！」

「ははあ、それで、ハーレイ・ストリートとリージェント・パークに行ったというわけですね？」

「ええそうなの。とても心配でね。それにちょっと驚いたし。だから、どこかで静かに考えてみたかったの」

「そう。憶えてますよ。あなたは、そんなにしょっちゅう起こることじゃない、とかなんとか言ってましたね」

「もちろん、しょっちゅう起こらないほうが楽よ。でもこうなったら、将来のことを決めなくちゃいけないでしょう？　だから、舞台をやめて、ただのお母さんになろうと決心したの」

「あなたに打ってつけの役柄です。もういまから、〈スケッチ〉や〈タトラー〉の雑誌に載る微笑ましい写真が想像できますよ」

　ロザムンドは幸福そうに微笑《わら》った。

「なんだかとてもよい気持ちよ。それにね、マイクルも大喜びなの。まさかマイクルが喜ぶとは思わなかったわ」

　彼女は一息つくと、こうつけ加えた。

「孔雀石のテーブル、スーザンに上げたわ。あたしもうじき赤ちゃんが生まれることだし……」

　彼女はおしまいまで言葉を言わなかった。

「スーザンの美容ビジネス、有望そうですわ。彼女はりきってますわ」とヘレンが言った。

　ポアロは、「ええ、彼女は必ず成功しますよ。伯父さんのようにね」と請け合った。

「リチャード伯父さんのことでしょう？　もちろんティモシー伯父さんじゃないわよね？」とロザムンド。

「ティモシーでないことはたしかです」とポアロ。

三人は声を出して笑った。

「グレッグ、どこかに行っちゃったわ。スーザンの話じゃ静養してるんですって」

ロザムンドはこう言うと、何か問いたげにポアロを見つめた。ポアロは黙っていた。

「あたし、グレッグがどうしてリチャード伯父さんを殺したって言い張ってるのか理由がわからないわ。ある種の自己顕示癖かしら？」

ポアロは話を前に戻した。

「ティモシー・アバネシー氏から非常に丁重な手紙をもらいましたよ。私がアバネシー一家に尽した業績に心から満足の意を表するとね」

「あたし、ティモシー伯父さんて、じつにいやな奴だと思うわ」とロザムンドが応じた。

「わたし、来週ティモシーの家に泊まりがけで出かけることになってますの。どうやら庭の手入れもほとんど済んだようですし。でも家政婦さんは相変わらず難しいらしいんです」とヘレンが言った。

「ギルクリスト女史がいなくてずいぶん不便でしょうね」とロザムンド。「でも、結局、最後はティモシー叔父さんも殺したに違いないわ。そしたら愉快だったのに！」

「マダムにはいつも殺人がお楽しみみたいですね」

「ああ！　そういうわけじゃないけど」ロザムンドは曖昧に答えた。「でも、てっきり犯人はジョージだと思ってたわ」それから急に顔を輝かせた。「いつかはジョージも人殺しをするでしょうね？　たぶん」

「そうしたら愉快ですね」ポアロがからかった。

「そうね、きっと愉快ね」ロザムンドは同意した。そして、自分の前のお皿からまた一つエクレアをつまんで食べた。

ポアロはヘレンのほうを向いて尋ねた。

「あなたは？　マダム。キプロス島へ出発？」

「ええ、二週間のうちに」

「では、お元気で。楽しいご旅行をお祈りしています」

彼はフランス式にヘレンの手を取ってキッスした。

ポアロが立ち上がってドアのほうへ向かうと、ヘレンが見送りについてきた。ロザムンドは坐ったまま夢見心地でクリーム菓子をお腹に詰め込んでいた。

ドアのところでヘレンがさりげなく言った。

「ポアロさん、あなたに知っておいていただきたいんですが。リチャードがわたしに残してくれた財産はおそらく誰にもまして、わたしには貴重なものだったんです」

「それほどでしたか？　マダム」

「ええ、じつを言うと……キプロスに子供が一人おりまして……主人とわたしは、こう言ってはなんですが、献身的に愛し合った仲でした。二人の間に子供がなかったのをわたしたちはとても残念に思っていました。レオが死んだあとのわたしの淋しさは、それはもうたまらないほどでしたの。戦争の終わり頃、わたしロンドンで看護婦をしてまして、そのとき、ある人に会いました。彼はわたしよりずっと若かったし、幸福な結婚じゃなかったらしいんですけど、とにかく奥さんがあったんです。わたしたちはしばらく一緒に過ごしました。それだけなんです。彼はそのうち、カナダへ……奥さんと子供のところへ帰って行きましたけど、わたしたちの子供のことは、彼はなにも知らなかったんです。どうせ彼には欲しい子供じゃなかったと思いますが。しかしわたしは欲しかったんです。まるで奇蹟のように思われました。中年の女であるわたし、しかも過ぎ去った過去だけしか持たないわたしにです。世間体もありますから子供は甥ってことにしてますが、リチャードにもらったお金でこの子供の教育もできますし、人生のスタートを作ってやれるんです」彼女はちょっと息をついだ。「リチャードにはこのことは全然、話してないんです。リチャードはわたしに非常に好意を寄せてくれましたし、わたしもリチャードを兄として慕っておりましたが、しかしおそらくこんなことは理解できなかっただろうと思います。あなたはわたしたちのことをいろいろご承知ですから、わたし自身のことについても、これだけは知っておいていただきたいと思いまして……」

ポアロはもう一度彼女の手にキッスした。

彼が自室に帰ると、暖炉の左側に置いてある肘かけ椅子に坐って、エントウイッスル氏が待っていた。

「やあ、ポアロ、いま裁判から帰って来たところなんですよ。もちろん有罪の評決が下された。しかし、おそらく死刑じゃなくて、ブロードムーア刑務所で終身刑ということになるんじゃないかな。留置所に入ってから彼女すっかりおかしくなってしまったようなんだ。いかにも幸福そうだよ、すごく礼儀正しくてね。毎日、喫茶室をいくつもいくつも計画して過ごしているよ、そりゃあ念の入った計画でね。一番最近の店は、〈ライラック・ブッシュ〉というんだがね。クローマーの町で開くそうだ」

「彼女は前から少し気が変だったんじゃないか、と思っている人がいるようですがね。しかし私はそうは思いませんね」

「もちろん、狂っちゃいなかった！　彼女があの殺人を計画したとき、きみや私以上に正気だったと思うよ。冷血にも平然とやってのけたんだからね。態度こそフワフワしてるけど、頭はじつにしっかりしてるよ」

ポアロはちょっと身震いした。

「私はスーザン・バンクスの言った言葉を考えています。彼女は、あんな淑、、女、、のような殺人者は想像したことがないと言っていましたが……」

「いてもいいんじゃないか？　人は様々だからね」

二人はそのあとすっかり黙りこんでしまった――そしてポアロは自分がいままで扱ってきた殺人者たちのことをじっと考えていた……。

解説

作家
折原一

私のクリスティー・ベスト1

私がアガサ・クリスティーを〝卒業〟したのは、もう二十年以上も前のことだ。最後に読んだのは、『カーテン』と『スリーピング・マーダー』の二作品で、これは老後の楽しみにとっておくつもりだった。前者がポアロ物、後者がミス・マープル物の最終作にあたり、私自身の人生の黄昏時に読むのにふさわしい作品と思っていたわけだが、結局、誘惑に負けて読んでしまったのだ。(今考えると、ちょっと悲しい)

両方をつづけて読んでみて、どちらがおもしろかったかといえば、軍配は『カーテン』のほうに上がる。私は探偵としてはミス・マープルのほうが好きだが、作品として見るなら、ポアロ物のほうに傑作と言われるものが多いと思う。ちなみに、『カーテン』や『スリーピング・マーダー』で、私がクリスティーを卒業した時点のベスト10はこうなっている。

1. 葬儀を終えて（一九五三年・ポアロ）
2. ナイルに死す（一九三七年・ポアロ）
3. 白昼の悪魔（一九四一年・ポアロ）
4. 鏡は横にひび割れて（一九六二年・マープル）
5. メソポタミヤの殺人（一九三六年・ポアロ）
6. そして誰もいなくなった（一九三九年・その他）
7. ABC殺人事件（一九三六年・ポアロ）
8. ゼロ時間へ（一九四四年・その他）
9. パディントン発4時50分（一九五七年・マープル）
10. 予告殺人（一九五〇年・マープル）

世評の高い『アクロイド殺し』は犯人を知って読んだので、伏線を確認する地獄の読書だった（もちろん選外）。『オリエント急行の殺人』は期待が大きすぎたのが割りを食ってベスト10入りせず。『ABC殺人事件』は生まれて初めて読んだクリスティー作品。愛着があるので高評価。『メソポタミヤの殺人』は密室トリックの奇抜な点を評価。『そして誰もいなくなった』は定番中の定番として……。

言うまでもないが、ベスト選びは、人によってさまざまなのだ。

私がベスト1に推した『葬儀を終えて』を読んだのは十八歳の時、大学一年になったばかりの頃だ。当時の読書ノートには、簡単にこう記してある。

「サスペンス横溢、意外な犯人、間違いなくクリスティーのベスト」

とにかく読んでいる間は、どきどきのしっぱなし。犯人が意外で、全然あたらなかったことを鮮明に覚えている。だが、不思議なことに、読後三十数年たった今、この作品の中で具体的に覚えているのは、コーラという女の名前と髭の生えた尼僧だけで、犯人が誰なのかまったく記憶していないのだ。

『そして誰もいなくなった』『オリエント急行』『アクロイド』などの有名作品については犯人もトリックも全部覚えているのに（もちろん、わかりやすいトリックであるのは確かだが）、これは一体どうしたことだろう。

私は『葬儀を終えて』の意外性とサスペンスフルな展開を評価していて、三十年もの間、「クリスティーのベスト1は文句なく『葬儀を終えて』だ」と（大げさだが）公言してきた。それを聞きつけた早川書房の編集者から、今回解説の依頼が来たわけだが、ストーリーを覚えていないのでは話にならないので、この機会に読みなおしてみた。

さて、三十年ぶりの『葬儀を終えて』である。今回も意外な結末に驚けるだろうか、初読のように感動を覚えることができるか。そうした楽しみを持って、わくわくしながら読み始めたのだが、犯人の意外性とは別に、予想と大きく異なったストーリー展開に、逆に驚いている。

「だって、リチャードは殺されたんでしょう?」

『葬儀を終えて』のストーリーは、大富豪アバネシー家の当主であるリチャードの葬儀が終わり、墓地から相続者たちが屋敷にもどってくる場面から始まる。相続の権利を持つ当主の妹や弟の配偶者、甥や姪、およびその配偶者たちが書斎で一堂に会し、遺言執行人であるエントウイッスル氏から、故人の遺言が発表されるのだ。

まさに古典的な「本格推理小説の鑑」的な名場面。本格ファンなら、涙を流して喜ぶ発端の場面だろう。ここで何かが起こる、あるいは殺人劇を生む種が蒔かれると誰もが期待するはずだ。

果たして、遺言の内容が明らかになった時、故人の末妹コーラが「小鳥のように首をかしげて」意味深長な言葉を放つ。

「だって、リチャードは殺されたんでしょう？」と。

『葬儀を終えて』は、やがて殺される運命の女が放ったこの一言が作品の基調音となっている。これがストーリーに終始からみつき、謎を深め、読者を混乱させる。当主リチャードは本当に殺されたのだろうかと読者のみならず、相続者たちも疑問を覚え、お互いを疑惑の目で見ることになるのだ。

実にうまい冒頭のシーンである。一九五三年といえば、すでに本格黄金時代はすぎ去っているが、クリスティーはいかにも古臭い手法、あえて本格の王道とでもいうべき手法を持ち出してくる。第二次大戦が終わり、疲弊した当時のイギリスにおいて、昔を懐かしむファンがこの本を手にとった時、「クリスティーいまだ衰えず」と思わずにやりとする様子が目に浮かんでくる。

相続者たちは、エントウイッスル氏の客観的な目を通して、過不足なく公平に描写される。登場人物はかなり多いが、作者の熟練した手さばきで、混乱することもなく読者の頭に浸透していく。

この後、相続者たちがリチャード・アバネシー宅からそれぞれの自宅へ帰っていくのだが、どきっとする発言をして周囲に波紋を投げかけたコーラが、その翌日にあっさり殺されてしまう。

ここで私は違和感を覚えた。いつものクリスティーなら、この殺人場面をていねいに描写するはずだ。にもかかわらず、遺言執行人のエントウイッスル氏が事務所からの電話でコーラが殺されたことを告げられる。なんと、わずか数行でコーラの死が片づけられてしまうのだ。

私はこの点に少し物足りなさを覚えた。あのクリスティーなら、殺されるコーラの視点から少なくとも一章程度はページを割くはずなのに。

例えば、あるクリスティー作品なら、被害者の視点から書いている時、殺されるとは夢にも思わない被害者は、よく知っている誰かが近づいてくるのを知り、笑顔を見せる。

「あら、どうしたの、あなた」

そして、油断した被害者に対して、その人物（つまり犯人）は凶行に及ぶ。この場面がクリスティー作品では一番サスペンスフルでおもしろい。ところが、『葬儀を終えて』ではそれがないのだから奇妙なのだ。もし、あなたもそこに違和感を覚えるとしたら、読みながらなぜなのか考えてほしい。

さらに、作者は老獪ぶりを発揮して、不審な尼僧を何度も登場させて、読者を煙に巻く。何かある、何か企みがあると疑ってかかっても、大多数の読者はおそらく真相を見抜くことができないだろう。

コーラの死後、エントウイッスル氏は相続者たち（つまり容疑者たち）のすべての家を訪れて、聞き取り調査を始めるが、結局何もわからず、謎は深まるばかり。そこで、氏の知人であるポアロに応援を求めることになるわけだ。

よけいなストーリー紹介はこのくらいにするが、「小鳥のように首をかしげる」コーラ、「鏡に映る顔」などのキーワードを常に頭に置きながら読み進んでいくといいだろう。まあ、それでも、真相はわからないと思うのだが。

私自身、この作品を再読しているうちに、少しずつ昔の記憶が甦ってきて、「なるほど、そうだったのか」と思うようになっていたので、結末の意外性は初読の時ほどではなかったが、それでも作者のテクニックの巧さ、したたかさを再確認するいい機会になった。初読の時に感じたサスペンスより、今回は端正な本格推理小説であるという印象を強く受けた。それがちょっと意外だと思った点だ。

うまい。クリスティーはうまい。

『葬儀を終えて』はクリスティーの中期のみならず、全作品中でも最上位にランクされるべき傑作なのである。

灰色の脳細胞と異名をとる

〈名探偵ポアロ〉シリーズ

本名エルキュール・ポアロ。イギリスの私立探偵。元ベルギー警察の捜査員。卵形の顔とぴんとたった口髭が特徴の小柄なベルギー人で、「灰色の脳細胞」を駆使し、難事件に挑む。『スタイルズ荘の怪事件』（一九二〇）に初登場し、友人のヘイスティングズ大尉とともに事件を追う。フェアかアンフェアかとミステリ・ファンのあいだで議論が巻き起こった『アクロイド殺し』（一九二六）、イニシャルのABC順に殺人事件が起きる奇怪なストーリーが話題をよんだ『ABC殺人事件』（一九三六）、閉ざされた船上での殺人事件を巧みに描いた『ナイルに死す』（一九三七）など多くの作品で活躍し、最後の登場になる『カーテン』（一九七五）まで活躍した。イギリスだけでなく、イラク、フランス、イタリアなど各地で起きた事件にも挑んだ。

映像化作品では、アルバート・フィニー（映画《オリエント急行殺人事件》）、ピーター・ユスチノフ（映画《ナイル殺人事件》）、デビッド・スーシェ（TVシリーズ）らがポアロを演じ、人気を博している。

1 スタイルズ荘の怪事件
2 ゴルフ場殺人事件
3 アクロイド殺し
4 ビッグ4
5 青列車の秘密
6 邪悪の家
7 エッジウェア卿の死
8 オリエント急行の殺人
9 三幕の殺人
10 雲をつかむ死
11 ABC殺人事件
12 メソポタミヤの殺人
13 ひらいたトランプ
14 もの言えぬ証人
15 ナイルに死す
16 死との約束
17 ポアロのクリスマス
18 杉の柩
19 愛国殺人
20 白昼の悪魔
21 五匹の子豚
22 ホロー荘の殺人
23 満潮に乗って
24 マギンティ夫人は死んだ
25 葬儀を終えて
26 ヒッコリー・ロードの殺人
27 死者のあやまち
28 鳩のなかの猫
29 複数の時計
30 第三の女
31 ハロウィーン・パーティ
32 象は忘れない
33 カーテン
34 ブラック・コーヒー 〈小説版〉

好奇心旺盛な老婦人探偵

〈ミス・マープル〉シリーズ

本名ジェーン・マープル。イギリスの素人探偵。ロンドンから一時間ほどのところにあるセント・メアリ・ミードという村に住んでいる、色白で上品な雰囲気を漂わせる編み物好きの老婦人。村の人々を観察するのが好きで、そのうちに直感力と観察力が発達してしまい、警察も手をやくような難事件を解決するまでになった。新聞の情報に目をくばり、村のゴシップに聞き耳をたて、それらを総合して事件の謎を解いてゆく。家にいながら、あるいは椅子に座りながらゆったりと推理を繰り広げることが多いが、敵に襲われるのもいとわず、みずから危険に飛び込んでいく行動的な面ももつ。

長篇初登場は『牧師館の殺人』（一九三〇）。「殺人をお知らせ申し上げます」という衝撃的な文章が新聞にのり、ミス・マープルがその謎に挑む『予告殺人』（一九五〇）や、その他にも、連作短篇形式をとりミステリ・ファンに高い評価を得ている『火曜クラブ』（一九三二）、『カリブ海の秘密』（一九六四）とその続篇『復讐の女神』（一九七一）などに登場し、最終作『スリーピング・マーダー』（一九七六）まで、息長く活躍した。

35 牧師館の殺人
36 書斎の死体
37 動く指
38 予告殺人
39 魔術の殺人
40 ポケットにライ麦を
41 パディントン発4時50分
42 鏡は横にひび割れて
43 カリブ海の秘密
44 バートラム・ホテルにて
45 復讐の女神
46 スリーピング・マーダー

冒険心あふれるおしどり探偵

〈トミー&タペンス〉

本名トミー・ベレズフォードとタペンス・カウリイ。『秘密機関』（一九二二）で初登場。心優しい復員軍人のトミーと、牧師の娘で病室メイドだったタペンスのふたりは、もともと幼なじみだった。長らく会っていなかったが、第一次世界大戦後、ふたりはロンドンの地下鉄で偶然にもロマンチックな再会をはたす。お金に困っていたので、まもなく「青年冒険家商会」を結成した。この後、結婚したふたりはおしどり夫婦の「ベレズフォード夫妻」となり、共同で探偵社を経営。事務所の受付係アルバートとともに事務所を運営している。トミーとタペンスは素人探偵ではあるが、その探偵術は、数々の探偵小説を読破しているので、事件が起こるとそれら名探偵の探偵術を拝借して謎を解くというユニークなものであった。

『秘密機関』の時はふたりの年齢を合わせても四十五歳にもならなかったが、

最終作の『運命の裏木戸』（一九七三）ではともに七十五歳になっていた。青春時代から老年時代までの長い人生が描かれたキャラクターで、クリスティー自身も、三十一歳から八十三歳までのあいだでシリーズを書き上げている。ふたりの活躍は長篇以外にも連作短篇『おしどり探偵』（一九二九）で楽しむことができる。

ふたりを主人公にした作品が長らく書かれなかった時期には、世界各国の読者からクリスティーに「その後、トミーとタペンスはどうしました？　いまはなにをやってます？」と、執筆の要望が多く届いたという逸話も有名。

47　秘密機関
48　NかMか
49　親指のうずき
50　運命の裏木戸

名探偵の宝庫

〈短篇集〉

クリスティーは、処女短篇集『ポアロ登場』（一九二三）を発表以来、長篇だけでなく数々の名短篇も発表し、二十冊もの短篇集を発表した。ここでもエルキュール・ポアロとミス・マープルは名探偵ぶりを発揮する。ギリシャ神話を題材にとり、英雄ヘラクレスのごとく難事件に挑むポアロを描いた『ヘラクレスの冒険』（一九四七）や、毎週火曜日に様々な人が例会に集まり各人が体験した奇怪な事件を語り推理しあうという趣向のマープルものの『火曜クラブ』（一九三二）は有名。トミー&タペンスの『おしどり探偵』（一九二九）も多くのファンから愛されている作品。

また、クリスティー作品には、短篇にしか登場しない名探偵がいる。心の専門医の異名を持ち、大きな体、禿頭、度の強い眼鏡が特徴の身上相談探偵パーカー・パイン（『パーカー・パイン登場』一九三四　など）は、官庁で統計収集の事務を行なっていたため、その優れた分類能力で事件を追う。また同じく、ハーリ・クィンも短篇だけに登場する。心理的・幻想的な探偵譚を収めた『謎のクィン氏』（一九三〇）などで活躍する。その名は「道化役者」の意味で、まさに変幻自在、現われてはいつのまにか消え去る神秘的不可思議的な存在として描かれている。恋愛問題が絡んだ事件を得意とするというユニークな特徴をもっている。

ポアロものとミス・マープルものの両方が収められた『クリスマス・プディングの冒険』（一九六〇）や、いわゆる名探偵が登場しない『リスタデール卿の謎』（一九三四）や『死の猟犬』（一九三三）も高い評価を得ている。

51 ポアロ登場
52 おしどり探偵
53 謎のクィン氏
54 火曜クラブ
55 死の猟犬
56 リスタデール卿の謎
57 パーカー・パイン登場
58 死人の鏡
59 黄色いアイリス
60 ヘラクレスの冒険
61 愛の探偵たち
62 教会で死んだ男
63 クリスマス・プディングの冒険
64 マン島の黄金

世界中で上演されるクリスティー作品

〈戯曲集〉

劇作家としても高く評価されているクリスティー。初めて書いたオリジナル戯曲は一九三〇年の『ブラック・コーヒー』で、名探偵ポアロが活躍する作品であった。ロンドンのスイス・コテージ劇場で初演を開け、翌年セント・マーチン劇場へ移された。一九三七年、考古学者の夫の発掘調査に同行していた時期にオリエントに関する作品を次々執筆していたクリスティーは、戯曲でも古代エジプトを舞台にしたロマン物語『アクナーテン』を執筆した。その後、『そして誰もいなくなった』、『死との約束』、『ナイルに死す』、『ホロー荘の殺人』など自作長篇を脚色し、順調に上演されてゆく。一九五二年、オリジナル劇『ねずみとり』がアンバサダー劇場で幕を開け、現在まで演劇史上類例のないロングランを記録する。この作品は、伝承童謡をもとに、一九四七年にクイーン・メアリの八十歳の誕生日を祝うために書かれたBBC放送のラジオ・ドラマを舞台化したものだった。カーテン・コールの際の「観客のみなさま、どうかこのラストのことはお帰りになってもお話しにならないでください」の一節はあまりにも有名。一九五三年には『検察側の証人』がウィンター・ガーデン劇場で初日を開け、その後、ニューヨークでアメリカ劇評家協会の海外演劇部門賞を受賞する。一九五四年の『蜘蛛の巣』はコミカルなタッチのクライム・ストーリーという新しい展開をみせ、こちらもロングランとなった。

クリスティー自身も観劇も好んでいたため、『ねずみとり』は初演から十年がたった時点で四、五十回は観ていたという。長期にわたって劇のプロデューサーをつとめたピーター・ソンダーズとは深い信頼関係を築き、「自分の知らない芝居の知識を教えてもらった」と語っている。

65 ブラック・コーヒー
66 ねずみとり
67 検察側の証人
68 蜘蛛の巣
69 招かれざる客
70 海浜の午後
71 アクナーテン

バラエティに富んだ作品の数々
〈ノン・シリーズ〉

名探偵ポアロもミス・マープルも登場しない作品の中で、最も広く知られているのが『そして誰もいなくなった』（一九三九）である。マザーグースになぞらえて殺人事件が次々と起きるこの作品は、不可能状況やサスペンス性など、クリスティーの本格ミステリ作品の中でも特に評価が高い。日本人の本格ミステリ作家にも多大な影響を与え、多くの読者に支持されてきた。

その他、紀元前二〇〇〇年のエジプトで起きた殺人事件を描いた『死が最後にやってくる』（一九四四）、『チムニーズ館の秘密』（一九二五）に出てきたロンドン警視庁のバトル警視が主役級で活躍する『ゼロ時間へ』（一九四四）、オカルティズムに満ちた『蒼ざめた馬』（一九六一）、スパイ・スリラーの『フランクフルトへの乗客』（一九七〇）や『バグダッドの秘密』（一九五一）などのノン・シリーズがある。

また、メアリ・ウェストマコット名義で『春にして君を離れ』（一九四四）をはじめとする恋愛小説を執筆したことでも知られるが、クリスティー自身は四半世紀近くも関係者に自分が著者であることをもらさないよう箝口令をしいてきた。これは、「アガサ・クリスティー」の名で本を出した場合、ミステリと勘違いして買った読者が失望するのではと配慮したものであったが、多くの読者からは好評を博している。

訳者略歴　1923年生，1947年早稲田大学英文科卒，英米文学翻訳家　訳書『クレアが死んでいる』マクベイン，『愛国殺人』クリスティー（以上早川書房刊）他多数

葬儀《そうぎ》を終《お》えて

〈クリスティー文庫 25〉

二〇〇三年十一月十五日　発行
二〇一三年　十　月十五日　五刷

（定価はカバーに表示してあります）

著　者　アガサ・クリスティー
訳　者　加《か》島《じま》祥《しょう》造《ぞう》
発行者　早川　浩
発行所　株式会社　早川書房

郵便番号一〇一 - 〇〇四六
東京都千代田区神田多町二ノ二
電話　〇三 - 三二五二 - 三一一一（大代表）
振替　〇〇一六〇 - 三 - 四七七九九
http://www.hayakawa-online.co.jp

乱丁・落丁本は小社制作部宛お送り下さい。
送料小社負担にてお取りかえいたします。

印刷・株式会社亨有堂印刷所　製本・株式会社川島製本所
Printed and bound in Japan
ISBN978-4-15-130025-7 C0197

本書は活字が大きく読みやすい〈トールサイズ〉です。